A Máquina

Alicia Klein

Para Steffi Campos

A MÁQUINA

Michael Schumacher, o melhor de todos os tempos

2ª EDIÇÃO

Rodrigo Mendes Costa

Fev. | 2013

K72m
2ª ed.

CIP-Brasil. Catalogação-na-fonte
Sindicato Nacional dos Editores de Livros, RJ.

Klein, Alicia
  A máquina: Michael Schumacher, o melhor de todos os tempos / Alicia Klein. – 2ª ed. – Rio de Janeiro: Best*Seller*, 2008.

  ISBN 978-85-7684-185-2

  1. Schumacher, Michael, 1969- . 2. Pilotos de corridas de automóveis – Biografia. I. Título.

07-4427

CDD – 927.9672
CDU – 929:796.71

Copyright © 2006 Alicia Klein

Capa: Sense Design
Diagramação: ô de casa

Todos os direitos reservados. Proibida a reprodução, no todo ou em parte, sem autorização prévia por escrito da editora, sejam quais forem os meios empregados.

Direitos exclusivos de publicação em língua portuguesa
para o Brasil reservados pela
EDITORA BEST SELLER LTDA.
Rua Argentina, 171, parte, São Cristóvão
Rio de Janeiro, RJ – 20921-380

Impresso no Brasil
ISBN 978-85-7684-185-2

*Ao querido Celso de Campos,
meu terceiro pai,
por ficar tempo o suficiente
para marcar minha vida para sempre*

AGRADECIMENTOS

Ao meu Celso, pelo livro e pelo amor imenso que descobri contigo.

À minha mãe, Fátima, pelo carinho, a amizade, as lições e, principalmente, por ser minha melhor amiga.

Ao meu pai, Marco Aurelio, pelos maravilhosos anos em que moramos juntos, pela cumplicidade e por ter me viciado em futebol e em Fórmula 1.

Ao Ulf, meu segundo pai, por ter me acolhido como filha.

A Marina e Alex, pela oportunidade de ser sua irmãzinha.

A Helena, Celso e Olympia, por me deixarem fazer parte desta família tão linda.

Às minhas tias, primos e primas do Recife, por estarem sempre ao meu lado, ainda que a milhares de quilômetros de distância.

Amo todos vocês. Obrigada.

Agradeço ainda a José Salibi Neto, cuja contribuição tornou este sonho realidade, e a Jorge Tarquini e Ricardo Montesano, pela colaboração no trabalho que originou este livro.

SUMÁRIO

Apresentação 11
"Prefácil" 15
Prólogo 19

PARTE I

1 As duas largadas 23
2 Bilhete premiado 31
3 O mestre e o esquadrão 37
4 A solução para os seus problemas 47
5 Mundo quase colorido 57
6 O rei está morto 73
7 A primeira coroa 83
8 O merdinha foi brilhante, não? 99

PARTE II

9 Il Salvatore 121
10 Team Schumacher 145
11 O maestro 163
12 O saci alemão 179
13 O homem que ressuscitou o mito 197
14 A bandeirada final 209
15 Simplesmente o melhor 219

Schumacher em números 247
Bibliografia 265

APRESENTAÇÃO

O tricampeão Niki Lauda o chamou de "o talento do século". Um homem que conquistou sete títulos mundiais de Fórmula 1, venceu 91 Grandes Prêmios, subiu mais de 150 vezes ao pódio, cravou mais de 1.300 pontos e detém todos os recordes da categoria. Em nenhum outro esporte há registro de um atleta que, imbatível nos números, não seja considerado herói ou venerado como um semideus.

Com Michael Schumacher, entretanto, a história foi diferente. Inalcançável nas estatísticas, nem assim tornou-se uma obviedade, um piloto incontestavelmente superior aos seus pares. Poderia-se atribuir o fato a algumas manobras questionáveis no início da carreira, à sua personalidade introspectiva ou a uma suposta arrogância. Mas tais notas figuram apenas no rodapé da biografia do alemão que estabeleceu novos padrões de qualidade no automobilismo. Há muito mais Schumacher do que isso.

O tedesco ressuscitou um então defunto insepulto, levou a ordem ao caos daquele mito italiano e alçou a dedicação e o profissionalismo a níveis antes desconhecidos – na Ferrari ou em qualquer outra equipe. É o maior exemplo de liderança no automobilismo. Seus conterrâneos germânicos o cultuam e o seguem pelo mundo, os ferraristas o amam e o idolatram, seus colegas de trabalho o adoram e o respeitam profundamente. Schumi é querido por todos os que o conhecem de perto. Também é difícil encontrar um jornalista que não tenha se impressionado com o heptacampeão. Complicado achar um ex-piloto que não coloque Michael no topo do ranking de qualquer época. Estranho cruzar com um mandachuva do circo da F1 que não o tenha na mais alta conta.

Um reconfortantemente modesto e humilde filho de um operário alemão, que se manteve nas competições de kart graças à generosidade de vizinhos e conhecidos, que é dos maiores contribuintes da Unesco, que adota vira-latas sarnentos, que detesta expor sua privacidade, que exime seus companheiros de qualquer culpa quando perde, que não aceita todos os louros quando vence, que gosta mesmo é de ficar em casa com a esposa e os filhos cuidando dos animais de estimação. Se qualidades humanas e habilidade técnica não lhe faltam, por que então não é Schumacher uma unanimidade?

A fim de esclarecer esta questão, *A máquina* traz a história de Michael, em detalhes, desde os primeiros passos na pequena Kerpen até a hegemonia sem precedentes e o estabelecimento de novos parâmetros para o esporte. As primeiras corridas, a família, a profissionalização, a chegada à Fórmula 1, as declarações, o casamento, os rivais, as performances inesquecíveis (e as esquecíveis também), o nascimento dos filhos, os percalços, o dinheiro, a glória, tudo está aí para quem quiser palpitar depois. Do primeiro triunfo ferrarista em diante, vêm os números, as comparações inevitáveis, as ressalvas, as opiniões, os recordes, enfim, o resultado da colheita do que Schumi semeou durante quase trinta anos de dedicação ao automobilismo.

A seguir, do nascimento à aposentadoria, a história do melhor de todos os tempos. Dentro e fora das pistas.

Considero Schumacher o melhor de todos os tempos, pois ele não é só um piloto, é a força por trás da Ferrari. Fangio também era bom, mas era só um piloto...

JACK BRABHAM, Tricampeão Mundial de Fórmula 1

"PREFÁCIL"

Em 19 de maio de 2005, eu era um dos passageiros do vôo 8135 da British Airways, Londres-Nice. Certamente, o passageiro mais preocupado. À minha frente, o laptop. Na tela, os originais de *A máquina*. Originais no sentido mais primitivo da palavra: o livro que hoje está em suas mãos era um trabalho de conclusão de curso da então estudante de jornalismo Alicia Klein. Minha missão, e razão da preocupação: escrever o prefácio.

Fiz o que pude. O avião pousou, ainda bem, e, com o texto já escrito no laptop, segui para Mônaco. Era quinta-feira, dia dos primeiros treinos para o GP no Principado. E, olhando em perspectiva, hoje, dois anos depois, penitencio-me por ter escrito o primeiro prefácio para esta obra no vôo de ida, e não no de volta, na segunda.

Porque, naquela corrida, o mundo mais uma vez viu Michael Schumacher em sua essência. E a lenda em torno dele ganhou contornos ainda mais saborosos.

Não lembra?

Após um fim de semana dos mais complicados, o alemão abriu a última volta em oitavo. À sua frente, o companheiro de Ferrari, Rubens Barrichello, que por sua vez estava bem próximo do sexto colocado, Ralf, o irmão caçula do heptacampeão. Schumacher, o de vermelho, não quis saber. Aproveitou-se de um vacilo do brasileiro e o ultrapassou.

Naquele 22 de maio, enviei à *Folha de S.Paulo* os seguintes parágrafos:

> *Irritado por ter sido ultrapassado pelo companheiro de equipe na última volta da corrida, a 1km da chegada, Barrichello foi discutir com o alemão assim que parou o carro. O diálogo foi ríspido e rápido. Capacete, luvas e balaclava na mão, Barrichello, então, cruzou com repórteres, ainda no pit lane.*
>
> *"Eu estava perto do Ralf e tive que tirar o pé no túnel para não bater. Aí o Michael aproveitou e passou. Fui falar pra ele que um campeão do mundo não precisa desse tipo de coisa. Quase que os dois saem da corrida", declarou, uma raiva que não demonstrou nem na marmelada do GP da Áustria de 2002, quando foi forçado a ceder a vitória ao alemão.*
>
> *Questionado sobre o caso, Schumacher respondeu com ironia. Sorriso de canto de boca, disparou: "Estávamos disputando uma corrida. Honestamente, não acho que eu tenha colocado a gente em risco. Havia um espaço claro e funcionou. Quase que ultrapasso o Ralf também. É para isso que estou aqui, para correr."*

Agressividade, polêmica, cinismo, ironia, fome de resultados – por mais insignificantes que pareçam, como esse pontinho conquistado em Mônaco. Aquele GP sintetizou muito do que foi Schumacher nas pistas da F1 por pouco mais de 15 anos. Um personagem que, por si só, por sua personalidade nua e crua, já mereceria atenção. Que, anabolizado pela enxurrada de recordes, tornou-se uma das grandes figuras do esporte mundial. E que ainda não havia recebido, no Brasil, uma análise à altura. Até agora.

Porque a estudante tornou-se jornalista. Porque o trabalho acadêmico virou livro. Porque Schumacher se aposentou. E, com tudo isso, ganhei a chance de um segundo prefácio, ou prefácil, menos complicado de escrever. Afinal, Schumacher agora é história. Não há mais como errar no vaticínio: ele foi o maior de todos os tempos.

Seus números estão fechados, encerrados, consolidados, quase a totalidade no topo de listas de recordes.

E estão todos aqui. Como estão também as histórias que fizeram do alemão um gênio. Das dificuldades passadas por seu pai, um humilde zelador de kartódromo, às agruras para a estréia na F1, das desavenças com Ayrton Senna às glórias por seus inacreditáveis sete títulos mundiais. O drama e as dúvidas pré-aposentadoria.

E se me orgulhei de algo nos oito anos em que seguia a caravana do alemão mundo afora, vendo se concretizarem, diante dos meus olhos, cinco de seus sete títulos mundiais, não foi de um texto, não foi de uma foto, não foi de um comentário lançado no rádio. Foi da emoção que senti no paddock de Monza naquele 10 de setembro de 2006, quando, ainda durante o GP, passando diante do caminhão da Ferrari, trombei com o assessor de imprensa da equipe, que se preparava para levar à sala de imprensa e às cabines de rádio e TV o comunicado anunciando o fim da carreira do heptacampeão. De sopetão, ele me entregou uma folha. E, sorte daquelas de contar para os netos, fui o primeiro a anunciar ao mundo, pelas ondas do rádio, voz trêmula, o fim de uma era. Sim, é complicado colocar em palavras, mas a emoção que senti ali resume, para mim, o que foi Schumacher. Alguém que mexeu com os nervos de muita gente, inclusive os meus, por longas temporadas.

Vá, deixe logo esse prefácio (ou prefácil) e mergulhe de cabeça nas páginas de *A máquina*. Tenho a certeza de que você emergirá diferente.

FÁBIO SEIXAS

PRÓLOGO

Londres, dezembro de 1990. Névoa e garoa. Mais um dia qualquer de inverno na capital inglesa. Num acidente de trânsito, um carro de passeio e um táxi se chocam em meio à confusão do caótico centro londrino. O motorista desce e caminha em direção ao taxista. Eles discutem. O primeiro volta ao carro, abre o porta-luvas, puxa um tubo de metal, guarda-o consigo, fecha a porta e vai ao encontro do segundo. Novamente discutem, e o imbróglio está prestes a mudar-se do terreno das ofensas para o dos punhos. Irritado e com poucas noções de fidalguia, o motorista perde o controle. Enfia a mão no bolso, saca o tubo e dispara o spray no rosto do taxista. O homem cambaleia, nauseado e confuso. Ardência insuportável nos olhos, lágrimas copiosas e incontroláveis, queimação extrema nas vias respiratórias, tosse, aumento da pressão sangüínea, corte da circulação nas extremidades do corpo. Ainda com o gás lacrimogêneo em mãos, o agressor entra em seu carro e sai em disparada, enquanto o taxista vomita na calçada.

O motorista destemperado: Bertrand Gachot, 28 anos, belga, piloto da Jordan Team. O taxista: Eric Court, inglês, decidido a fazer justiça contra o homem que o cegara temporariamente. O senhor Court resolve levar o caso à justiça e, sendo o porte de gás lacrimogêneo proibido em território britânico, dá-se início ao processo legal contra o senhor Gachot.

O julgamento segue, o piloto depõe, os advogados trabalham. Os meses passam, chega o verão europeu e o belga continua a correr.

É seu terceiro ano na Fórmula 1 e, embora em uma equipe pequena, o piloto marca quatro pontos com sua Jordan nas primeiras dez corridas do ano. A 11ª acontecerá no circuito de Spa-Francorchamps, Bélgica, o mais querido dos pilotos e casa de Gachot. Antes, contudo, ele precisa ir ao tribunal ouvir sua sentença. Nos boxes, comenta-se à boca pequena que ele deverá se sair bem da confusão, com uma multa e olhe lá. Jamais um piloto de Fórmula 1 fora condenado por envolvimento em uma briga de trânsito.

Londres, agosto de 1991. Já não chove na terra da rainha. O tribunal sentencia Bertrand Gachot a seis meses de reclusão. Cana, xilindró, cadeia, xadrez, cárcere, ver o sol nascer quadrado. Vítima de sua estupidez, algemado, cabisbaixo e incrédulo, o belga sai de cena escoltado. E abre espaço para o começo de uma nova era na Fórmula 1.

PARTE I

1
AS DUAS LARGADAS

Era fim de agosto, meio do campeonato, e Eddie Jordan não podia acreditar que perdera Bertrand Gachot para o sistema penitenciário inglês. Sua aposta natural para substituir o agora hóspede da Brixton Prison era o sueco Stefan Johansson, experiente piloto de 34 anos com passagens por Tyrell, Toleman, Ferrari e McLaren. Mas um argumento o fez mudar de idéia.

Os 300 mil dólares oferecidos a Eddie pela Mercedes-Benz estimularam-no a aceitar que um novato de apenas 22 anos – cuja experiência em monopostos importantes restringia-se a um título da F3 alemã – se sentasse no cockpit da sua Jordan.

O tal Michael Schumacher ignorara o tradicional caminho de um pretendente à Fórmula 1. Preterira a Fórmula 3000 para buscar na equipe júnior da construtora tedesca e em seu parceiro na Esporte-Protótipos Mundial, Jochen Mass, os ensinamentos que, acreditava, fariam dele um campeão. Era também do maior interesse da multinacional ter um seu protegido na mais importante categoria do automobilismo – e isso, sabiam, custava dinheiro. O garoto estava com eles havia um ano e meio quando foi levado à Spa-Francorchamps naquela tarde.

Escoltado por seu fiel escudeiro e empresário Willi Weber – o homem que o descobrira ainda na Fórmula Ford, o levara à F3 e o apresentara à fábrica de Stuttgart –, o menino prodígio da todo-poderosa Mercedes mal falou. Foi a Weber que Eddie Jordan perguntou se o moleque ao menos conhecia o traiçoeiro circuito belga. "Sim, claro." Se foi a objetiva afirmação do empresário ou os objetivos 300 mil dólares que convenceram o irlandês, só se soube anos mais tarde. "Eu sempre gostei de receber o não merecido crédito por ter descoberto Michael. Mas, se você quer saber a verdade, escolhi Michael porque ele podia pagar", declarou em entrevista à revista *F1 Racing*.

O fato é que na sexta-feira, 23 de agosto de 1991, Michael Schumacher já pilotava o bólido esmeraldino da Jordan número 32.

(Em algum lugar de Spa, Willi Weber gargalhava. Conseguira e nem precisara mentir. Afinal, aquele calouro que ele ajudara a sentar em um carro da mais cobiçada categoria automobilística mundial conhecia mesmo o traçado de Spa. Até já dera um par de voltas nele no passado. De bicicleta.)

Hürth-Hermülheim, 3 de janeiro de 1969. Sob o frio do rigoroso inverno alemão, Elisabeth e Rolf comemoravam a chegada de seu primogênito. Todavia, perto de Colônia – a somente 13 quilômetros dali –, na cidade em que moravam, os tempos não estavam nada fáceis e os empregos eram cada vez mais raros.

No extremo oeste da Alemanha, Kerpen ainda vivia da indústria de carvão que se instalara havia décadas na região, estrategicamente cercada por rodovias e distante apenas 50 quilômetros das fronteiras com a Bélgica e com a Holanda. Suas pedreiras, entretanto, começavam a escassear e as minas já não podiam prover o sustento dos 50 mil habitantes do povoado.

    Rolf Schumacher fugira da crise aproveitando os anos em que Michael ainda não precisava ir à escola para viajar pelo país; junto com Elisabeth e o bebê, rodou toda a Alemanha instalando e consertando caldeiras. Mas era hora de estabelecer-se em porto seguro novamente, e Rolf deu uma sorte danada. Quando começava a se preocupar em como garantir o leite do pequeno rebento, o operário tropeçou no destino. Passando em frente à pista de kart local, viu uma plaqueta pendurada na porta: "Procura-se zelador". Candidatou-se e ganhou a vaga. Inaugurado quatro anos antes, em 19 de abril de 1965, o circuito Graf-Berghe-von-Trips-Kartbahn quase fechara nos meses seguintes, e somente naqueles idos de 1968/69 começava a prosperar.

    Melhor: a casa em que moravam ficava à distância de uma reta de chegada da pista, separada apenas por uma antiga pedreira. Rolf deveria abrir e fechar o kartódromo, garantir a limpeza, a segurança e a manutenção do local, além de quebrar qualquer galho necessário. Para completar, ele arranjara um emprego para a esposa, que ainda amamentava o recém-nascido Michael, mas já passaria a tomar conta da lanchonete do estabelecimento. O futuro da família Schumacher começava a mudar.

    Enquanto Elisabeth desdobrava-se entre cuidar do bebê e grelhar salsichas, Rolf desenvolvia suas habilidades como mecânico. Virava e mexia, um carro quebrava uma rebimboca aqui, outro soltava uma parafuseta ali, e lá estava Herr Schumacher para dar um jeito no problema. Certa tarde de domingo, passeando às margens de um rio com sua senhora, notou uma motocicleta submersa nas águas. Supôs que tivesse sido abandonada por seu antigo dono, então não lhe pareceu errado retirá-la daquela que seria sua última morada e levá-la para casa.

Rolf ocupava todo o seu tempo livre restaurando o motor que removera da motocicleta moribunda. Elisabeth não compreendia bem sua obsessão e o objetivo daquilo, mas deixou o marido quieto no seu canto. Michael, batendo às portas dos 4 anos, já lhe dava trabalho bastante com os machucados que arrumava subindo e descendo das árvores da vizinhança. Tão ocupado em suas travessuras, nem percebia o presente que estava prestes a ganhar.

O garoto adorava acompanhar os pais ao trabalho e assistir às pessoas grandes que pilotavam aqueles carrinhos velozes. Como eram rápidos! Desejava brincar de correr daquele jeito, assim como desejava uma bola, uma casa na árvore e tantas outras coisas com as quais qualquer menino sonha. Pilotar era apenas mais um sonho – que papai Schumacher tratou logo de realizar quando concluiu sua obra-prima na arte da restauração mecânica. Ele havia instalado o recauchutado, resgatado e semi-afogado motor em um antigo esqueleto de kart – que encontrara abandonado nos depósitos da pista – e construído um bólido rápido e bonito o suficiente para encher os olhos do filho.

Michael Schumacher tinha 4 anos quando pilotou um automóvel pela primeira vez. Não foi exatamente um sucesso, é verdade. A bordo de seu recém-construído veículo, o garoto saiu sacolejando pelas calçadas e ruas de Kerpen "até que bateu com tudo num poste do estacionamento", como lembra Rolf. Atônito, o pai levou o kart demolido para casa e o menino, para o médico. O joelhinho precisaria de sete pontos. "Mas Michael não deu um pio. Sabia que o problema estava no carro."

Lição aprendida, veículo consertado, aos 5 anos, o pequeno ganhou seu primeiro troféu – a foto da tarde da vitória registrou o menino cercado por concorrentes de 14 anos. Foi bem no comando do kart, se divertiu, chamou a atenção de alguns pela pouca idade. Aquele esporte, no entanto, era tão especial para o alemão quanto os tantos outros que praticava. "Minha infância foi igual à de qualquer outro garoto. Jogando futebol, subindo em árvores, arrumando umas encrencas. Absolutamente normal. Até um final de semana, com uns 11 anos, em que precisei optar entre disputar um torneio de judô ou uma corrida de kart. Escolhi o judô, fiquei em terceiro e tive a certeza de ter feito a escolha errada."

Elisabeth preparou sua especialidade naquela noite. Um eldorado em forma de sobremesa, na qual uma transcendental calda de frutas vermelhas – e sua flotilha de amoras, framboesas, groselhas e cerejas – encontra-se com uma nobre porção de creme de baunilha. Seu célebre e ansiosamente desejado Rote Grütze com Vanilla Soβe já fumegava na tigela quando ela deu a notícia. Michael, então com 5 anos, ganharia um irmãozinho. O menino, que já quase não parava em casa, adorou a idéia de ter à mão um companheiro de peraltices.

Ainda filho único, se não estivesse ocupado com lições de inglês ou matemática – suas favoritas –, o pequeno traquinas podia ser encontrado a bordo de seu mais novo brinquedo. Entretanto, por melhor que se mostrasse ao volante, seu pai tentava não encorajá-lo em demasia. Tratava-se de um esporte de rico e era bom que o menino não se acostumasse com algo que não pudesse bancar. Era uma diversão, e era só. (Só – como advérbio denotativo de pouca quantidade ou como adjetivo indicativo de solidão – era algo que Michael Schumacher não conheceria nas pistas. Mas ele ainda não sabia disso.)

Em 30 de junho de 1975, já sob as temperaturas crescentes do verão alemão, e na mesma Hürth-Hermülheim, a família ganhava seu mais novo integrante. Queixo proeminente, nariz afilado, era definitivamente um Schumacher. A mãe pensou em homenagear o marido, ato mais do que comum à época – e ainda hoje –, porém Rolf bateu o pé. Não se sabe se por modéstia, gosto para nomes ou para não influenciar a personalidade do menino, preferiu chamar-lhe Ralf.

O talento do irmão mais velho florescia proporcionalmente à curiosidade que seu desempenho nas corridas levantava nos aficionados de velocidade. Especialmente quando, em 1980, passou a competir na recém-construída pista de Mannheim, nos subúrbios de Kerpen. Com estrutura superior à do Graf-Berghe-von-Trips-Kartbahn – ainda que também pertencente aos membros do Kart Club local –, atraía cada vez mais alemães a suas pistas e arquibancadas.

Assim que Ralf completou 5 aninhos, mamãe e papai concederam a Michael permissão para levar o irmãozinho a brincar de pilotar. Um já entrava na adolescência, o outro mal saíra das fraldas; a idade, contudo, não impediu que se tornassem inseparáveis companheiros de velocidade. E, na região, não havia quem não comentasse as façanhas dos irmãos Schumacher.

Michael já participara de algumas competições locais (uma delas, em 1979, contra seu futuro rival nas pistas e no amor, Heinz-Harald Frentzen), mas foi somente em 1983, aos 14 anos, que obteve a licença da Federação Alemã para disputar campeonatos oficiais de kart. Até então, Schumi corria por Luxemburgo. Sim, aquele grão-ducado pequenino, encravado entre Alemanha, Bélgica e França, uns dos menores países do mundo, logo ali na fronteira, não muito distante de Kerpen. O próprio Michael, promessa adolescente do momento, revelou o motivo da "mudança" a um repórter da rede de televisão alemã RTL: em terras germânicas, custava dinheiro estar no automobilismo, ao passo que, no país vizinho, não se pagava nada. E, nessa época, cada marco era contado na casa Schumacher. Além disso, seguiu explicando o jovem Michael, na Alemanha, só pilotos a partir de 14 anos podiam competir oficialmente de kart – em Luxemburgo, a idade inicial para a molecada era 10 anos. O vizinho foi bom enquanto durou, mas logo Schumi estaria de volta à sua terra natal.

Rolf e Elisabeth continuavam com seus antigos empregos e salários, que, embora fossem suficientes para pagar as contas e garantir uma boa vida aos filhos, não permitiam qualquer luxo ou extra. Ainda mais se esse extra consistisse em bancar o início da carreira esportiva do primogênito em uma modalidade tão dispendiosa. Aos 10 anos, Michael quase enfrentou o fim – antes do começo – de sua carreira. Seu kart havia quebrado, e o conserto fora estimado em 800 marcos. "É o fim dessa história. Sinto muito, está ficando caro demais", declarou o conformado Rolf.

Schumacher coletava os pneus dispensados pelos colegas e os instalava em seu carro. Considerado até hoje um homem econômico, naquela época, o menino não tinha mesmo opção. Era liso como pau-de-sebo. Para começar a pilotar seriamente, dependeu da ajuda de amigos, conhecidos, admiradores, comerciantes locais e, principalmente, de donos de equipes de kart que apostaram em seu talento e financiaram sua entrada no mundo das competições oficiais de automobilismo. E valeu a pena. Investimento seguro e de retorno certo. Tiveram a certeza disso ao vê-lo vencer uma prova, sob chuva, com uma só mão no volante, enquanto com a outra segurava uma peça no motor, que se soltara ainda na primeira volta.

Em 1984, seu primeiro ano licenciado pela Federação Alemã, e em sua estréia no Campeonato Alemão Júnior de Kart, o adolescente de 15 anos começou com o pedal direito. Foi logo campeão para não deixar dúvidas de que ali era o seu lugar. No ano seguinte, na mesma categoria Júnior, chegou ao bicampeonato alemão e novamente percebeu ter feito a escolha certa ao abandonar o judô. Ainda em 1985, em sua primeira investida na categoria principal, Michael terminou o Campeonato Mundial de Kart em segundo lugar. Mesmo consciente de seu potencial, ele ainda não acreditava que a velocidade pudesse um dia alimentar não apenas sua paixão, mas também sua família. Como iria viver daquilo?

Seus primeiros patrocinadores foram uma empresa de tintas e um distribuidor de máquinas de venda automáticas. O adolescente percorreu a Alemanha de ônibus disputando provas, e, nos intervalos destas, estudando para outras ainda mais difíceis: as provas do colégio. Aos 17 anos, ainda não estava seguro de qual rumo tomar na carreira e ingressou em um curso de mecânica, seguindo o caminho da escola-técnica do sistema educacional alemão. "Naquela época, correr ainda era um hobby. Não tinha fantasias com GPs de Fórmula 1. Somente com 20 anos, quando fui para a equipe de jovens pilotos da Mercedes, eu pensei: 'Ei, talvez dê pra ganhar a vida com isso'. Só aí", declarou Schumi anos depois.

Mudando de vez para a categoria Sênior do kart, em 1986, Schumacher ficou apenas em terceiro na classificação geral, tanto no Alemão quanto no Europeu. Um pequeno percalço no caminho de sua maior conquista até então, que viria no ano seguinte: os títulos de ambos os campeonatos. Aos 18 anos, sagrava-se campeão nacional e continental, e garantia sua passagem para o mundo "Fórmula" do automobilismo. Mas não seria tão fácil assim...

2
BILHETE PREMIADO

Ao que tudo indicava, 1988 seria seu ano da virada. Convidado a participar de um test drive para a Fórmula Ford 1600, o jovem piloto estava animado até descobrir que, para isso, precisaria desembolsar 500 marcos (cerca de 300 dólares), que não tinha. Era muito dinheiro e seus pais também não podiam ajudar. Paciência. Esperou mais um pouco e conheceu Jürgen Dilk, *manager* da Euphra Formula Ford Team, que o convidou – sem despesas – a integrar sua equipe. De quebra, arrumou-lhe também um cockpit na recém-criada Fórmula König, cujos carros de transmissão e motor Fiat de 1.000 cilindradas eram a esperança de seus promotores em lançar para o mundo os destaques da nova geração européia. Funcionou. Michael Schumacher foi o campeão da temporada de estréia da König, vencendo nove das dez corridas. Pilotando paralelamente pela Euphra, terminou em sexto lugar na Ford 1600 alemã e em segundo na européia, atrás apenas do finlandês Mika Salo.

Como não poderia deixar de ser, seu nome caiu na boca do povo. Por povo, entendam-se donos e diretores de equipes das importantes categorias do automobilismo do Velho Continente. Um deles, o também alemão Willi Weber, enquanto buscava novos talentos para sua esquadra, assistiu a um show ao melhor estilo Schumacher. No austríaco e ensopado Salzburgring, ainda pela Ford 1600, o ousado e um tanto irresponsável piloto saltou da sétima para a primeira colocação em apenas uma volta! Em pouco mais de dois minutos, debaixo de um temporal e com quase nenhuma visibilidade, aquele moleque de 19 anos ultrapassara cinco adversários. Não era todo dia que se viam manobras como aquela, e Willi estava lá para testemunhá-las ao vivo e em cores.

Impressionado com seu compatriota, convidou-o a experimentar um dos bólidos da Weber-Trella Stuttgart, sua equipe de F3 alemã em sociedade com Klaus Trella. No primeiro test drive, Schumi foi um incrível segundo e meio mais veloz que o principal piloto da WTS (o equivalente a uma semana na frente, nos cronômetros do mundo da velocidade). Michael assinou então um contrato de dois anos, com o empresário pagando-lhe 2.000 marcos (cerca de 1.200 dólares) e, principalmente, responsabilizando-se por todos os seus custos – normalmente, o piloto ou seu patrocinador precisa pagar parte dos enormes gastos envolvidos no processo. O valor assumido pela WTS? Um milhão de marcos (aproximadamente 600 mil dólares).

Pelo acordo firmado, Willi Weber não seria apenas patrão de Michael, mas também o gerenciador de sua carreira, e, como tal, com direito a uma generosa porcentagem de tudo o que o garoto recebesse por pelo menos dez anos. "Você dirige o carro; eu cuido do resto. Em troca, fico com 20% de tudo o que você ganhar", disse-lhe Weber. O homem que ficaria conhecido na Alemanha como Mister 20 Prozent sentira cheiro de campeão, era um empresário esperto e não podia estar enganado. Jogara na loteria e sua recompensa não demoraria a chegar. Só não sabia que tinha mesmo ganho na loto. E sozinho.

Então com 20 anos, Schumacher disputou sua primeira corrida pela F3 alemã em 16 de abril de 1989, no circuito de Hockenheim. Com sua Reynard-893-VW, cravou o segundo tempo nos treinos de classificação e terminou a prova em terceiro lugar – nada mal para um estreante. Ao longo da competição, ficaria claro que o título tinha destino certo. Ou nem tanto. Certo que ficaria entre Michael Schumacher, Heinz-Harald Frentzen ou Karl Wendlinger; difícil seria achar alguém capaz de apostar um dinheiro suado em qualquer um deles. O equilíbrio entre os bólidos da WTS, Schübel e Ralt-Alfa Romeo não tinha precedentes, e é possível dizer sem medo que, até hoje, poucos torneios viram uma classificação final como a do Campeonato Alemão de F3 de 1989. Em primeiro, o austríaco Wendlinger com 164 pontos. Dividindo o vice, os alemães Frentzen e Schumacher, ambos com 163. Frentzen, com uma vitória a mais, foi declarado segundo colocado pelo critério de desempate.

O terceiro lugar do garoto de Kerpen indicava um futuro promissor nas categorias mais altas do automobilismo. O caminho natural seria tentar um cockpit na Fórmula 3000, considerada a grande vitrine de talentos destinados à F1. Willi Weber, contudo, guardava outros planos para seu cliente. Acreditava que, além de ter a oportunidade de mostrar aos grandes seu talento nas pistas, Schumacher precisava ainda amadurecer como piloto e aprender a lidar com a pressão de sua carreira da maneira mais profissional possível. Foi aí que resolveu bater à porta de Jochen Neerspasch. E o mandachuva da Mercedes Motorsport, divisão responsável pelos carros esportivos da companhia, convenceu-se de que aquele rapaz de 21 anos era o nome certo para sua recém-formada equipe Júnior. "Ele era como um bebê. Com isso, quero dizer que tinha a habilidade que só os bebês têm para aprender. Em um ano, ele aprendeu o que outros aprenderam em três", disse tempos depois.

Em 1990, aprendizado era a palavra de ordem para aquele jovem esquadrão. A montadora sabia que, com um pouco de investimento, poderia formar, dentro de sua própria casa, um novo campeão mundial. Suas apostas: os velhos conhecidos Wendlinger, Frentzen e Schumacher. A fim de lapidar aqueles talentos, foram ministradas aulas as mais diversas. Dentre elas, Como lidar profissionalmente com a imprensa, Retórica, Como dar entrevistas em inglês e Como se relacionar com os patrocinadores. A Mercedes não queria apenas um vencedor, queria um vencedor com pós-graduação em marketing. E Schumi, por enquanto, era formado apenas no segundo grau técnico, em mecânica.

A equipe Júnior participaria do Campeonato Mundial de Carros Esportivos, com seus bólidos incrivelmente velozes e de linhas futuristas. Categoria acompanhada desde 1953 por uma legião de fanáticos, fora disputada com diversos nomes: Mundial de Marcas, Carros Esporte, Endurance e Esporte-Protótipos. As longas corridas podiam durar cerca de cinco horas ou 1.000 quilômetros (Nürburgring, Spa, Brands Hatch, Monza), seis horas (Silverstone), 12 horas (Sebring), e até 24 horas (Le Mans e Daytona). Só para se ter uma idéia, a italiana Targa Florio, na Sicília, era caso único – para não dizer bizarro. O campeão podia comemorar a vitória depois de "apenas" 11 giros de estradas e ruelas sem a menor proteção. Um detalhe: cada volta se estendia por 72 quilômetros!

Em 1985, um ambicioso suíço fizera uma proposta de parceria à multinacional alemã visando à Esporte-Protótipos Mundial – categoria em que a equipe Júnior seria inserida cinco anos mais tarde. Tinha em mãos o projeto de um inovador propulsor V8 que, assegurava, poria fim à soberania da Jaguar e da Nissan. Galgando seu caminho rumo à F1, Peter Sauber tornou-se *manager* da Sauber Mercedes Team e acabou mesmo com a graça de britânicos e japoneses. O campeonato disputado pela equipe da Estrela de Três Pontas, sob o comando do empresário, era um celeiro não só de potencial humano como também – e talvez principalmente – de tecnologia automotiva. Porsche, Ford, Lancia, Ferrari, Mazda, Toyota, Aston Martin e Peugeot foram algumas das montadoras a integrá-lo. Embora não tivesse o glamour das outras Fórmulas, sua estrutura, seus pilotos e a potência de seus bólidos eram superiores às de todas elas. Em 1990, por exemplo, enquanto a Ferrari disputava o Mundial de F1 com sua F640 de motor com 685 cavalos, a Mercedes-Benz C11 corria pela Esporte-Protótipos com cem eqüinos a mais sob seu capô brilhante. Frentzen definiu bem a mudança de patamar. "Isso foi um salto de qualidade: dos caiaques de 170 cavalos da Fórmula 3 para os 800 das nossas Flechas de Prata."

Para domar tão possante manada, Karl e Frentzen, além das aulas teóricas, contaram com a experiência do veterano Jean-Louis Schlesser, de 41 anos, e Michael com a de seu compatriota Jochen Mass, de 43. É opinião de muitos que este foi o homem responsável por incutir em Schumacher algumas das características que fizeram do alemão um atleta fora de série, acima da média, diferenciado em todos os sentidos. Seguro dizer que Schlesser acrescentou conhecimento a Wendlinger e Frentzen; mais seguro ainda afirmar que ambos encontraram apenas papéis secundários nos anos seguintes de suas carreiras. Jochen foi além do básico. E para Schumacher a história foi bem diferente.

3
O MESTRE E O ESQUADRÃO

Em 1961, um alemão encabeçava o Mundial de F1. Era o conde Wolfgang Reichsgraf Alexander Berghe von Trips (o mesmo que daria nome ao kartódromo em que Schumacher começara a pilotar), um excêntrico milionário que ficara conhecido como Axel Linther — pseudônimo que usou no início da carreira para esconder da tradicional família a paixão pela velocidade. Pilotando sua Ferrari seis cilindros, vencera os GPs da Holanda e da Inglaterra, fora segundo na Alemanha e na Bélgica e quarto em Mônaco. Atingira o ápice de sua carreira, liderava o campeonato e largava no Grande Prêmio da Itália para ser o primeiro tedesco da história campeão mundial de Fórmula 1. Só não sabia que, além das curvas e guard rails, a tragédia estava em seu caminho. Logo no segundo giro, na célebre curva alta de Monza, Von Trips bateu na Lotus de Jim Clark e decolou de encontro à tela de proteção e aos espectadores. Enquanto o piloto era arremessado ao chão, seu bólido caía sobre a platéia e matava 14 pessoas. Ele já estava morto. O americano Phil Hill sagrou-se campeão daquele ano por apenas um ponto, 34 a 33.

O Grand Prix espanhol de 1975, passados 14 anos da catástrofe na Velha Bota, seria também memorável por muitas razões. Os pilotos tentavam desesperadamente não correr, preocupados demais com a segurança – ou falta dela – dos circuitos de rua. Somente a ameaça da organização da prova de apreender os carros convenceu os mais relutantes a alinharem-se no grid de Montjuich Park. O medo não era infundado, como se provaria após o sinal verde. Foram 11 os pilotos acidentados até a 29ª volta, quando um grave acidente levou à interrupção do GP. Com a asa de seu Hill GH1 quebrada – e em uma triste reprise de 1961 –, o alemão Rolf Stommelen decolou da pista e aterrissou sobre a platéia, matando cinco espectadores e se machucando gravemente. Jochen Mass, que liderava a prova com sua McLaren-Ford, foi declarado o vitorioso da corrida de Barcelona que todos queriam esquecer. Pior, a conquista valeu só metade dos pontos. Era a primeira vez que um alemão vencia uma prova desde Wolfgang von Trips.

Foi a única vitória de Mass em dez anos e 105 Grandes Prêmios de F1. Não tinha ainda certeza de quando pararia até o nono giro do GP da França de 1982. Naquela tarde de verão, em Paul Ricard, o desastrado novato Mauro Baldi abalroou seu Arrows a mais de 200km/h contra o March de Jochen, lançando-o em chamas na direção da cerca que rodeava o circuito. Onze pessoas ficaram feridas, mas o piloto, quase por milagre, foi resgatado ileso. Saindo de seu cockpit em frangalhos, ignorou o assustado Baldi – que gesticulava loucamente, tentando justificar sua manobra estúpida –, jogou luvas e balaclava sobre o bólido incendiado e disparou para os boxes. Ainda chamuscado, discutiu com o chefe da equipe antes de entrar em seu trailer, trocar de roupa e partir para a Alemanha. Na quarta-feira telefonou à Inglaterra, sede da March, e sentenciou: "Não corro mais, nem para vocês nem para ninguém. Estou fora da F1." Reservado ao desafortunado Mass, um dos capítulos do livro *Os arquivos da Fórmula 1*, do jornalista Lemyr Martins, termina narrando:

> Seus amigos mais próximos contaram que aquela renúncia não foi intempestiva. Sua vontade de deixar as pistas já tinha lhe ocorrido dois meses antes, nos treinos do GP da Bélgica de 9 de maio, dia em que Gilles Villeneuve tocou na roda traseira do seu carro antes de voar para a morte. E, depois, a batida naquele 25 de julho de 1982 em Paul Ricard, o susto, o fogo, as 11 pessoas feridas e os gritos desesperados de Mauro Baldi aposentaram Jochen.

Aposentado dos cockpits da Fórmula 1, sim. Da história do automobilismo, nunca. Jochen Mass não só faria sucesso como piloto de outra categoria, como seria fundamental para a formação do maior ás dos volantes de que já se teve notícia.

Cidadão de Munique, nascido em 30 de setembro de 1946, "Hermann, the German" – como seria apelidado por seus companheiros de McLaren – viveu na equipe inglesa seus mais importantes anos de Fórmula 1. Um outrora hábil marinheiro de aparência um tanto desgrenhada, Jochen Mass começou sua carreira em maratonas e provas de subida de montanhas com uma Alfa Romeo Giulia Spring. Seu reconhecimento internacional, porém, veio somente no raiar dos anos 1970, ao volante de um Ford Capri no Campeonato Europeu de Carros de Turismo. Após uma breve passagem pela Fórmula 2, o alemão ganhou seu visto de acesso ao mundo da F1. Em 1973, estreou pela Surtees no Grande Prêmio britânico, e logo em 1974 já estava a bordo de uma Yardley McLaren M23, para começar de vez sua história no mais alto degrau do automobilismo. No ano seguinte, recebeu Emerson Fittipaldi como companheiro de equipe na – a esta altura – Marlboro-McLaren e venceu sua primeira e única corrida (o trágico GP espanhol que terminou com a morte de cinco espectadores, um Rolf Stommelen estrupiado e só metade dos pontos para Mass).

Jochen parecia estar indo bem. Até que a chegada de James Hunt, já em 1976, relegou-o ao segundo plano na equipe – de onde pôde somente assistir ao inglês superar o favorito Niki Lauda e levar o título para terras britânicas. Mudou então para a ATS na desastrosa temporada de 1978, que abandonaria prematuramente com uma perna quebrada nos testes em Silverstone. Seguiram-se dois anos pela Arrows, um fora da F1 e uma infeliz tentativa de voltar pela pouco combativa RAM March, em 1982 – pela qual se aposentaria em definitivo da categoria.

Jochen Mass decidiu então, aos 36 anos, partir para uma nova empreitada: Carros Esportivos e a Esporte-Protótipos Mundial. Fez a escolha certa. O alemão tornou-se o segundo maior vencedor da categoria, com 32 vitórias – atrás apenas do belga Jacky Ickx, vice-campeão da F1. Seu nome figura também no ranking das duplas mais vitoriosas; no primeiro posto, pela parceria com o próprio Ickx, e no terceiro, pela com Jean-Louis Schlesser. Embora tenha alcançado a maior parte de suas conquistas pela Porsche – onde ficou de 1982 a 1988 –, foi na Sauber-Mercedes que Mass pôde influir na história do automobilismo.

Antes disso, contudo, fizera, junto com o francês Schlesser, o italiano Mauro Baldi (em um reencontro com o homem que colaborara para sua decisão de largar a F1) e o britânico Kenny Acheson, uma temporada impecável pela equipe. Das oito corridas disputadas em 1989, em sete as Flechas Platinadas cruzaram a linha de chegada à frente dos concorrentes. Com a decadência da Porsche, que rodara soberana nos últimos anos, a Sauber-Mercedes era quase imbatível. E como "quase" não integrava o vocabulário da construtora, trataram logo de trazer sangue novo ao grupo para garantir que sua supremacia – naquele momento, nas mãos de homens já acima dos 40 – durasse ainda muito tempo.

Como um bólido da Esporte-Protótipos corria com piloto e copiloto, cada jovem contratado foi alocado em dupla com um dos veteranos da casa; para a companhia de Jochen Mass, a Mercedes designou o campeão da F3 alemã, Michael Schumacher. Um menino bom, sem dúvida, mas ainda verde com seus 21 anos.

De fato, Mass lhe ensinou táticas de corrida e dicas para acertar um carro, economizar combustível e preservar os pneus como poucos; no entanto, fez muito mais. Foi sob sua tutela que o futuro heptacampeão aprendeu os benefícios da boa forma e da resistência física para suportar – incólume – longos períodos dentro de cockpits quentes demais até para o acostumado diabo. Seu vigor passou a ser motivo de espanto e continuou a sê-lo durante toda sua carreira. É possível ver imagens de Schumi, mais próximo dos 40 que dos 30, após duas horas de prova, subindo ao pódio novinho em folha, relaxado como se voltasse de um passeio matinal – em um contraste quase pitoresco com seus ofegantes e esfalfados colegas, muitas vezes até dez anos mais moços que ele.

Além da capacidade de tolerar o calor, Schumacher desenvolveu – inicialmente, sob as orientações de Jochen Mass – uma incrível força e flexibilidade muscular. E, como explica o dr. Johannes Peil, diretor da Bad Nauheimer Sportklinik e ortopedista do piloto: "Quanto melhor a coordenação e a firmeza de ombros, braços e mãos, mais precisos serão os movimentos ao volante." Alguém duvida?

A dupla Mass/Schumacher não fez mais bonito do que as outras parcerias da equipe. O incansável Michael, aliás, nem sequer compareceu às duas provas iniciais da Esporte-Protótipos, ocupado que estava em cumprir seu contrato com a WTS, de seu empresário Willi Weber, e disputar a Fórmula 3 alemã. A Mercedes, todavia, só lhe deu descanso no começo – a partir de maio, o piloto teve de se desdobrar entre as duas categorias.

Seu início na F3 de 1990 não foi exatamente magnífico. Abandonou no circuito de Zolder, ocupou uma insignificante 19ª posição em Hockenheim, e terminou apenas em quinto lugar na terceira etapa, em Nürburgring. Daí para a frente, porém, só deu Schumacher. A bordo de sua Reynard-903-VW, venceu cinco das sete disputas seguintes e garantiu o título por antecipação. Na última prova – de volta a Hockenheim e já campeão –, recebeu como companhia nas pistas o finlandês campeão da badalada F3 britânica, convidado especial daquela tarde de 13 de outubro. Certo que não por cortesia de anfitrião, o alemão terminou em segundo, com Mika Häkkinen à sua frente. De qualquer forma, a conquista da Fórmula 3 alemã dava-lhe o direito de disputar a prestigiosa corrida extra-campeonato de Macau, onde estariam os mais promissores talentos do mundo inteiro – inclusive o tal finlandês voador. Mas a oportunidade de mostrar suas habilidades em tal circunstância e de conseguir uma revanche viria apenas em 25 de novembro.

Naquela temporada, embora os organizadores não admitissem, a crise se hospedara de vez na Esporte-Protótipos, e não dava sinais de estar de saída. Desde que desenvolvera o Turbomotor de alta capacidade e encontrara a solução para a regulagem do consumo de combustível, a Sauber-Mercedes passara a jogar sozinha noutra divisão – seus bólidos eram absurdos dois segundos mais rápidos que os outros. Mark Blundell, então piloto da Nissan, estava irritado. "Esse carro corre sozinho! Dêem logo o título pra Mercedes e deixem-nos disputar o terceiro lugar!" Estava ficando chato.

Em 19 de agosto, contudo, os entusiasmados 30 mil espectadores de Nürburgring se aglomeravam no alambrado. Normalmente, a indefectível dobradinha prateada no pódio lhes teria permitido tirar uma soneca durante a prova, mas Michael Schumacher estava lá, oferecendo-lhes motivos suficientes para se manterem acordados. Em sua terceira vez atrás do volante da Mercedes C11, já fora mais rápido que seu mentor e somente sete décimos mais lento que o pole position daquele dia. O garoto era ousado, atrevido, petulante, abusado, destemido, intrépido, quase arrogante. Sabia que seu bólido era o melhor, sabia que ele seria o melhor. E era seu nome que os alemães clamavam.

Sempre ao lado de Jochen Mass, Schumi – que revezava o cockpit com Wendlinger – disputou apenas quatro das nove provas da Esporte-Protótipos de 1990. Em uma não alcançou o tempo exigido de qualificação para o grid, foi segundo em duas e venceu a última corrida do ano, no México, em 7 de outubro. Foi o quinto na classificação geral, atrás de seus veteranos companheiros Schlesser, Baldi e Mass e do único piloto de outra equipe entre os seis primeiros colocados, Andy Wallace, da Porsche. A Sauber-Mercedes sagrou-se campeã por equipes, com mais que o dobro de pontos da vice Silk Cut Jaguar.

Era chegada a hora de voar para Macau e encarar o desafio internacional de Fórmula 3, esperado ansiosamente por olheiros, especialistas e curiosos do mundo da velocidade. Além de descobrir um bom negócio antes da concorrência, sabia-se que aquela era a chance de poder assistir a um futuro gênio ainda na incubadora. E, é claro, aproveitar para lançar previsões transcendentais sobre o sucesso ou o fracasso alheio; o supremo prazer de palpitar, enfim. Se lá houve uma banca de apostas – e deve ter havido –, quantos teriam arriscado que dois daqueles três ocupantes do pódio seriam, em poucos anos, campeões mundiais de F1? Caso não rasgasse dinheiro ou possuísse comprovados dotes mediúnicos, nem o mais otimista dos aficionados o teria feito.

Mika Häkkinen, o favorito absoluto, venceu com folga a primeira bateria e necessitava apenas de um segundo lugar, na seguinte, para ser declarado campeão do Grand Prix. Precisando da vitória na derradeira bateria e de um mau resultado do finlandês, Schumacher liderou a etapa final até a última volta, quando se envolveu em um acidente que tirou Häkkinen da pista. Para alguns, o alemão teria "aberto a porta" de propósito e jogado deliberadamente o carro sobre o adversário quando ele tentava ultrapassá-lo. O fato inconteste é que Mika foi se encontrar com a brita e Michael, com a bandeira quadriculada – e, finalmente, com o reconhecimento internacional. Nascia aí uma rivalidade que duraria ainda uma década.

Pela primeira vez na carreira, Michael Schumacher começava um ano pensando que aquele negócio de pilotar poderia mesmo dar certo. Como parte do plano de promoção da divisão de Carros Esportivos da Mercedes para 1991, o *manager* Jochen Neerspach desfizera as antigas duplas e determinara que Schumi e Karl Wendlinger – que até então haviam sido somente co-pilotos de Mass – teriam agora seu próprio bólido. Os veteranos Jean-Louis Schlesser e Jochen Mass, de 42 e 44 anos respectivamente, dividiriam o outro cockpit.

A categoria mudara de nome e de regulamento. Voltava a se chamar World Sportscar Championship e seus organizadores tentavam a qualquer custo aniquilar a soberania da Sauber-Mercedes Team. Naquele ano, determinaram, as dez primeiras posições no grid poderiam ser ocupadas somente por carros com motores regulares; os com Turbomotor – leia-se as Flechas Platinadas – só poderiam largar dali para trás. Era como em uma maratona, por exemplo, mandar o pelotão de elite partir para a disputa vinte minutos depois do resto. Ou, em uma partida de futebol, impor um placar de 3 a 0 contra o time de maior tradição. Lamentável. Mas a tática funcionaria, ao menos para brecar a Mercedes.

Schumi, a bem da verdade, já pouco se importava com sua colocação no campeonato; Willi Weber o convencera de que a F1 era seu lugar. Chegar lá era só uma questão de tempo, dizia. Para tanto, bastava ao piloto continuar com aquilo que fazia de melhor: causar impacto nas pessoas certas. E Michael não impressionava somente os grandes nomes do automobilismo. Aos 21 anos, ganhou seu primeiro grande bônus: 20 mil libras (cerca de 40 mil dólares). Entregou-os em uma maleta, em espécie, a Rolf Schumacher. "Minha família tinha muitas dívidas, por isso, dei a maleta cheia de dinheiro ao meu pai. Ele não podia acreditar. Foi um momento muito especial", disse o bom filho anos depois.

Na estréia da World Sportscar Championship, em 14 de abril de 1991, os prodígios alemão e austríaco cravaram o segundo tempo no treino de classificação, atrás apenas de seus velhos companheiros de equipe. Com a punição imposta pelas novas regras, Schumi e Wendlinger alinharam seu C291 no 12º lugar do grid e os veteranos no 11º. Como aconteceria em cinco das oito provas da temporada, abandonaram o GP do Japão por problemas técnicos. Em Suzuka, o carro pegou fogo, em Monza e Nürburgring foi o motor, em Magny-Cours tiveram problema hidráulico e no México, na bomba de óleo. As Flechinhas de Prata pareciam um tanto enferrujadas.

A categoria de Protótipos Esportivos estava no bico do corvo – aquele seria seu penúltimo ano. Sua repercussão era mínima; a cobertura televisiva de provas com duração de 6, 12 e até 24 horas, inviável. O empurrão final para o precipício veio justamente em 1991, quando a Federação Internacional de Automobilismo impôs às montadoras o motor de 3,5 litros e aspiração natural. A determinação tornava o campeonato desinteressante para a Jaguar (e seu propulsor de 7,0 litros), a Porsche (e seu turbo) e a Mazda (e seu rotativo Wankel). A FIA sabia das conseqüências e, por isso mesmo, armara o estratagema para forçar os fabricantes a ingressarem na F1 – muito mais lucrativa e carente de grandes marcas como as que figuravam na World Sportscar Championship até então. Algumas montadoras chegaram a se arriscar na nova empreitada, outras não; o fato é que no grid de Monza, primeira prova de 1992, seu último ano, das dez equipes do ano anterior, restavam apenas seis no Campeonato de Carros Esportivos.

Talvez por antever a derrocada da categoria ou por estar mais preocupada em voltar à F1, ainda que indiretamente, a Mercedes-

Benz fez feio no campeonato de 1991. Ficou em terceiro por equipes, com nove pontos a menos que a Peugeot Talbot Sport, e vergonhosos 38 tentos atrás da Silk Cut Jaguar – que fora vice no ano anterior, com metade dos pontos do time germânico. Na tábua dos pilotos, Jochen e Jean-Louis dividiram a sétima e Michael e Karl, a nona posição. Em condições normais, seria uma temporada execrável. Cabeças rolariam. Não foi o que aconteceu.

Schlesser e Mass batiam às portas da aposentadoria, e sua motivação, depois de quase trinta anos ao volante, compreensivelmente já não se mostrava a mesma de outrora. A Mercedes devia explicações, e a decadência da categoria e de seus pilotos principais não era lá justificativa satisfatória para seu medíocre desempenho. O saldo da temporada de 1991 era negativo, ponto final. Não fosse por um detalhe, difícil de ser ignorado: apesar de tudo, suas apostas para o futuro, Michael Schumacher e Karl Wendlinger, terminaram o ano sentados na Fórmula 1.

4
A SOLUÇÃO PARA OS SEUS PROBLEMAS

Em 1923, o renomado jornalista Charles Faroux contou uma idéia aos amigos Georges Durand, secretário-geral do L'Automobile Club de L'ouest, e Emile Coquille, diretora da filial francesa da gigante dos pneus Rudge-Whitworth Wheel Company. Preocupado com as condições elétricas do equipamento automotivo da época, Faroux sugeriu a criação de uma corrida noturna cujo objetivo seria estimular o desenvolvimento tecnológico dos carros. E se teria de virar a noite, por que não durar 24 horas? Concebeu-se então o Grand Prix D'Endurance de 24 Heures – Coupe Rudge-Whitworth, em um circuito de 17 quilômetros de estradas, na região de Le Mans, capital do departamento de Sarthe, França. A prova de longa duração ficaria consagrada como as 24 Horas de Le Mans e se tornaria uma das mais charmosas do automobilismo.

No mesmo ano, ao final de maio, foi dada a largada para a estréia do Enduro, com a participação de 33 pilotos. À exceção da inglesa

Bentley, todas as outras 16 equipes eram francesas. Após percorrer 2.209,536 quilômetros, os nativos André Lagache e René Leonard – que, assim como os colegas de pistas naquele dia, revezavam-se no cockpit do mesmo carro – receberam a primeira bandeirada quadriculada da história do circuito. Ao volante do Chenard et Walcker Sport, de motor 2.978 cilindradas e equipado com pneus Michelin, desenvolveram uma velocidade média de 92,064km/h.

Quase sete décadas depois, em 1991, 38 motores roncam seus 800 cavalos diante dos empolgados 230 mil espectadores da World Sportscar Championship, em Le Mans. O trio – cada bólido era agora necessariamente dividido entre três pilotos – formado por Jochen Mass e pelos franceses Jean-Louis Schlesser e Alain Ferté faz a pole e lidera o GP por 21 horas. A pouco tempo do final, contudo, eles têm problema no motor e são obrigados a voltar, exaustos e profundamente frustrados, mais cedo para os boxes. A outra Mercedes-Benz C11 na pista, compartilhada pelo austríaco Karl Wendlinger e os alemães Michael Schumacher e Fritz Kreutzpointner, crava a melhor volta da prova (nas mãos de Schumi) e cruza a linha de chegada em quinto lugar. Novamente, nada mal para estreantes.

Pela primeira vez desde 1923, a equipe vencedora das 24 Horas de Le Mans não seria americana ou européia. A japonesa Mazdaspeed, dotada de carroceria e freios de carbono e propulsor rotativo de 4.708 cilindradas – capaz de atingir a estonteante velocidade de 350km/h –, fazia história na França. Com 362 giros de 13,6 quilômetros cada, a uma velocidade média de 205,3km/h, o protótipo nipônico percorreu 4.922,810 quilômetros em 23 horas 58 minutos e 912 milésimos. Imagine ir do Oiapoque ao Chuí (4.320 quilômetros de distância), ou de um extremo ao outro da Europa (Lisboa a Baku, 4.964 quilômetros) em menos de um dia de viagem de automóvel!

A bordo do Mazda 787B, um trio internacional. Da Alemanha, Volker Weidler; da Grã-Bretanha, Johnny Herbert; e da Bélgica, o futuro inquilino da hospedaria penal inglesa, Bertrand Gachot. Naquela noite de 22 de junho, seis meses depois do ataque ao taxista londrino e dois meses antes da condenação, o belga corria tranquilo, quatro posições à frente do alemão que tomaria o seu lugar na Jordan para relegá-lo definitivamente ao ostracismo. E dominar o livro dos recordes.

Passavam-se 46 anos desde a última participação da construtora de Stuttgart na Fórmula 1 e Jochen Neerspach, o chefão da Mercedes Motorsport, estava disposto a levá-la de volta ao topo do automobilismo – ainda que indireta e cautelosamente, por intermédio de suas crias promissoras.

A famosa lei de oferta e procura jogava contra os pilotos iniciantes: poucos cockpits *versus* uma infinidade de postulantes. Inocentemente, alguém poderia imaginar que o talento de cada jovem e os resultados obtidos ao longo da carreira prevaleceriam sobre outros fatores. Não na F1. Na mais dispendiosa categoria do automobilismo mundial, o item fundamental de um currículo tinha nome e sobrenome. Atendia pela graça de Milhares de Dólares, cuja chegada nas equipes pequenas – em constante luta para sobreviver – não podia ser assim desprezada. Com a Jordan não era diferente.

Em 1991, um irlandês de 43 anos acabara de se juntar à turma. Bem-sucedido nas Fórmulas inferiores, Eddie Jordan decidira subir o último degrau para o topo, construindo sua própria equipe de F1. Conseguira um patrocínio de 1 milhão de dólares do refrigerante 7up – de marca verde-esmeralda, como a bandeira da Irlanda – e fizera um acordo com a Ford para usar o motor Cosworth HB. Para os volantes, contratara Andrea de Cesaris e Bertrand Gachot.

De Cesaris era um caso típico de piloto que também conquistara um lugar ao sol graças à bufunfa. Seu pai, um dos maiores produtores de tabaco da Europa e grande fornecedor da Philip Morris, arrumara para o filho nada menos do que um brinquedinho McLaren, equipe patrocinada pela Marlboro. Andrea não durou um ano. E seu desempenho nesta temporada lhe garantiu o apelido de "O Demolidor": em 1981, conseguiu destruir seis carros em apenas 14 corridas. Foi demitido por justa causa. Sem esmorecer, buscou outro empregador e continuou a competir até chegar à Jordan, dez anos depois.

No Canadá, quinto Grande Prêmio da temporada – também o quinto da história da Jordan Team –, De Cesaris chegou em quarto com Gachot logo atrás, garantindo cinco tentos para a equipe. Um resultado notável para a estreante do ano. Em paralelo à acirrada disputa entre Ayrton Senna (McLaren) e Nigel Mansell (Williams) pelo título, o italiano e o belga levaram seus bólidos esmeraldinos à zona de pontuação em todas as quatro provas seguintes. Foram mais dois quartos lugares, no México e na Alemanha, e duas sextas posições, na França e na Inglaterra. Não marcaram em Hungaroring, mas a expectativa de um bom resultado em Spa-Francorchamps era grande – especialmente para Gachot, que correria em casa.

Não houve tempo. Na segunda semana de agosto de 1991, logo em seguida ao GP da Hungria, Bertrand foi convocado a comparecer ao tribunal britânico – que julgava seu caso de ataque a um taxista local com gás lacrimogêneo – para ouvir sua sentença. Incrédulo, ouviu do Meritíssimo juiz que sua argumentação de legítima defesa não fora aceita, e que estava condenado a seis meses de reclusão na Brixton Prison, uma das mais severas instituições do sistema prisional inglês. "Se consideraram que usei de muita força para me defender, a Justiça certamente também usou de muita força contra mim", declarou ao jornalista Joe Saward em entrevista publicada em 1º de outubro de 1991 no site *grandprix.com*. Ao sair da sala escoltado, Bertrand Gachot descobriria que, daquele momento em diante, ar puro se tornaria algo muito especial. "Eu ficava trancafiado 23 horas por dia. Não tinha uma mesa onde comer, não tinha vaso sanitário na cela, não tinha nada. Não se deveria tratar um animal assim."

Eddie Jordan, que esperava ter o belga de volta no dia seguinte ao julgamento – ninguém do meio acreditava que ele recebesse mais do que uma multa –, se viu sem piloto no meio da temporada, a poucos dias do Grand Prix da Bélgica. Para substituí-lo, pensou logo no sueco Stefan Johansson, um de seus favoritos. Mas acabaria achando uma melhor – ou mais lucrativa – opção.

Um tal Willi Weber, extravagante e imodesto, aparecera no escritório de Eddie Jordan lhe oferecendo a solução para os seus problemas: um protegido, campeão da F3 alemã, piloto talentoso de apenas 22 anos e, acima de tudo, patrocinado pela Mercedes-Benz. O último argumento impressionou o irlandês não só pela força que representava, como também porque havia quase cinco décadas não se ouvia o nome da fábrica tedesca na F1. Aquilo deveria significar alguma coisa.

(O relógio marcava 18 horas e 15 minutos de 11 de junho de 1955, quando, em frente à reta das arquibancadas principais, a Mercedes 300 SLR de Pierre Levegh chocou-se a 240km/h contra o Austin-Healey 100 S de Lance Macklin. Em chamas, o bólido pilotado pelo francês mergulhou em direção aos petrificados espectadores e, ao explodir na aterrissagem, matou Levegh e outras 77 pessoas. Foi o pior acidente da história do automobilismo. Às duas da manhã de 12 de junho de 1955, a Mercedes-Benz se retirava das 24 Horas de Le Mans, e da Fórmula 1.)

Sabendo que o garoto não estava familiarizado com o carro, Eddie Jordan quis saber ao menos se Michael Schumacher conhecia o circuito que o clássico jornalista inglês da F1, Norman Howell, descreve como "uma pista diabólica que requer uma generosa porção de coragem testicular". Tendo recebido um sim de Weber e um cheque de 300 mil dólares da fábrica germânica, Eddie relaxou e deu a chave da 7up Jordan nº 32 ao calado jovem alemão.

Nos treinos de classificação para Spa-Francorchamps, Schumacher cravou o tempo de 1'51.212, sétimo do dia, e chamou a atenção de todos (Riccardo Patrese fizera originalmente o sétimo tempo, mas sua marca acabou desclassificada por uma irregularidade na caixa de câmbio). Os únicos pilotos mais rápidos naquela tarde foram Ayrton Senna, Alain Prost, Nigel Mansell, Nelson Piquet, Jean Alesi e Gerhard Berger – dos seis, portanto, quatro campeões mundiais. O melhor resultado de Bertrand Gachot, com o mesmo monoposto, fora um décimo lugar no grid, em Interlagos.

Michael mal teve tempo de se tornar íntimo de Spa: poucos metros depois da largada, na longa reta Kemmel, abandonou a prova com a embreagem de sua Jordan quebrada. Ainda assim, seu estilo causou tamanho impacto que, poucas horas depois do GP da Bélgica, a Benetton já entrava em contato com Willi Weber.

Giuliana, Carlo, Gilberto e Luciano Benetton comandavam um negócio de sucesso. Fundada em 1965, a grife de roupas United Colors of Benetton movimentava na década de 1980 mais de 1 bilhão de dólares ao ano, e já dominava Estados Unidos e Europa. Mas a família queria mais. Queria a Ásia: Japão, Coréia, Tailândia e, principalmente, a China.

Após alguns anos freqüentando os bastidores da Fórmula 1, os Benetton perceberam que, além da paixão que nutriam pela modalidade, aquele era também o melhor veículo (literalmente) para ampliar a divulgação de sua marca pelo mundo. O objetivo: uma tentacular expansão que atingisse 115 países. Conseguiram 150.

Em 1983, numa manobra impetuosa, tornaram-se a maior patrocinadora da tradicional Tyrell. Os resultados de mídia foram tão bons que, logo dois anos depois, em 1985, os irmãos decidiram fazer o que nenhuma outra indústria completamente desvinculada do mundo automotivo ousara antes: comprar uma equipe de F1. Naquele ano, tendo perdido Ayrton Senna para a Lotus, a britânica Toleman não marcara um único ponto na temporada, e sua situação financeira era periclitante. A oportunidade perfeita para concretizar as ambições dos italianos.

Em 1986, a Benetton Formula disputava seu primeiro GP. Haviam mudado o motor Hart para um BMW – usado por apenas um ano e substituído, em 1987, por um propulsor Ford –, mantido o piloto conterrâneo Teo Fabi e contratado Gerhard Berger da Arrows. A principal mudança, contudo, dera-se no visual do carro. Assim como o da McLaren era pintado para remeter a um maço de cigarros Marlboro, os bólidos da Benetton refletiam o espírito multicolorido da companhia. O bico inteiro verde contrastava com o resto da fuselagem, de fundo branco com pinceladas de vermelho, rosa, azul, amarelo e laranja. Fantástico.

Como ainda não podia competir em alto nível, a equipe buscou chamar a atenção pela extravagância. Além das badaladíssimas festas promovidas para a imprensa internacional, os pneus eram cada um de uma cor; os boxes, policromáticos; e os mecânicos, modelos da passarela United Colors. Às vésperas de lançamentos de coleções, a marca vestia os funcionários da equipe com as roupas que logo ocupariam as vitrines de seus milhares de pontos-de-venda. Um tremendo impacto.

Tudo eram flores na Benetton Formula, e tamanha foi a empolgação, que, em 1989, a família resolveu: estava na hora de entrar no jogo para valer. Os bastidores estavam ganhos, faltava agora dominar as pistas. Para isso, introduziram nos boxes a filosofia da fábrica italiana, em Treviso – unir a tecnologia à publicidade. Assinaram com o projetista e mago da aerodinâmica, John Barnard, com o piloto e tricampeão mundial, Nelson Piquet, e com um expert do marketing, que comandaria a equipe a partir dali.

O consagrado Peter Collins, diretor esportivo da Benetton havia seis anos, mudara-se para a Lotus. Como seu substituto, a equipe anglo-italiana (por enquanto, baseava-se na Inglaterra) apresentou – para o choque geral da nação F1 – um empresário que nada entendia do esporte, um total estranho à categoria. Assistira à sua primeira corrida da vida apenas um ano antes, no GP da Austrália de 1988, em Adelaide. Braço direito de Luciano Benetton, Flavio Briatore construíra, em 1977, uma eficientíssima rede de 750 lojas espalhadas por todo o território norte-americano e mostrara que não tinha problemas em lidar com desafios. Seu trabalho na Benetton Formula seria maximizar o impacto de marketing do investimento feito pela empresa na F1. E, apesar do inicial desconhecimento da área, ele o faria com mestria, graças à sua competência e personalidade – rapidamente, ficara amigo do poderoso chefão e virtual dono da F1, Bernie Ecclestone, que o ensinaria o caminho das pedras ao longo do tempo.

Na primeira temporada sob a gestão Briatore, os multicoloridos ficaram em quarto lugar no Mundial de Construtores, com uma vitória de Alessandro Nannini. No ano seguinte, em 1990, chegaram ao terceiro posto entre as equipes e ao topo do pódio por duas vezes, ambas com Nelson Piquet.

A grande virada da Benetton, entretanto, viria mesmo em 1991. Egresso de outras categorias do automobilismo, Tom Walkinshaw comprou 35% das ações do time, tornou-se diretor técnico e trouxe sua própria trupe de especialistas, dentre os quais o genial engenheiro Ross Brawn. Os igualmente brilhantes Rory Byrne (projetista) e Pat Symonds (engenheiro), saídos da Reynard, completaram o irretocável estafe do diretor esportivo Flavio Briatore.

Difícil definir qual a maior contribuição de Walkinshaw para a Benetton. O conhecimento profundo do mundo da velocidade que compartilhou com Briatore e a introdução de Ross Brawn ao grupo constituíram, sem dúvida, fatos fundamentais para a formação de um time campeão. Sua maior colaboração, porém, pode ter sido outra. O britânico, durante o tempo que passara na Mercedes, pela World Sportscar Championship, prestara especial atenção em um jovem alemão, e guardara seu nome para o momento oportuno.

Quando Michael Schumacher apareceu no grid de Spa-Francorchamps, em 25 de agosto de 1991, alguém já o esperava. Este alguém, após o final da prova, ligou para o empresário do piloto, e, em poucos dias, contratou o garoto para sua equipe. Era Tom Walkinshaw. E Schumi já era da Benetton.

5
MUNDO QUASE COLORIDO

"*Welcome to the piranha club.*" Ron Dennis, diretor esportivo da McLaren, tentava consolar o inconformado Eddie Jordan. Em uma semana, o irlandês viu seu piloto preso, ganhou 300 mil dólares da Mercedes para dar lugar a um novato, percebeu ter feito o negócio da China e, quando começava a achar que era sortudo mesmo, perdeu o mais novo talento da Fórmula 1 – em apenas uma corrida – para uma equipe rival. Tudo isso em seu primeiro ano no circo.

Há divergências sobre qual teria sido a duração do contrato assinado entre Michael Schumacher e a Jordan Team, em agosto de 1991. A Mercedes-Benz – que incluíra no documento uma cláusula de liberação imediata, caso montasse sua própria equipe e precisasse do piloto –, desistira de seu projeto para F1 e desobrigara o alemão de qualquer vínculo com a companhia. Willi Weber, então, não hesitou em cancelar o acordo com o irlandês e levar seu cliente para a emergente Benetton, deixando Eddie Jordan furioso. Como estava também Roberto Pupo Moreno, sumariamente demitido do time anglo-italiano para dar lugar a Schumi. Enquanto o brasileiro iniciava procedimentos legais contra seus ex-empregadores, o irlandês clamava o direito de ter o piloto alemão de volta. O imbróglio só não foi maior graças à intervenção do capa-preta Bernie Ecclestone, sem dúvida o homem mais poderoso da categoria. O presidente da Formula One Constructors' Association (FOCA) precisou usar de toda a sua influência e poder para mediar a confusão e garantir que o Grande Prêmio da Itália acontecesse normalmente.

Dizem que um abandonado tende a acabar nos braços de outro abandonado, com quem possa compartilhar as mágoas comuns do desamparo. E se o protagonista do sofrimento for o mesmo, o provável é que o caso acabe como o de Eddie e Roberto: um precisava de piloto porque Michael fora embora, o outro, de emprego porque Michael tomara seu lugar. Assim, Pupo Moreno assumiu a Jordan 32 deixada por Schumacher.

Pela primeira vez desde 1986, a companhia de Treviso dera abertura para que um grande patrocinador e a fornecedora do motor dividissem com ela o nome da equipe. Roberto Pupo Moreno e Jordan estavam fora do caminho, e a agora Camel-Benetton-Ford disputaria as cinco últimas provas de 1991 com Nelson Piquet e Michael Schumacher.

"Eu lembro que, em Monza, quando trouxe o Schumacher, todos me criticaram por ter despedido o Moreno. Foi um grande drama. Até o Ayrton ficou reclamando", contou Flavio Briatore. O mesmo Ayrton que, ainda em 1991, disse sobre o alemão: "Este cara tem qualquer coisa de especial!" Na equipe, entretanto, não parece ter havido muita reclamação. "Desde o primeiro dia em que o Michael se juntou a nós na Benetton, ele pareceu se encaixar direitinho", relata o ex-mecânico Steve Matchett, que naquela época comandava a equipe do carro de Piquet. "Primeiro, pensei que fosse uma simpatia nervosa: o garoto novato sentindo o terreno, se esforçando, dizendo oi para pessoas de quem ele nem se lembraria no dia seguinte. Mas ele lembrava."

Em sua estréia pela Benetton, o piloto de Kerpen terminou o GP da Itália em quinto lugar. Atrás de Mansell, Senna, Prost e Berger e à frente de seu companheiro, o tricampeão Nelson Piquet. Em Portugal, Schumi foi sexto e o brasileiro, o quinto; na Espanha foi novamente o sexto e Piquet, 11º. No Japão e na Austrália (GP mais curto da história, interrompido na 14ª volta em virtude de uma chuva torrencial, e que valeu metade dos pontos), o alemão não pontuou, enquanto o colega acabou em sétimo e quarto lugares nas respectivas corridas. Nas cinco provas em que pilotaram pela mesma equipe, Michael, estreante na F1, marcou quatro tentos e o experiente colega tricampeão, quatro e meio. Coincidência ou não, o brasileiro pendurou a balaclava ao final da temporada. "O Piquet tentava desestabilizar seus companheiros, e era complicado para ele conviver com um menino disposto a correr todos os riscos", acredita o jornalista Lito Cavalcanti. Ao final de 1991, encerrava-se uma brilhante carreira, coroada com três títulos mundiais, polêmicas e declarações, no mínimo, divertidas.

A controversa personalidade do carioca, nascido em 17 de agosto de 1952, garantiu-lhe alguns inimigos e muito, mas muito material para os repórteres. Seu maior desafeto – público e notório – foi o compatriota Senna. Em 1988, depois de assinar com a McLaren, Ayrton permaneceu recluso por um período e, ao voltar, deu a seguinte declaração: "Eu tinha de dar aos outros uma chance de aparecer um pouco. Afinal, não tem sentido um cara ser tricampeão e eu continuar sendo assunto." Na réplica, Piquet acendeu a chama de uma dúvida que jamais deixaria o colega de pistas em paz. Os dois se tornaram inimigos viscerais.

Mais de uma década depois de sua aposentadoria, com Schumacher heptacampeão, perguntado sobre o que poderia fazer de um piloto um vencedor, Piquet diria em entrevista publicada pela revista *IstoÉ* em 27 de outubro de 2004: "É preciso estar no carro certo, na hora certa e no time certo. Tem de despertar interesse dos patrocinadores, ser simpático, ter uma cara bonitinha e dar sorte. Ajuda estar em um bom time no qual o primeiro piloto é um veterano prestes a se aposentar. Se você mostra serviço, pode garantir o futuro. A outra chance é botar tempo em cima do companheiro de time." Discretamente requisitando participação na formação do ex-colega, o brasileiro listou algumas das qualidades que com certeza contribuíram para as conquistas do alemão.

Nenhuma equipe na Fórmula 1 estava mais animada para a temporada de 1992 do que a Benetton. Mantiveram o patrocínio da gigante do tabaco Camel, o motor Ford, os pneus Goodyear, o *capo* Flavio Briatore e todo o apoio do grupo United Colors. Contavam ainda com Tom Walkinshaw, Ross Brawn, Rory Byrne e aquele que a imprensa chamou de o "piloto mais quente do negócio", Michael Schumacher. Seu companheiro seria o experiente Martin Brundle, inglês de 32 anos, 12 deles na F1. A empatia foi imediata. "Michael tinha uma aura especial", impressionou-se. "Um dos mais influentes companheiros que já tive."

A McLaren, atual campeã – que, com a chegada de Ron Dennis, em 1984, vencera sete das oito temporadas até 1991 –, começava a se preocupar com o fraco desempenho de seu motor Honda em relação ao Renault, da Williams. Já a Ferrari estava de pernas para o ar. No ano anterior, pela primeira vez desde 1986, não vencera uma só corrida e terminara o Mundial de Construtores em terceiro lugar, 83,5 pontos atrás da primeira colocada. Como Alain Prost não parava de criticar o time, inclusive publicamente, trataram de demiti-lo quando mais precisavam de seus préstimos. A exemplo dos tempos do velho Enzo Ferrari, se algo estava errado, só podia ser o piloto. Nunca o carro.

Os incipientes problemas da desacostumada McLaren, a contínua esclerose da Ferrari, as dificuldades financeiras da pequena Jordan, o exageradamente lento progresso da Lotus e o declínio terminal da Brabham colocavam a antes quarta potência da F1 como segunda força. A Benetton só não podia ainda comparar-se à Williams, que iniciava 1992 como o nome a ser batido – maneira de falar, pois ninguém acreditava de verdade que haveria páreo para a equipe inglesa e Nigel Mansell, no auge de sua forma.

Aos 22 anos, Michael Schumacher, a maior novidade do momento, começava a enfrentar problemas. Não nas pistas, mas nos bastidores. Schumi era o primeiro alemão, desde Wolfgang von Trips (em 1961), a aparecer com verdadeiro destaque na Fórmula 1 – Jochen Mass, afinal, vencera apenas uma corrida em suas nove temporadas na categoria. A volta da Alemanha ao centro das atenções não aconteceria assim tão facilmente.

As origens históricas do preconceito recíproco entre os alemães e os franceses e os ingleses – nacionalidades que havia muito dominavam a política do automobilismo de alto nível – remetem a muitos séculos antes da chegada do piloto à F1. A rixa entre tedescos e gauleses, por exemplo, é milenar. Começa na sangrenta anexação dos reinos germânicos pelo imperador Carlos Magno, em 772, passa pelas tentativas de invasão do território francês pelo Kaiser Otto I, por volta de 960, pelos rompantes expansionistas de Napoleão Bonaparte, já no século XIX, chegando à fatídica Primeira Guerra

Mundial. Nela, França e Alemanha digladiaram-se violentamente até que Berlim finalmente capitulasse, em uma derrota humilhante para os germanos – revés devidamente vingado por Adolf Hitler em 1940, ano em que o Führer conquistou Paris e desfilou como soberano pela capital francesa.

Já com os britânicos, a briga também histórica atingiu o auge na Segunda Guerra Mundial. Incitados pelas palavras de seus líderes – Hitler e Winston Churchill –, alemães e ingleses tornaram-se inimigos mortais entre 1939 e 1945. As tempestuosas batalhas terrestres e os terríveis bombardeios aéreos, responsáveis por milhares de vítimas civis em ambos os lados, criaram um rancor que não arrefeceu nem depois do final dos combates. Mesmo após a derrota do Reich, a notícia das atrocidades cometidas pelo regime nazista apenas fez aumentar a desconfiança e a implicância dos súditos da Rainha em relação ao povo germânico.

Com o jovem de Kerpen não foi diferente. Logo no início de sua carreira, após um Grande Prêmio da Bélgica, Schumacher dava entrevista a um canal de televisão. Quando deixou a sala, um jornalista britânico comentou que, ao ouvi-lo falar, não podia esquecer que ali mesmo, nas Ardennes, seu país havia lutado amargas batalhas contra os alemães na Segunda Guerra. Segundo o jornalista Norman Howell, além de reminiscências bélicas como estas, "as pessoas tiravam sarro de seu sotaque, debochavam de sua obsessão com a forma física. Era visto como uma aberração, representante de um novo, impiedosamente eficiente tipo de piloto, que contrastava com a divertida imagem de playboy do passado da categoria".

E Schumacher, a cada entrevista, continuava a dar munição aos que já o consideravam obsessivo e arrogante. "Eu me preparei bastante durante todo o inverno", declarou em agosto de 1992. "Faço muitos exercícios – de três a quatro horas por dia. Me considero em forma para o meu trabalho, e preciso estar. Sim, tenho muita confiança." As críticas, entretanto, não provinham da desaprovação de seu treinamento, ou de sua postura. De acordo com Howell, encontravam em seu âmago uma única questão central: "Eram antigermânicos." Perguntado tempos depois se sabia do preconceito que o rondava, Michael comentou: "Fico desconfortável com o que as pessoas às vezes pensam sobre mim, coisas sobre as quais não me sinto responsável."

Apesar do desconforto, Schumi levou sua Benetton B192 à zona de pontuação em 11 das 16 corridas do ano, sendo oito delas no pódio. No GP de estréia da temporada, na África do Sul, foi o sexto colocado. Uma posição à frente de seu ex-companheiro de Equipe Júnior da Mercedes, Karl Wendlinger – para quem a fábrica tedesca conseguira um posto na modesta March. Dificilmente, mesmo em seus dias mais otimistas, Flavio Briatore deve ter imaginado que o primeiro pódio de Michael viria tão cedo. Segundo Grand Prix da temporada, circuito Hermanos Rodriguez, no México, e o alemão já galgara o terceiro lugar. Schumacher foi ainda o quarto nos circuitos de Mônaco e Silverstone; terceiro nos GPs do Brasil, Alemanha e Itália; e segundo na Espanha e na Austrália. Terminou em sétimo em Portugal e abandonou em San Marino (rodou no 20º giro), na França (bateu na 10ª volta), na Hungria (abandonou no 63º giro com uma asa quebrada) e no Japão (por problemas na caixa de câmbio na 13ª volta).

O jornalista britânico Joe Saward escreveu à época: "Michael tem um estilo tranqüilo dentro e fora do carro. A pressão parece não afetá-lo. Hoje, ele é a estrela em ascensão mais comentada da F1." Em seguida ao GP do México, em 22 de março, sobre ter chegado ao seu primeiro pódio da carreira, o plácido Schumacher declarou: "No começo do ano, meu objetivo era terminar o maior número possível de corridas e ganhar experiência – que eu realmente precisava. Eu me surpreendi e estou muito feliz, mas não esperem demais." Michael, contudo, faria muito mais – a pouco mais de um mês dali.

Quando a polícia entrou nos boxes da Andrea Moda Formula Team para prender seu dono, o magnata dos calçados Andrea Sassetti, um certo clima de jocosidade tomou conta do paddock. Como em uma ópera-bufa, o italiano – acusado de falsificação de notas fiscais – foi retirado algemado do Grande Prêmio da Bélgica de 1992. O ambiente estava animado para a 13ª das 16 etapas do ano.

A temperatura subia e as nuvens negras, clássicas no circuito, começavam a se aproximar. Os treinos de classificação de sábado chegaram a ser cancelados em função da tempestade que caía sobre as Ardennes. No domingo, o Leão Nigel Mansell, pole position, foi ultrapassado pela McLaren de Senna logo na largada; Schumacher, o terceiro no grid, manteve-se imediatamente atrás dos dois veteranos. De volta à ponta um giro e meio depois, o inglês teve de ir para os boxes logo na terceira volta. Começava a chover e era preciso trocar os pneus lisos pelos biscoitos – mais porosos, específicos para pista molhada. Riccardo Patrese, seu companheiro na Williams, parou em seguida e deixou a liderança para Senna, que preferiu arriscar permanecer na pista, apostando que a chuva fosse passageira. Não era, e o palpite lhe custou o primeiro lugar: teve de fazer o pit stop no décimo giro, quando os outros pilotos já haviam feito suas trocas, retornando à pista em sexto. O Leão encabeçava novamente a prova, seguido por Patrese, Schumacher, Brundle, Häkkinen (que também chegara à categoria em 1991) e uma enorme diferença para o resto.

Na 30ª volta já não chovia em solo belga e o alemão tomou a decisão que lhe daria sua primeira vitória na Fórmula 1. Antes que os concorrentes tivessem a certeza de que estava na hora de retornar aos compostos para pista seca, Michael o fez, e, no 34º giro – quando Mansell e os outros precisaram parar –, assumiu a liderança para não perdê-la mais.

O melhor momento da temporada viera justamente em um lugar que se tornaria muito especial para o piloto alemão. Em 30 de agosto de 1992, a 140 quilômetros de Bruxelas, na mesma "testicular" Spa-Francorchamps, Michael Schumacher ganhava sua primeira corrida na Fórmula 1. Sua primeira bandeira quadriculada desfraldou-se após 306,856 quilômetros (44 giros de 6,974 quilômetros cada) a uma velocidade média de 191,4km/h, rodados em 1:36'10.721 – 36.595 segundos mais rápido que o virtual campeão Nigel Mansell. Cravara também a volta mais rápida da prova, atingindo 220,636km/h. O jovem de 22 anos chegava ao topo do pódio exatamente um ano e 17 GPs depois de sua estréia na F1. "Sou um homem realista. É muito cedo e não sonho com essa possibilidade. Isso é algo para o futuro", afirmara o tedesco no início de 1992 sobre uma possível vitória já naquela temporada.

Jo Ramirez, coordenador da McLaren à época, e um dos amigos mais próximos de Senna, contou que o brasileiro sempre ficara de olho na habilidade do tal novato alemão. "Ayrton começou a observá-lo de perto logo nos primeiros dias. Desde o início, considerava Schumacher a nova grande ameaça, muito à frente dos outros pilotos." Ramirez revelou ainda a pequena guerra psicológica que Senna gostava de impor aos calouros impertinentes. Durante o GP da França de 1992, Ayrton e Michael, que vinham de uma disputa feroz na corrida, aguardavam no grid o reinício da prova – interrompida temporariamente em função de uma chuva torrencial. "Veja como eu dou a ele um pouco do meu 'olhar de mau'", brincou com Ramirez enquanto se dirigia à Benetton de Schumacher. O jovem ouviu respeitosamente tudo o que o experiente colega tinha a lhe dizer. Terminado o bate-papo, o brasileiro voltou ao encontro do amigo mexicano com um leve sorriso nos lábios. "Acho que falei umas boas para ele, quem sabe isso o faça ir mais devagar." Michael ouviu atentamente, mas sabia bem o que estava acontecendo. "O Senna pertencia a uma geração diferente. Havia essa ordem invisível e cada piloto tinha de encontrar seu lugar. Você precisava ganhar o respeito dos mais velhos na pista."

Alheio à empolgação com o novato, Nigel Mansell e sua Williams mostravam que o título de 1992 já tinha dono. O Leão vencera os cinco primeiros Grandes Prêmios do ano – um recorde que só seria batido, em 2004, por Michael Schumacher –, foi segundo em Mônaco, venceu mais três consecutivas e, com o segundo lugar conquistado na Hungria, sagrou-se campeão com cinco provas de antecedência. O inglês esperara longos 12 anos por aquele momento e, aos 38 anos de idade, decidiu que era melhor parar no topo. Depois de 11 temporadas na F1, três vices e um campeonato mundial, Mansell anunciou sua aposentadoria.

Das 16 corridas do Mundial, o Leão fez a pole em 14, venceu nove e esteve no pódio em todas as 12 em que chegou até o final. O campeão de Fórmula 1 de 1992 terminou o ano com 108 pontos, 52 a mais que o vice Riccardo Patrese, seu companheiro de equipe. Em terceiro, Michael Schumacher, com 53 – à frente, inclusive, do tricampeão Ayrton Senna (50). Entre os construtores, a Williams massacrou a concorrência: 164 tentos, contra 99 da McLaren e 91 da Benetton. A Ferrari amargou um de seus desempenhos mais vergonhosos, com apenas 21 pontos conquistados.

Os preparativos para a temporada de 1993 estavam movimentados. Questionado sobre os motivos que o levavam a abandonar a Fórmula 1 no auge de sua performance e com reais chances de alcançar o bicampeonato, Nigel Mansell colocara parte da responsabilidade sobre os ombros de Frank Williams e Ayrton Senna. Em meio às negociações do Leão acerca de uma possível renovação de contrato, o brasileiro se ofereceu para correr de graça pela equipe inglesa – tão entusiasmado estava para pilotar o melhor carro do pedaço. Mansell não quis disputar posição com alguém disposto a trabalhar sem salário. Achou melhor ir ganhar dinheiro nas pistas americanas da Indy.

Embora Senna estivesse nos planos de Frank e do diretor técnico Patrick Head há muitos anos, a Renault – fornecedora de motores da Williams – pressionou o chefão pela contratação de outro tricampeão. Alain Prost assinou então um contrato próximo de 15 milhões de dólares para regressar à F1, depois de um ano parado. O agora empresário de pilotos Keke Rosberg tentou, sem sucesso, conseguir uma vaga para seu cliente e compatriota, o finlandês Mika Häkkinen. Mas o senhor Williams preferiu um filho de campeão que penava ao volante da decadente Brabham, e trouxe Damon Hill para o segundo bólido da equipe.

Enquanto isso, Luca di Montezemolo, o novo presidente da Ferrari, colocava ordem no galinheiro *rosso*. Como não conseguia convencer Senna a assumir o desafio de se arriscar em Maranello, Luca buscara o prestigiado – ainda que não muito vitorioso – Gerhard Berger para a companhia do francês Jean Alesi. Contratou ainda o diretor esportivo da Peugeot, um homem que esbanjava em competência, energia e nariz o que lhe faltava em tamanho, e que reestruturara a construtora francesa para torná-la competitiva em ralis e para as 24 Horas de Le Mans. Jean Todt juntava-se a uma nova equipe de trabalho, completada pela chegada do mestre da aerodinâmica John Barnard, preterido pela Benetton. *Meno male*.

Ayrton estava infeliz na McLaren. Ao contrário de Berger, que se mudara para Maranello, o brasileiro não conseguira um lugar na equipe de seus sonhos – a Williams, naquele momento. Ron Dennis, chefe de Senna, perdera os motores Honda e fizera um acordo para ser o segundo cliente da Ford, depois da Benetton. Onde, aliás, o clima era o melhor possível.

Em outubro de 1992, o time finalmente se instalara em definitivo na grande fábrica de Oxfordshire, na Inglaterra, e não precisaria mais vagar por diferentes instalações ao longo do ano. Do novo teto da não mais nômade Benetton surgira o B193 – suposta obra-prima de Ross Brawn e Rory Byrne. Com suspensão ativa, controle de tração e câmbio automático, os multicoloridos se igualavam a Williams e McLaren como um *high-tech team*.

O veterano Riccardo Patrese assumiria o carro deixado por Martin Brundle. Conhecido pela paixão por realizar testes incansavelmente, o italiano era também um segundo piloto convicto e um jogador de equipe. Aos 38 anos, o homem que atingiria a notável marca de 17 temporadas ininterruptas e 256 provas – recorde absoluto na F1 – não seria uma ameaça para o crescente prestígio de Michael Schumacher dentro dos boxes. Ao contrário, sua experiência e respaldo só poderiam ajudar o alemão a manter sua performance no mais alto nível.

O primeiro Grand Prix da temporada de 1993 foi provavelmente um dos mais azarados da história. Das 26 baratas alinhadas no grid em 14 de março, somente cinco completaram o circuito sul-africano. Alain Prost disparado em primeiro, Ayrton Senna em segundo e três surpresas nas posições seguintes. O britânico Mark Blundell com a modesta Ligier, o brasileiro Christian Fittipaldi em uma limitadíssima Minardi e o finlandês JJ Lehto pela estreante Sauber – o suíço Peter Sauber finalmente realizara seu sonho de montar uma equipe de Fórmula 1. Do quinto lugar de Lehto para trás, um festival de desastres. Dos 21 bólidos que abandonaram a corrida, somente cinco o fizeram por colisão; os outros 16 enfrentaram algum outro tipo de problema. Além dos seis pilotos que perderam o controle e rodaram na pista (entre eles, Schumacher e Patrese), três ficaram fora por quebra de motor, dois por falha na caixa de câmbio (inclusive a Jordan do calouro Rubens Barrichello, em seu primeiro GP na F1), dois por sistemas de transmissão eletrônica avariados, um por superaquecimento e mais um por defeito no sistema de abastecimento.

Logo duas semanas depois, em Interlagos, Schumacher começou a corresponder à expectativa gerada pelas mudanças na Benetton. Sob uma chuva caudalosa, o alemão foi o terceiro num dia em que Senna deu show em casa e conduziu sua McLaren – de fato muito melhor que a do ano anterior – à vitória. Damon Hill completou o pódio daquela outra tarde conturbada: dos mesmos 26 que largaram, apenas cinco terminaram a prova na mesma volta e somente 12 completaram o GP.

O circo da Fórmula 1 atracava no Velho Continente, e as esperanças de uma guinada no campeonato tomavam conta da Camel-Benetton-Ford. Afinal, sabendo que a Williams do diretor esportivo Patrick Head era quase imbatível, esperavam ao menos superar as McLaren de Senna e Andretti e se tornar a segunda potência do Mundial. Não aconteceria. Ao menos não no Grande Prêmio da Europa, em Donington, Inglaterra, onde mais uma vez brilhou a estrela de Ayrton. E mais uma vez debaixo de muita água e mais uma vez com Michael e mais 11 pilotos fora da prova.

Alain Prost voltaria a vencer já no GP seguinte, o de San Marino, na Itália. Schumacher chegou em segundo, num desempenho notável considerando que, em uma repetição das revoltas etapas anteriores, somente três pilotos realmente terminaram a corrida. Nove foram considerados classificados por terem completado 90% dos 61 giros previstos, enquanto os outros 16 ficaram pelo caminho divididos entre quebras e batidas (Michele Alboreto, da Ferrari, não disputou a prova). Na Espanha, o alemão novamente foi ao pódio, desta vez em terceiro, atrás de Senna e Prost.

Finalmente chegava a etapa mais glamourosa da categoria, o Grande Prêmio de Mônaco. Estava na hora de a Benetton se firmar e impedir o avanço da McLaren, que já vencera duas provas contra três da Williams. Mas a história das etapas anteriores se repetiria: desta feita com problemas hidráulicos, Schumacher, que largara em segundo, abandonou logo na 32ª volta e não pôde pressionar Ayrton. O brasileiro venceu a corrida e empatou o duelo com Prost.

O francês, contudo, tratou logo de tomar a dianteira vencendo no Canadá, na Grã-Bretanha e na Alemanha, sempre com Schumi em segundo, e na França, com o tedesco da Benetton em terceiro. Depois de quatro bons resultados seguidos, Michael não terminou na Hungria por falha na bomba de combustível. Mas retornaria ao pódio em seu circuito mais querido. No asfalto de Spa-Francorchamps, protagonizou uma disputa acirrada com Damon Hill; ao final, porém, o britânico foi um pouco mais rápido – exatamente 3,668 segundos, que separaram o alemão de sua segunda vitória no GP da Bélgica.

Na Itália, abandonado por seu motor Ford, Schumacher retirou-se da corrida antes da metade da prova. O melhor estava por vir. No circuito de Estoril, em Portugal, a habilidade do piloto costuma ser mais importante que a potência de seu propulsor. A superfície irregular da pista faz do acerto do carro – controlado antes e durante a corrida – um fator fundamental. A apenas dois GPs do fim da temporada de 1993, Schumacher havia conquistado cinco segundos lugares, dois terceiros e nenhuma vitória; a Benetton, que começara o ano prometendo mais do que alcançara em 1992, não fizera jus ao que alardeara. Prost fora às terras lusitanas para ser campeão. Poderia tê-lo feito antes, não fosse seu inoportuno companheiro de equipe, Damon Hill, que vencera as últimas três disputas.

Na antepenúltima etapa do ano, Michael marcara o sexto tempo do treino classificatório. Hill cravara a pole no sábado, mas bateu nas voltas livres pela manhã de domingo e precisou largar com sua Williams da última fila. À frente de Schumi no grid restavam Alain Prost, Mika Häkkinen (piloto de testes da McLaren, substituindo Michael Andretti, que voltara para a Indy – de onde nunca deveria ter saído), Ayrton Senna e Jean Alesi. O brasileiro abandonou no 19º giro. O alemão, o finlandês e o francês da Ferrari optaram por parar cedo nos boxes. Como o circuito português não favorecia ultrapassagens, o jeito era ganhar na estratégia. Schumacher venceu a disputa dos pits contra Mika e Alesi e assumiu a terceira posição, atrás de Prost e Hill – este em uma incrível corrida de recuperação. Ambos ainda não haviam realizado suas paradas, e quando finalmente precisaram ir aos boxes, abriram espaço para a segunda vitória da carreira do jovem germânico de 23 anos. Schumacher percorreu os 308,35 quilômetros (71 voltas de 4,35 quilômetros) do autódromo de Estoril em 1:32'46.309.

Alain Prost, que com o segundo lugar garantira o tetracampeonato na Fórmula 1, havia assinado contrato de dois anos com a Williams. Entretanto, um par de dias antes do GP de Portugal, anunciou sua aposentadoria. A ida de Ayrton Senna para a equipe inglesa era iminente, e o francês já deixara claro em outras ocasiões que não trabalharia mais com o ex-colega da McLaren. A rixa era antiga. Em 1989, os dois no time de Ron Dennis, haviam acordado que um não ultrapassaria o outro na primeira curva de Ímola, sob pena de a equipe perder seus dois pilotos no início da prova em função de uma imprudência. Senna descumpriu o combinado e deixou um furioso Prost em segundo. Sobre Ayrton, declarou o gaulês à imprensa: "Não quero ter mais nada a ver com ele. Eu aprecio honestidade e ele não é honesto."

O campeão já estava definido, porém faltavam ainda os Grandes Prêmios do Japão e da Austrália. Em ambos, Ayrton Senna foi o primeiro e Prost, o segundo. Seriam as duas últimas vitórias do brasileiro. Também em ambos os GPs, Michael Schumacher abandonou prematuramente. Em Suzuka, bateu no 10º dos 53 giros previstos e, em Adelaide, teve problemas no motor na 19ª das 79 voltas. Das 16 provas de 1993, o alemão terminou apenas nove. As nove no pódio. Mas o zero ponto das derradeiras provas garantiram a Schumacher um pouco comemorado quarto lugar no campeonato, com 52 pontos. Um final medíocre para um ano melancólico.

6
O REI ESTÁ MORTO

O passeio da Williams pelos campeonatos de 1992 e 1993 levou muitas equipes – especialmente as pequenas e as que não haviam conseguido acompanhar a evolução tecnológica da concorrência, como a Ferrari – a reclamar de desvantagem. Consideravam-se desprivilegiadas por não disporem dos recursos necessários para se igualar ao nível técnico de Williams, Benetton e McLaren, e resolveram levar o caso à Federação Internacional de Automobilismo. O presidente da FIA, Max Mosley, e o da FOCA, Bernie Ecclestone, simpatizantes da causa e temendo o abandono de alguns times por falta de dinheiro, baniram da temporada de 1994 todos os equipamentos eletrônicos da F1.

Controle de tração (dispositivo eletrônico que impede as rodas de patinarem), acelerador eletrônico *fly-by-wire* (que elimina a ligação mecânica entre o pedal e a bomba injetora), o sofisticado sistema de largada desenvolvido pela Benetton e, especialmente, a suspensão ativa estavam abolidos das pistas. Introduzido pela Williams, o último aparato era, sem dúvida, a maior perda dentre todos. Ao contrário das suspensões convencionais, que usavam molas e amortecedores, trabalhava por computador, absorvendo as imperfeições do asfalto. Os desníveis das ruas do principado de Mônaco, por exemplo, transformavam-se em um tapete sob as rodas das FW14 de Nigel Mansell e Riccardo Patrese.

Além das óbvias prejudicadas, houve mais quem protestasse. Em um de seus muitos livros sobre a F1, *The Power Game*, o britânico Ivan Rendall conta:

> *A Ferrari claramente não conseguira seguir a rota da tecnologia, mas Benetton e Jordan o fizeram mesmo sem os grandes apoios de equipes como McLaren, Williams e Ferrari. Foi exatamente nesta competitividade, na incansável busca pela excelência em que a Fórmula 1 sempre se desenvolveu. [...] O banimento dos dispositivos eletrônicos foi introduzido para reduzir custos. Nos bastidores, entretanto, a Ferrari apoiava a ação porque sabia estar muito atrás de Williams e McLaren no front high-tech. Em seu editorial daquele ano, a revista* Autocourse *mais do que indicou ao benefício de quem a decisão se destinava dizendo: "Parecia que a FIA estava determinada a dar na boquinha da Ferrari o seu primeiro título [em 15 anos]".*

E se custos de fato representavam o problema para 1994, alguém esquecera de avisar a indústria do tabaco. A Williams era patrocinada pela Rothmans, Benetton e Tyrell pela Mild Seven, Ferrari, McLaren e Arrows pela Marlboro, Larrousse pela Gauloises Blondes e Ligier pela Gitanes Blondes. Embora o dinheiro não estivesse exatamente jorrando na categoria, ele parecia não ser mesmo a motivação central da extinção dos dispositivos eletrônicos da F1.

A então Mild Seven-Benetton-Ford começava o ano devendo resultados. Para melhorar o terceiro lugar entre os construtores, conquistado em 1993, a equipe substituíra o italiano Riccardo Patrese pelo finlandês JJ Lehto e pelo estreante holandês Jos Verstappen, que dividiriam o segundo bólido colorido.

Os companheiros de Schumi naquele ano de 1994 guardam opiniões um tanto peculiares acerca do alemão. Mesmo dizendo que "a Benetton era a equipe do Michael", Lehto pondera: "Eu não tenho reclamações sobre seu caráter. As pessoas que não o conhecem dizem que ele é arrogante, mas eu acho que é por causa da cara dele. Ela lhe dá um ar de arrogância." Jos Verstappen também é de uma sinceridade notável. "Quando Michael chegava para um novo circuito, ele já estava no limite na primeira volta. Minha temporada com ele foi muito difícil. Ele era rápido o tempo todo, rápido pra danar! Eu não cheguei nem perto dele", confessou o holandês.

Apesar da renovação, não seria fácil tornar-se a primeira potência da categoria sem alguns de seus principais artifícios tecnológicos. Mas a verdade é que eles não fariam tanta falta assim. Michael Schumacher – que frustrara expectativas com sua quarta colocação entre os pilotos em 1993 –, afinal, estava endiabrado. Em 27 de março, no primeiro Grande Prêmio de 1994, no Brasil, o alemão e Senna (finalmente pilotando a Williams de seus sonhos) pareciam correr em uma classe só deles. Ayrton, que largara na frente, disputava cada curva de Interlagos com Schumacher, em seu encalço desde o início da prova. Até que foram aos boxes, no 21º giro, e os mecânicos da Benetton – que andavam praticando pit stops – devolveram Michael e sua B194 às pistas em primeiro. E assim ele se manteve antes, durante e depois da segunda parada. Levando sua Williams FW16 ao limite, na tentativa de ultrapassar o líder, o brasileiro perdeu o controle do carro, rodou a 15 voltas do final e pôde apenas assistir ao piloto de 25 anos cruzar a linha de chegada para sua terceira vitória da carreira – um giro à frente de todos os concorrentes.

Do outro lado do mundo, três semanas depois, Senna era novamente o pole, com Schumacher em segundo. Já na primeira curva do circuito japonês Tanaka International, Ayrton foi atingido na traseira por Mika

Häkkinen, rodou, bateu em Nicola Larini e ficou fora do GP do Pacífico. O alemão liderou de ponta a ponta, rumo ao seu quarto triunfo. Em segundo, chegou Gerhard Berger da Ferrari e, em terceiro, Rubens Barrichello da Jordan – estréia no pódio do brasileiro e da equipe irlandesa.

Ambas as etapas haviam começado e terminado da mesma forma: com Ayrton na pole e Michael vitorioso e dono da volta mais rápida. Como sempre, o tedesco atribuiu à Benetton o sucesso. "Eu não teria acreditado nestas duas vitórias antes do início da temporada. Esta foi uma fantástica realização em equipe. Eles fizeram um trabalho brilhante", comentou após o bom resultado do Japão.

O tradicional circuito de Ímola, na Itália, estava por vir, e as especulações sobre o duelo entre Schumacher e Senna eram inevitáveis. As Williams finalmente venceriam uma corrida? Ayrton marcaria seus primeiros pontos? Na semana anterior ao Grande Prêmio de San Marino, em 27 de abril de 1994, o ex-piloto de F1 e comentarista britânico John Watson escreveu em artigo reproduzido nos arquivos do site *teamdan.com*:

> *Em sua forma atual, a Benetton-Ford tem de ser considerada favorita em Ímola. Com um afinado trabalho de equipe, estão fazendo da vitória a regra em vez da exceção. [...] Michael Schumacher mantém abertas as opções em relação a uma terceira vitória consecutiva, mas na realidade sua confiança está nas alturas. Ele sabe ser o aparente herdeiro do campeonato de pilotos e sabe que seu principal rival, Ayrton Senna, reconhece o fato. Ambos são dois dos mais fortes competidores da F1 em todos os tempos – um usando juventude e potencial ilimitado contra experiência e psique do outro, que não aceita a derrota em nenhum momento. Schumacher agora está sorrindo, enquanto Senna desejava estar. [...] O dream team Williams-Renault-Ayrton Senna está longe de ser um sonho até agora. A tenacidade de Senna, no entanto, deve render dividendos muito em breve e a natureza do circuito de Ímola pode significar que este talvez seja o seu final de semana.*

Se o ano de Patrick Head e Frank Williams estava longe de ser um sonho, o final de semana do Grande Prêmio de San Marino tornou-se um pesadelo para toda a Fórmula 1. A bruxa estava solta. Durante os treinos livres de sexta-feira, Rubens Barrichello, então segundo colocado do campeonato, perdeu o controle da sua Jordan na entrada da Variante Baixa. A 200km/h, atingiu a zebra, levantou vôo sobre a barreira de proteção, bateu no muro e capotou até parar de cabeça para baixo. O brasileiro foi retirado do cockpit ainda inconsciente e levado ao hospital. Mais espetacular que o próprio acidente só as seqüelas sofridas por Barrichello: um mero nariz quebrado e um baita susto.

No sábado, 30 de abril, a meio minuto do encerramento dos treinos oficiais de classificação, o austríaco Roland Ratzenberger – em sua segunda corrida na F1 – perdeu o aerofólio de sua Simtek-Ford ao final da reta que liga as curvas Tamburello e Tosa, quando atingia os 315km/h. Não houve como segurar o carro, que viajou direto de encontro ao muro. Retirado da fuselagem despedaçada, o piloto recebeu massagem cardíaca ainda na pista e foi levado de helicóptero até o hospital. Chegou morto, e pôs em choque a Fórmula 1. Era a primeira fatalidade na categoria desde 1986, quando o italiano Elio de Angelis falecera nos treinos particulares da Brabham, no circuito francês de Paul Ricard. A morte do também italiano Ricardo Paletti durante o GP do Canadá, em 1982, fora a última passada durante uma corrida.

Em uma atitude pouco razoável, a direção de prova determinou o reinício da sessão de treinos. Sauber, Williams e Benetton recusaram-se a participar em respeito à morte do piloto austríaco. Pelos tempos conquistados antes da tragédia, Senna levou a pole, Schumacher o segundo e Berger, compatriota de Roland Ratzenberger, o terceiro lugar na classificação para o GP de domingo.

Autódromo Enzo e Dino Ferrari, Grande Prêmio de San Marino, Ímola, 1º de maio de 1994. O dia que completaria o final de semana mais negro das últimas décadas da Fórmula 1. Logo na largada, o finlandês JJ Lehto deixou seu motor apagar e, parado na quinta posição do grid, nem viu quando o português Pedro Lamy acertou-lhe a traseira. Pedaços de Benetton e Lotus voaram para todos os lados, ferindo quatro espectadores nas arquibancadas. Para não interromper a corrida, o *safety car* entrou em ação enquanto os destroços eram removidos do asfalto.

Passaram-se cinco lentos giros em fila indiana até que a pista fosse liberada. Senna manteve a ponta depois da relargada, e, ao passar pela primeira vez em alta velocidade na Tamburello, o assoalho de sua Williams bateu no chão irregular produzindo faíscas. "Eu vinha logo atrás do Ayrton e vi que o carro dele estava um pouco instável e difícil de segurar", comentou Schumacher.

Na volta seguinte, ainda com os pneus frios, o carro do brasileiro balançou e, desta vez, não fez a curva. Às 14h12 (9h12, horário de Brasília), Senna passou reto e encontrou o muro. A telemetria mostrou mais tarde que ele entrou na Tamburello a 307km/h, sentiu que o carro não ia virar, tirou o pé do acelerador, tentou consertar a rota, pisou na embreagem, em seguida no acelerador, até, já na área de escape, frear bruscamente – em alguns décimos de segundo. A Williams FW16 número 2 atingiu a parede de concreto de Ímola a 216km/h, com Ayrton passageiro.

A cena remetia à de Roland Ratzenberger, do dia anterior, e somente a força do choque contra o muro – como acontecera com o austríaco – teria sido suficiente para gerar graves seqüelas. O brasileiro, no entanto, enfrentou um problema ainda maior: a barra da suspensão dianteira do bólido soltou-se e entrou pela viseira de seu capacete. Traumatismo fatal. Um minuto e 40 segundos depois do choque, os médicos, comandados pelo amigo pessoal de Senna, o dr. Sid Watkins, realizavam uma traqueostomia no inconsciente e desfigurado piloto. De helicóptero, às 14h33, ele foi levado ao Hospital Maggiore de Bologna.

"Eu tinha certeza de que ele estaria como eu depois do meu acidente, que ficaria alguns minutos desacordado. Eu fiquei quase 15 minutos desacordado, então não fiquei muito preocupado. Mas depois que o levantaram e eu vi o sangue, fiquei preocupado", contou Rubens Barrichello.

Às 18h05, a médica-chefe do setor de reanimação, Maria Tereza Fiandri, anunciou que já não havia mais atividade cerebral no piloto. Ayrton era mantido vivo por aparelhos. Menos de quarenta minutos depois, seu coração pararia também. Às 18h42 (13h42, horário de Brasília) de 1º de maio de 1994, Ayrton Senna da Silva estava morto.

Antes disso, porém, o Grande Prêmio de San Marino, interrompido apenas momentaneamente, fora reiniciado e mais 51 giros completados. Antes que o deprimente final de semana acabasse, uma roda da Minardi de Michele Alboreto se soltou durante o pit stop atingindo cinco mecânicos (três da Ferrari, um da Lotus e um da Benetton) e um comissário, que precisaram ser levados ao hospital.

Schumacher, que estava perto o suficiente da Williams de Senna para assistir ao acidente – foi a câmera embutida em seu carro que registrou as primeiras imagens do fatídico instante –, venceu a corrida, com Nicola Larini (substituindo o lesionado Jean Alesi) da Ferrari em segundo, e Mika Häkkinen em terceiro pela McLaren. Não houve comemoração no pódio; tristeza e cabeças baixas no recebimento dos troféus e champanhe dispensado. "O que aconteceu é tão dramático que não sinto nenhuma satisfação", afirmou Michael em seguida. "Não está certo e não há como explicar o que se passou, mas precisamos aprender com isso e talvez agora os pilotos comecem a pensar sobre limitar a velocidade."

O banimento da suspensão ativa foi uma das principais dificuldades enfrentadas pela Williams naquele ano. Sem o dispositivo que controlava a altura do assoalho em relação ao chão, o bólido ficou instável e sem aderência. Além deste problema e da reduzida área de escape do circuito de Ímola, as altas velocidades atingidas preocupavam os pilotos. Jean Alesi, fora das pistas desde o início do ano em função de um acidente durante testes da Ferrari, comentou: "As máquinas atuais são quase incontroláveis e muitas vezes imprevisíveis." Estava dada a largada para uma cruzada por mais segurança na Fórmula 1.

Na manhã daquele 1º de maio, em artigo publicado no diário alemão *Welt am Sonntag*, Senna relatara sua situação no campeonato e suas preocupações em relação ao Grande Prêmio de San Marino:

> *A Benetton de Schumacher é realmente um carro muito bom, mais do que tudo, nas curvas longas. É uma coisa que está me dando muita dor de cabeça, já que expõe os pontos técnicos fracos da minha Williams. O meu carro reage de maneira um pouco nervosa a este tipo de superfície de corrida. Isto tem a ver com sua aerodinâmica especial, mas também está relacionado com uma dificuldade na suspensão. Por estas razões, no começo da semana passada, nós experimentamos algumas modificações aerodinâmicas que, nos treinos de Ímola, eu já coloquei em prática. Depois das duas primeiras corridas da temporada (Japão e Brasil), disse aos diretores das provas que, no futuro, devíamos olhar mais criticamente a capacidade dos nossos mais inexperientes pilotos. Neste fim de semana, meu medo se concretizou com a morte de Roland Ratzenberger, que corria sua primeira temporada. No dia anterior, Rubens Barrichello bateu a alta velocidade. Sei, pela minha própria experiência, que a maneira de um corredor jovem encarar uma corrida e aceitar seus riscos é totalmente diferente da de um piloto maduro. Nosso problema é que, neste momento, há muitos pilotos jovens na Fórmula 1 e isto aumenta o perigo.*

Aos 4 de maio, o Brasil pôde chorar seu ídolo em casa. São Paulo parou para ver o caixão de Ayrton Senna – envolto pelo lábaro estrelado – ser levado à Assembléia Legislativa sobre um caminhão do Corpo de Bombeiros. Lá, o velório seguiu madrugada adentro, para que todos os fãs, aglomerados em uma fila quilométrica, tivessem a oportunidade de dar adeus ao homem alçado ao panteão dos heróis nacionais. No dia seguinte, o piloto foi enterrado no Cemitério do Morumby, sob os aplausos de parentes, amigos e milhares de brasileiros anônimos que tentavam acompanhar a cerimônia por detrás dos muros. O país estava de luto, como só se vira quando da morte do líder populista e ex-presidente suicida, Getulio Vargas.

Entre os colegas de profissão, Jackie Stewart, Gerhard Berger (seu melhor amigo na F1), Alain Prost e Emerson Fittipaldi foram alguns daqueles a prestar suas últimas homenagens a Ayrton Senna. Bernie Ecclestone chegou a viajar a São Paulo, mas não compareceu aos ritos fúnebres depois de a família deixar claro que sua presença não seria apreciada. Consideravam o reinício da prova em seguida ao acidente uma insensibilidade.

De volta ao local do infortúnio, dentro do que restara da Williams de Senna, os fiscais de prova encontraram uma bandeira da Áustria. O brasileiro pretendia dedicar sua 42ª vitória à memória de Roland Ratzenberger, até que a Tamburello colocou-se no caminho da homenagem.

A Fórmula 1, no entanto, precisava continuar. E, assim como na história do mundo, só uma frase pôde encerrar o luto por um grande herói. O rei morreu, viva o rei.

7
A PRIMEIRA COROA

"A morte de Ayrton Senna retirou um dos maiores e mais controversos pilotos da história do campeonato mundial. Somada à aposentadoria de Prost, o esporte ficara sem dois dos maiores talentos da era moderna; inevitavelmente, todos os olhos se voltaram para Michael Schumacher." É o que conta Ivan Rendall em *The Power Game*.

O alemão somava 30 pontos nas três primeiras provas do ano. Era seguido, de longe, por Rubens Barrichello e Damon Hill, ambos com sete. Ainda abalada pelo funesto final de semana em Ímola, a Fórmula 1 se encaminhava novamente para a mais cobiçada de todas as etapas: a do Grande Prêmio de Mônaco, em Monte Carlo. Com as discussões sobre segurança e a pressão política para mudanças nas regras – nas quais o presidente da FIA, Max Mosley, teimava em não mexer –, o clima estava tenso. O circuito de rua monegasco, um dos mais difíceis e perigosos da categoria, não colaborava para relaxar os ânimos.

Mosley já não podia ignorar o apelo dos pilotos e anunciou, ainda no Principado, as seguintes alterações: para o GP da Espanha, as baratas deveriam ter reduzidos difusores e asas dianteiras (artifícios aerodinâmicos); para o Canadá, todos os cockpits precisariam estar reforçados; e, na Alemanha, os carros teriam de apresentar um sistema que diminuísse sua velocidade em curvas. O britânico também determinou um aumento de 25 quilos no peso mínimo exigido de cada monoposto, sempre com o objetivo de torná-los um pouco mais lentos.

Os pilotos também fizeram sua parte. Deram gás às atividades da Grand Prix Drivers' Association, que escolheu como representantes da classe Niki Lauda, Michael Schumacher, Gerhard Berger e Christian Fittipaldi. A GPDA, além de participar das decisões da FIA, iria, a partir de Mônaco, inspecionar o grau de segurança de cada etapa da temporada.

Providências estavam tomadas, as homenagens póstumas programadas. Williams e Simtek disputariam a prova com apenas um bólido e a primeira fila do grid ficaria vazia em respeito à morte de Roland Ratzenberger e Ayrton Senna. Os nervos já em frangalhos de todo o circo da F1 não podiam suportar uma nova tragédia. Mas foi o que aconteceu.

Nos treinos livres da quinta-feira, 12 de maio, às 11h27, Karl Wendlinger saía do túnel para completar sua última volta. Subitamente, em meio à fumaça, os pneus cantaram e só restou ao austríaco tempo para evitar a colisão contra o muro. O choque contra as barreiras de proteção, entretanto, foi inevitável. Sua Lotus capotou infinitamente, despedaçando-se pelo caminho. Quando finalmente parou, a cabeça de Wendlinger pendeu-lhe do pescoço e os chocados espectadores começaram a pensar o impensável. Lemyr Martins, que cobria o GP, relata em *Os arquivos da Fórmula 1*: "Do meu lado alguém gritou desesperado '*est mort*'. A confusão tomou conta de Monte Carlo. Com uma das mãos agarrada na gola da minha jaqueta e outra no telefone, o jornalista basco Jose-Maria Boss queria me obrigar a matar Karl Wendlinger. Como só eu tinha fotografado o acidente, ele me achava apto a dar o atestado de óbito ao piloto."

Desacordado, o austríaco foi retirado do cockpit e levado ao Hospital Saint Roch, em Nice, com graves traumas cranianos. Alguns pediam o cancelamento da prova, mas a categoria é forte, competitiva e cara demais para sofrer este tipo de derrota. Três mortes em menos de duas semanas era mais do que a F1 – criticada até pelo Vaticano – agüentaria. No sábado à noite, contudo, as notícias chegadas da UTI francesa davam conta de que Wendlinger ainda estava vivo. Em coma profundo, mas vivo.

Logo após o minuto de silêncio respeitado em homenagem a Senna e Ratzenberger, as luzes verdes se acenderam para o Grande Prêmio de Mônaco. Michael Schumacher, sem dificuldades, liderou de ponta a ponta os 259,584 quilômetros do circuito, completados em 1:49'55.372. Como foi de sua autoria também o melhor giro do dia (1'21.076), o alemão conquistou seu primeiro *hat trick* – pole, volta mais rápida e vitória – da carreira. Juntaram-se a ele no pódio monegasco Martin Brundle (McLaren) e Gerhard Berger (Ferrari). À exceção de uma confusão na largada, que tirou Damon Hill, Mika Häkkinen, Gianni Morbidelli e Pierluigi Martini da corrida, a prova ocorreu sem maiores traumas. Ninguém poderia mais tolerá-los.

Os principais pilotos ameaçaram boicotar o Grande Prêmio da Espanha caso não se tomassem providências para aumentar a segurança em um dos trechos mais velozes do circuito da Catalunha. Atendendo a pedidos, a fim de reduzir a velocidade dos carros – que podiam atingir 310km/h na reta –, instalou-se uma chicane (seqüência de curvas em forma de "S", localizada geralmente após uma longa reta) imediatamente antes da curva Nissan. A organização da prova também providenciou a colocação de mais plástico e pneus de proteção ao longo dos muros do autódromo.

Para completar o sinistro mês de maio, mais dois pilotos sofreram as conseqüências da arriscada profissão. Enquanto ainda se acostumavam com os bólidos adaptados às imposições da FIA, o português Pedro Lamy (Lotus) e o italiano Andrea Montermini (da Simtek, substituindo Ratzenberger) bateram suas máquinas e sofreram sérias fraturas. Em Silverstone, durante testes da equipe, Lamy quebrou as rótulas. Nos treinos livres para Barcelona, Montermini quebrou os pés.

Na Catalunha, Schumacher era novamente o pole position, com Damon Hill ao seu lado na primeira fila. Michael liderava tranqüilo até o 22º giro, quando foi aos boxes e percebeu que algo estava errado: o câmbio de sua Benetton travara na quinta marcha. Seria quase impossível seguir naquelas condições por mais 43 voltas e dois pit stops – em que precisaria parar o carro e sair da inércia sem a primeira marcha –, mas o tedesco não desistiu. Aproveitando-se dos picos de aceleração do motor, ele fez uma das mais brilhantes apresentações de sua carreira e levou a B194 ao segundo lugar, atrás apenas de Hill. Mágica. Se ainda restavam dúvidas sobre sua habilidade, elas seriam dizimadas após o Grand Prix da Espanha de 1994.

Ross Brawn, diretor técnico da Benetton à época, lembra:

> *Sua capacidade de adaptação a um monoposto que funciona mal é inigualável. Trata-se de um improvisador nato. Em Barcelona, em 1994, não deu para acreditar no que ele fez com o carro que ficou com a caixa bloqueada em quinta. Um prodígio. Em algumas curvas, alterou a trajetória e passou a transpô-las mais depressa do que quando o F1 estava em boas condições.*

Com a vitória no GP espanhol, Damon ganhava algum fôlego para entrar na briga pelo título; ainda que a tábua de pontuação indicasse 46 a 17 para Schumacher. Entre os construtores, a Benetton tinha os mesmos 46 do alemão, a Ferrari, 27 e a Williams, os mesmos 17 de Hill. O substituto de Senna no outro cockpit da equipe britânica finalmente fora definido: o piloto de testes escocês David Coulthard estreara em Barcelona e fizera uma boa prova até abandoná-la com problemas elétricos.

Nesse meio tempo, a personalidade de Michael Schumacher continuava a gerar polêmica nos bastidores. Obsessivo, perfeccionista, calculista, arrogante e frio eram alguns dos adjetivos colados ao alemão. Já em 1992, o jornalista britânico Joe Saward escrevera: "É o típico Schumacher. A cabeça madura sobre os ombros jovens. Às vezes no limite da arrogância, mas aí ele mostra a habilidade que tem para sustentar sua confiança quase agressiva." O especialista brasileiro Lito Cavalcanti vê um motivo para tal postura. "No começo da carreira, ele passava uma imagem de arrogante. Mas todo mundo é arrogante quando tenta vencer. Não se pode ser humilde nessas horas."

O mandachuva Bernie Ecclestone sentenciava de uma vez: "Michael é implacável. Ele é dedicado, sabe o que fazer e vai lá e faz." O tedesco não pensava bem assim. "Implacável? Você tem de sempre fazer o que precisa ser feito. De uma maneira correta, sempre honesta. Aí não é ser implacável, é ser eficiente", rebateu.

Simples e direto: fora dos boxes da Mild Seven-Benetton-Ford e da Alemanha, Schumacher não era lá muito querido na Fórmula 1. Seu jeito calado, objetivo e cruamente honesto ainda incomodava. Dentro da equipe, porém, aqueles mais próximos do piloto discordavam do que dele se dizia. "Protegido da multidão, a salvo no confinamento da garagem da equipe, Schumacher era aberto e acessível, nunca distante", relata Steve Matchett, ex-mecânico da Benetton, por experiência própria. "Ele se interessa de verdade por qualquer coisa discutida: filhos, o carro de corrida, férias, temporadas de testes em Barcelona. Ele cria laços sem esforço. E esse dom se mostrou extremamente útil no passar dos anos." Jon Wheatley, mecânico-chefe do carro de Schumi na Benetton, confirma: "Michael é genuinamente interessado nas pessoas com quem trabalha. Mesmo passada mais de uma década desde que trabalhamos juntos, ele me pergunta sobre minha mulher e família."

Indagado sobre as diferenças entre o alemão e Senna, Pat Symonds, engenheiro de Schumacher na Benetton e do brasileiro na Toleman, respondeu:

> *Como homem? Ayrton era mais frio, impessoal. Um pouco focado demais no automobilismo. Michael é mais equilibrado e suave. Longe das pistas, jantando juntos talvez, ouvindo-o falar da família e me perguntando sobre meus filhos, sinto que se ele trabalhasse em um banco ou escritório e mudasse para a casa vizinha, seria facilmente um cara para ser amigo.*

Como não ligava muito para o que pensavam sobre ele, o jovem de 25 anos continuou a fazer o que sabia melhor. Em 12 de junho, conquistou mais um *hat trick* no GP do Canadá, permanecendo em primeiro por todos os 69 giros do circuito Gilles Villeneuve. Damon Hill chegou em segundo e Gerhard Berger e Jean Alesi da Ferrari, em terceiro e quarto, respectivamente.

A boa notícia de que, poucos dias antes, Karl Wendlinger retornara à Áustria para continuar o tratamento perto da família aliviara toda a F1. Três semanas depois do acidente em Mônaco, o piloto estava fora do coma, comunicava-se com os parentes, alimentava-se e lia normalmente. O ex-colega de Sauber-Mercedes do agora líder do campeonato não ficaria com seqüela permanente.

Em 3 de julho, no tradicional circuito de Magny-Cours, França, um convidado especial dava o ar de sua graça. Negociada diretamente com seu empregador na Indy, a aparição de Nigel Mansell na Williams era mais do que tudo uma jogada de marketing – que deu certo, por sinal. O Leão, uma das figuras mais queridas da Fórmula 1, ajudava a levantar a combalida e trágica imagem que a categoria alcançara nos últimos meses. E não poderia ser melhor: Hill cravou a pole position, com Mansell em segundo e Schumacher em terceiro. A dobradinha britânica e a sensação da temporada separadas por poucos centímetros.

Foi dada a largada para o Grande Prêmio francês, e, antes que as Williams pudessem tomar uma atitude, Michael já passara entre os dois para assumir a ponta e não deixá-la mais. Cruzou a linha de chegada em 1:38'35.704, depois de 72 voltas e 306 quilômetros. Damon Hill e uma Ferrari (a de Berger) novamente completavam o pódio do alemão. Mansell abandonou no 45º giro, com falha na caixa de câmbio. Para Schumacher, eram seis vitórias em sete provas e uma diferença de 37 pontos em relação a Damon no campeonato de pilotos (66 a 29).

Hill sabia que era chegada a hora de virar o jogo. A próxima rodada seria em casa, no circuito de Silverstone, Inglaterra, e ele prometera à torcida pole position e vitória. Cumpriu a primeira parte, e parou sua Williams à frente de Schumacher no grid de largada. Já na volta de apresentação, o alemão acelerou mais forte, ultrapassando Damon por duas vezes – o que é estritamente contra o regulamento. Enquanto terminavam o giro inicial, com Hill na dianteira, a Benetton foi notificada de que precisaria chamar Michael aos boxes para cumprir uma penalidade (*stop-and-go*) de cinco segundos pela infração. Descontente com a decisão, a equipe resolveu discutir com os fiscais da FIA antes de avisar o tedesco. Quando recebe este tipo de punição, o piloto tem até sete voltas para cumpri-la, e, se não o faz, é alertado com a bandeira preta, sinal de que está obrigado a parar no giro seguinte. Como Flavio Briatore e Tom Walkinshaw ainda argumentavam com os homens da Federação, Schumacher seguiu na pista. Contudo, sob ameaças de sanções mais severas, o time anglo-italiano finalmente cedeu e o chamou para o pit forçado – passadas 14 voltas da advertência.

Alheio aos problemas da concorrência, Hill fez uma boa corrida, para delírio dos torcedores locais. Com a volta mais rápida e a vitória conquistadas em terras britânicas, completou o *hat trick* e mais do que atendeu às expectativas de seu povo. Michael chegou em segundo, apesar da confusão, e Jean Alesi, em terceiro. A cada etapa que passava, a Ferrari dava mais indícios de melhora.

A Benetton, que logo após o GP fora multada em 25 mil dólares pela desobediência aos fiscais, não perdia por esperar. Julgada pelo World Motor Sports Council, a equipe teve o valor elevado para 500 mil dólares, e Michael Schumacher acabou excluído dos resultados de Silverstone e banido das duas provas seguintes. Naquela mesma semana de julho, Benetton e McLaren já haviam sido condenadas a pagar 100 mil dólares por não liberar à FIA as informações requisitadas sobre seus softwares.

Em 1989, Nigel Mansell recebeu a temida bandeira preta por outra razão: dera ré nos boxes – infração grave segundo o Código da FIA – e estava eliminado da prova em Estoril. Ignorou o sinal, manteve-se na pista por três giros, quando finalmente bateu em Senna, tirando o brasileiro da corrida. Somente uma multa foi aplicada contra o Leão. Cinco anos depois, muitos especulavam que a suspensão de Schumacher fazia parte de uma tentativa de Max Mosley em dar mais emoção ao campeonato.

O time anglo-italiano recorreu da condenação para garantir que Michael pudesse correr na Alemanha e conquistar sua primeira vitória em casa. Torcedores – ou *hooligans*? – locais prometiam atear fogo às florestas de Hockenheim caso seu piloto não fosse autorizado a disputar a prova. Ameaçado de morte, Damon Hill teve de ser escoltado para dentro e fora do circuito. Paralelamente às propostas terroristas de alguns desequilibrados, a FIA autorizava Schumacher a participar do GP, postergando o cumprimento da pena.

O público delirava. Havia quarenta anos que um compatriota não vislumbrava sérias chances de levar um título mundial para o país, como Schumacher o fazia agora. A sorte, no entanto, estava ao lado de outra nacionalidade. Pela primeira vez desde o Grand Prix de Portugal de 1990 (com Prost e Mansell), a italiana Ferrari cravava uma dobradinha nos treinos de classificação. Gerhard Berger era o pole position, Jean Alesi, o segundo, Damon Hill, o terceiro e o piloto de Kerpen, apenas o quarto colocado. Em seguida à largada, por culpa de uma escorregada de Mika Häkkinen, um acidente tirou dez concorrentes da prova. Alesi também abandonou antes de completar uma volta, com problemas no motor de sua Ferrari. Passados menos de dois minutos, restavam na pista pouco mais da metade dos bólidos que haviam iniciado a corrida. Damon Hill tampouco encontrou vida fácil. Logo no início, o britânico chocou-se com a Tyrell de Ukio Katayama e foi aos boxes para retornar um giro atrás dos líderes. "Com 11 carros fora na primeira curva pensei que eles fossem parar a corrida", alfinetaria Eddie Irvine.

Berger e Schumacher lutavam sozinhos pela ponta. "Ele estava mais rápido e eu dirigia no limite", comentou o austríaco sobre o adversário. Michael, todavia, abandonou o circuito de Hockenheim na 20ª volta com falhas no motor Ford. Era sua primeira quebra do ano e ela ocorria em frente aos frustradíssimos 150 mil espectadores – em sua esmagadora maioria germânicos –, que acampavam havia três dias nos arredores do autódromo. A decepção não poderia ser maior.

Para completar o infeliz final de semana da Benetton, o pit stop de Jos Verstappen quase virou cenário do Inferno de Dante. A equipe usava uma mangueira de combustível sem filtro de regulação – para acelerar o abastecimento –, quando um jato de gasolina escapou do tanque, e, entrando em contato com a escaldante superfície da fuselagem, incendiou o carro com o holandês dentro. Felizmente, as chamas foram controladas a tempo; Verstappen e quatro mecânicos acabaram liberados do centro médico após primeiro atendimento. A Benetton já fora mais popular no circo da F1.

Na Alemanha, Gerhard Berger conquistou a primeira vitória da Ferrari desde o triunfo de Alain Prost na Espanha, em 1990 – a maior seca da história da *Scuderia*. Fechando o pódio, dois degraus 100% franceses: Olivier Panis e Eric Barnard, ambos da Ligier-Renault.

A FIA andava rigorosa nas punições: suspendeu Mika Häkkinen por uma corrida em função da barafunda causada no GP da Alemanha. Alessandro Zanardi (Lotus), Andrea De Cesaris (Sauber) e Michele Alboreto (Minardi) receberam o mesmo castigo, mas por deixarem o circuito antes de se apresentar aos oficiais da prova para dar esclarecimentos sobre o acidente.

Suspeitas sobre a Benetton pairavam desde o começo do campeonato; afinal, pensavam, como podiam ser tão rápidos sem que houvesse alguma coisa errada? Ayrton Senna – que perdera as últimas disputas de sua vida para Schumacher – era um dos convencidos de que o alemão corria com um dispositivo ilegal no carro. Em 11 de agosto de 1994, o jornalista Joe Saward escreveu:

> *Não pretendo afimar se a Benetton está trapaceando ou não, mas sei que a equipe insiste em ameaças encenadas, alegando inocência, fazendo fumaça e atacando a FIA por ter a audácia de sugerir que a grande Benetton está fora da ordem. Tudo o que a Benetton faz é cavar um buraco ainda maior. Um problema de arrogância de novatos que não conhecem o sistema, se preferirem. É provavelmente tarde demais para a Benetton calar a boca. Gerenciar a crise é a única coisa a se fazer. E isso é responsabilidade da FIA, sem atrasos nas investigações. Decisões precisam ser tomadas antes que Schumacher ganhe o campeonato mundial, pois seria absurdo quererem tirar-lhe o título depois. Nas últimas semanas, a FIA tem se mostrado decidida a provar seriedade – pendurando pilotos por erros menores. O mesmo precisa ser feito com a Benetton. Se estão trapaceando, devem ser chutados para fora do campeonato; se não estão, que se grite aos quatro ventos, e aí todos poderão voltar ao que fazem normalmente – ganhar dinheiro.*

Ainda no final de julho, a FIA publicou um documento sobre as investigações referentes a um possível uso de sistema automático de largada pela Benetton, em Ímola. A conclusão: "Tudo indica que a Benetton Formula Ltd não estava usando 'controle de lançamento' no Grande Prêmio de San Marino de 1994." Se as evidências provassem o contrário, o time enfrentaria a expulsão da Fórmula 1.

Ainda recorrendo de seu banimento por duas corridas, Michael Schumacher pôde disputar o GP da Hungria. Fez a pole, a volta mais rápida e venceu a prova em 1:48'00.015 sem ser ameaçado por Damon Hill, o segundo colocado. Mais um *hat trick* para o alemão e 31 pontos de vantagem no campeonato. Seu companheiro, o holandês Jos Verstappen, foi o terceiro em Hungaroring.

A chance de calar os críticos viria na conhecida Spa-Francorchamps, que, embora alterada para atender às novas medidas de segurança, mantinha seu charme de sempre. A poucos quilômetros de distância da cidade natal de Schumi, o circuito belga atraía tantos alemães quanto o de Hockenheim. Michael passou a considerar Spa a sua segunda corrida em casa. Naquele agosto de 1994, Rubens Barrichello, que entrara na pista quando ainda não chovia, garantiu a primeira pole position da sua carreira e da Jordan. A alegria da equipe, no entanto, terminaria por aí: depois de ser rapidamente ultrapassado por Schumacher, o brasileiro rodou no 19º giro. A exemplo do que ocorrera na Hungria, o tedesco dominou a tarde com facilidade, vencendo o Grande Prêmio da Bélgica pela segunda vez. Continuando a caça às bruxas, a FIA considerou que a prancha de madeira colocada sob o assoalho da Benetton – chamado *skid-block*, artifício introduzido para reduzir a velocidade dos carros – estava 2,6 milímetros menor do que o exigido pelo regulamento. A equipe argumentou que o desgaste ocorrera durante a prova, mas não houve discussão.

Além de ser novamente desqualificado – Damon Hill herdou a vitória –, Michael Schumacher precisou pagar a suspensão de dois GPs pelo descumprimento da bandeira preta, em Silverstone. Como as multas não surtiam o efeito desejado, a Federação deve ter acreditado que punir o piloto era a melhor maneira de atingir a Benetton e os falastrões Briatore e Walkinshaw – por mais improvável que fosse a participação de Schumacher na suposta decisão de reduzir a tal prancha em alguns milímetros.

Enquanto o time anglo-italiano era condenado à desqualificação e via confirmado o banimento de Schumi, a McLaren encontrava tratamento diferenciado. Considerada culpada por utilizar um câmbio totalmente automático – permitia-se somente o semi-automático – em San Marino, a equipe de Ron Dennis não recebeu qualquer punição. O júri da FIA afirmou que se tratava de uma questão técnica, com margem para várias interpretações do regulamento. Seja lá o que isso quisesse dizer.

Sobre as acusações de que a Benetton teria dispositivos eletrônicos fantasmas, que poderiam ser acionados a qualquer momento, burlando as normas da FIA, Flavio Briatore respondeu que o único fantasma no carro era Michael Schumacher, de talento sobrenatural. Alguns anos mais tarde, o germânico diria: "Descobri em 1994, com as pessoas dizendo que eu fazia coisas ilegais, que se elas falarem por tempo suficiente, outras começam a acreditar."

Nos boxes azuis, Luciano Benetton precisava garantir que sua estrela não pediria demissão. Schumacher teria sido ouvido dizendo que "não poderia aceitar" se soubesse que a equipe estava burlando as regras. O piloto, porém, não acreditava que fosse esse o problema. Em entrevista ao jornal *The European*, declarou: "A Fórmula 1, como qualquer esporte de alto nível, é dominada pela política." E para encerrar as especulações sobre sua permanência na Benetton, o alemão de 25 anos logo anunciou que ficaria para 1995. Seu contrato, entretanto, fora renegociado. Inicialmente válido até 1996, terminaria agora uma temporada mais cedo. "O contrato precisou ser mudado em diversas cláusulas. A imagem de Michael foi prejudicada e tínhamos de fazer algo a respeito", explicou o empresário Willi Weber.

Damon Hill, que nada tinha a ver com o imbróglio e a politicagem da categoria, não desperdiçou a oportunidade e venceu os dois Grandes Prêmios seguintes, na Itália e em Portugal. A diferença em relação a Schumacher caíra a um ponto, e restavam três provas para a decisão do título. Senna e Prost faziam falta, mas a emoção não deixara a Fórmula 1.

Retornando para o GP da Europa, em Jerez, Michael aproveitou para mostrar que estava mesmo de volta à briga. Quem também reaparecia era o querido Nigel Mansell, frustrado com a Fórmula Indy e saudoso da F1; apesar de complicações com o acerto do assento de seu cockpit – o Leão era alto demais comparado aos baixinhos colegas –, o inglês conseguira o terceiro lugar no grid. Na primeira fila, o pole Schumi e Hill. Para a corrida, o comentarista John Watson previu: "Jerez é um circuito agressivo, sem ponto algum para relaxar. Resistência física contará muito no resultado final."

Não deu outra. "O alemão reforçou suas chances de conquistar o campeonato mundial ao obrigar Hill a contentar-se com o segundo lugar diante da performance superior do adversário", escreveu o mesmo Watson depois do Grand Prix. Schumacher foi mais rápido do que toda a concorrência e alcançou um novo triplo triunfo (pole, volta mais rápida e vitória), abrindo cinco pontos de vantagem sobre Damon. "Têm sido tempos difíceis para todos nós, mas a equipe fez um grande trabalho", comentou o coletivo Michael.

Uma história, passada na mesma cidade espanhola, retrata bem o lado do alemão que poucos conheciam. Em seu livro *Life in the Fast Lane*, Steve Matchett conta:

> *Era fevereiro e o time estava testando em Jerez. Na última noite, Michael levou todos para jantar. Foi um gesto gentil e é algo que ele gosta de fazer com freqüência. Ele vê isso como uma maneira de nos agradecer pelo esforço em preparar o carro, e apreciamos demais esta atitude. "Peçam o que quiserem", ele nos disse, "a conta ficará aberta a noite toda!" Ficamos todos lá, cadeiras recostadas, bebendo e conversando muito depois de o Michael ter ido deitar.*

Schumi buscava também o título entre os construtores para a Benetton. A pole position no Grande Prêmio do Japão, entretanto, não foi suficiente para ajudá-lo neste sentido. Debaixo de um temporal que deixou o circuito de Suzuka quase intransitável – somente metade dos carros terminaram a prova –, a entrada do *safety car* e a melhor estratégia de Damon Hill relegaram o germânico à segunda colocação.

Schumacher vencera oito das 14 corridas que disputara; Damon Hill, cinco das 16 em que estivera presente. Ainda assim, apenas um ponto separava o alemão do vice-líder do Mundial. O clima para o último GP da temporada de 1994, em Adelaide, estava tão quente quanto o *outback* australiano. Hill, que ainda trabalhava para a Williams sob seu contrato de piloto de testes, andava amargurado com os empregadores. "Estou bem enojado com algumas das coisas que vêm acontecendo. Eles não me fazem sentir que a equipe me apóia para vencer o campeonato. Eu sou muito melhor do que meu contrato diz que sou."

Nigel Mansell, enfim, cravou o melhor tempo nos treinos de classificação, Schumacher levou o segundo e Damon – precisando terminar à frente do alemão –, o terceiro lugar. Mas o Leão não conseguiu segurar os dois enérgicos postulantes ao título, que o ultrapassaram e começaram a travar o combate que definiria seus futuros na Fórmula 1. Schumi liderava até o 35º giro, quando um suposto defeito na direção da Benetton o tirou do traçado. Ele voou de encontro ao muro de proteção e foi jogado de volta à pista no momento em que Hill chegava para tomar a posição. A colisão foi inevitável. "Eu só queria fazer a curva. De repente vi o Damon do meu lado e batemos. Meu volante não estava funcionando", explicou Michael. Ele acrescentou ainda: "Foi uma grande batalha entre Damon e eu. Fiz alguns comentários este ano sobre como eu não o respeitava, mas tenho de dizer que estava errado."

(Nas imagens deste dia, o que se vê é o seguinte: Schumacher bate no muro e, com o carro teoricamente avariado, volta à pista, ziguezagueia da esquerda para a direita até fechar a porta no momento em que Hill passa por dentro da curva – se ele tinha ou não controle da máquina, ninguém além do próprio consegue saber. Michael e Damon se chocam, o alemão quase capota e Hill permanece na pista. Assim que sua Benetton pára, Michael sai correndo do carro e se posta atrás do *pit wall*, onde fica esperando para ver o que acontecerá com seu adversário. O inglês ainda tenta, se arrasta até os boxes, mas a suspensão dianteira esquerda de sua Williams já foi para a cucuia. Quatro minutos e três segundos depois da colisão, Hill finalmente deixa o carro e o título de 1994 para Michael Schumacher. Os mecânicos comemoram. Schumi continua parado atrás da grade, sem saber que Hill a esta altura já deixara o cockpit e sem saber que já era campeão mundial. Até que um fiscal se aproxima e lhe dá as boas novas ao pé do ouvido. Em primeira mão.)

O eufórico Nigel Mansell venceu o Grande Prêmio da Austrália, Gerhard Berger, da Ferrari, chegou em segundo, e Martin Brundle, da McLaren, em terceiro. O resultado garantiu à Williams o Mundial de Construtores, com 118 pontos contra 103 da Benetton e 71 da Ferrari.

Muito se discutiu sobre a manobra do alemão e alguns jamais desistirão da idéia de que ele jogou o carro propositalmente sobre o britânico – já que com ambos fora da disputa Schumacher seria campeão. Damon Hill e a Williams, porém, ao contrário da imprensa, nunca questionaram a atitude do adversário. "Não vou ser levado pela interpretação alheia do que aconteceu. Foi uma corrida fantástica, mas acabou Eu vi uma oportunidade para ultrapassar e achei que deveria pegá-la, só não era para ser", lamentou Hill. Perguntado sobre a possibilidade de entrar com uma manifestação oficial contra a Benetton, Frank Williams esclareceu: "Vi o acidente uma vez. É obviamente controverso, por isso, prefiro não dizer nada. Não vejo propósito para um protesto". Em seguida, a FIA também inocentou o alemão.

"Ainda não caiu a ficha, parece que estou sonhando. Não sei como expressar o que estou sentindo", declarou Schumacher, alheio ao que pensavam à sua volta. Flavio Briatore completou: "Michael precisou andar até a garagem, e quando chegou, o box parecia um cassino. Uma grande festa."

Como avaliou Pat Symonds, à época engenheiro da Benetton:

> *Todo piloto de F1 é capaz de dirigir em um nível além do entendimento. Mas não mais que um ou dois têm a inteligência para se tornarem campeões mundiais. Desde o primeiro dia, Michael tinha uma curiosidade e uma habilidade para aprender assombrosas; e é por isso que ele será campeão muitas vezes.*

Em 13 de novembro de 1994, com oito vitórias, dez pódios, seis pole positions e oito voltas mais rápidas, Michael Schumacher tornou-se o primeiro alemão a vencer um campeonato mundial de Fórmula 1. Passavam-se três anos, dois meses e 19 dias de sua estréia e lá estava o jovem de Kerpen para receber o título inédito. Controvertido em função das punições sofridas durante a temporada e da resistência à personalidade do novato, mas inquestionável por sua habilidade e pelos 92 pontos alcançados. Schumacher dedicou a conquista a Ayrton Senna.

8
O MERDINHA FOI BRILHANTE, NÃO?

"O dia em que senti mais medo na vida não foi na pista. Estava praticando mergulho no litoral brasileiro e o piloto do barco que nos acompanhava deve ter se enchido de esperar. Foi embora. Tive de nadar, por quase três horas, em um mar infestado de tubarões. Fiquei absolutamente apavorado." Michael Schumacher descansava em Comandatuba, Bahia, após vencer o Grande Prêmio do Brasil, primeiro da temporada de 1995.

Depois de dias conturbados em Interlagos, o alemão conquistara um impressionante segundo lugar no grid. Ele sofrera dois acidentes antes do treino de classificação, e o acerto do carro ainda não lhe parecia ideal. Damon Hill ficara com a pole position e David Coulthard, com a terceira posição. Mais mudanças haviam sido feitas no regulamento para diminuir a velocidade e aumentar a segurança na categoria. Menor potência nos motores, maior peso dos bólidos e alterações na estrutura dos cockpits foram algumas das medidas tomadas a fim de atingir os principais objetivos da FIA. As dificuldades com os circuitos, todavia, não terminariam. "Sinto-me como se precisasse de uma nova coluna e de um novo pescoço", reclamou Michael depois da prova. Também incomodado com a irregularidade do asfalto do circuito paulistano, David adicionou: "Estava sendo tão chacoalhado que meus pés começaram a sair dos pedais."

Ultrapassado por Schumacher ainda na largada, Damon Hill só retomou a posição nos boxes – os mecânicos da Williams foram mais eficientes no pit stop do que os concorrentes da Benetton. Pressionado pelo rival, entretanto, o britânico escapou da pista no 30º giro, com falhas na caixa de câmbio. A Michael restou apenas administrar a vantagem e conquistar a primeira vitória do ano, em 1:38'34.154. Coulthard, em seu nono GP, manteve-se no segundo lugar e Gerhard Berger fechou o pódio, em terceiro.

Novamente, Schumi teria problemas com a FIA. O combustível de seu carro, assim como o de Coulthard, foi considerado irregular pela entidade e ambos acabaram desclassificados da corrida. Benetton e Williams recorreram, e a Federação tomou uma decisão no mínimo curiosa: devolveu os pontos aos pilotos, mas não às equipes.

Na McLaren, o clima não era dos melhores. Com Nigel Mansell contratado em definitivo, a equipe não conseguira acertar seu cockpit para comportar o grandalhão e o deixaria fora das duas corridas iniciais – Mark Blundell o substituiria. Mika Häkkinen, companheiro do Leão, que também encontrara dificuldades em caber no bólido, comparou: "Pilotá-lo é como correr a Maratona de Londres com sapatilhas apertadas demais." A boa notícia era a chegada da Mercedes. O chefão Norbert Haug decidira que, depois do período de aprendizado na Sauber, estava na hora de competir pelo título, e não havia melhor opção do que fornecer propulsores à McLaren. A temporada de 1994 fora a primeira, desde 1981, em que o time inglês não vencera um GP sequer. O desespero batia à porta de Ron Dennis.

A Benetton, por sua vez, encerrara a longa parceria com a Ford e assinara com a Renault, fornecedora dos potentes motores da Williams. Contratado para ajudar a equipe a vencer também o Mundial de Construtores, o britânico Johnny Herbert era a outra novidade. O polpudo orçamento do time anglo-italiano, estimado em 43,3 milhões de dólares, seria dividido da seguinte forma: salários de Michael Schumacher (10 milhões), de Johnny Herbert (1 milhão), do piloto de testes (100 mil), dos 200 funcionários (7 milhões) e das cinco estrelas dos bastidores da equipe (7 milhões); construção (7 milhões), pesquisa/desenvolvimento (5 milhões) e testes dos carros (3 milhões); viagens (3 milhões) e fretes (200 mil). A maior parte desse dinheiro vinha do patrocínio da gigante japonesa de tabaco Mild Seven (22 milhões), da cervejaria alemã Bitburger (4 milhões), da fornecedora de combustível francesa Elf (2 milhões) e da cota de televisão (8 milhões).

Além da obsessão com a forma física, Schumacher tinha outro vício. "Uma vez estive em Enstone, na época da Benetton, e vi que ele treinou das oito da manhã até as seis da tarde", relata Lemyr Martins. "Treinando largada porque era ruim em largada. Queria aprimorar-se para ter confiança e liderança. E essa liderança ele devolve em performance."

"Você faz duas voltas, pára de novo, confere", descreve Michael. "Dirige duas voltas. Pára de novo por 15 minutos. E muitas vezes faz testes o dia todo e não descobre nada. Mas quando descobre, e consegue mudar alguma coisa e diminuir o tempo em um décimo de segundo, aí... Isso vale o dia."

O alemão nunca deixou de ser o maior "testador" da categoria. "Ele sempre foi o que mais se dedicou em acompanhar o trabalho da equipe e, de alguns anos para cá, todos vêm copiando o que ele faz. Talvez, atualmente, não haja mais uma grande diferença de dedicação em relação aos outros, mas quem conseguiu impor este tipo de profissionalismo foi o Schumacher", conta Luciano Burti, ex-piloto de testes da Ferrari e companheiro de Schumi por três anos.

David Coulthard conquistou sua primeira pole position no Grande Prêmio da Argentina, o segundo de 1995. Hill e Schumi estacionaram logo atrás do escocês no grid. A pista molhada e um enorme acidente obrigaram a direção de prova a determinar uma relargada. Alguns pilotos ainda conseguiram buscar carros reservas, mas a corrida foi reiniciada sem quatro deles. Coulthard se manteve à frente até abandonar com pane elétrica em sua Williams. Daí para a frente, Michael, Damon e Jean Alesi revezaram-se na ponta, com direito à primeira ultrapassagem de Hill sobre Schumacher na pista – desde sempre. O britânico assumiu a liderança na 26ª volta para vencer o GP e se aproximar em pontos do alemão, que terminara em terceiro, atrás de Alesi.

As lembranças do Grand Prix de San Marino inundavam corações e mentes na Fórmula 1. As mortes de Roland Ratzenberger e Ayrton Senna estavam frescas demais na memória para que o circuito de Ímola sediasse novamente uma corrida de F1. O lobby do automobilismo italiano, contudo, supera qualquer razão, e a prova foi confirmada no calendário de 1995. A categoria parecia querer esquecer o que acontecera, pois nenhuma cerimônia foi realizada.

O traçado passara por uma grande reforma e os pontos de ultrapassagem estavam praticamente eliminados. Schumacher, com a pole position conquistada sábado, teria apenas de manter a ponta. Ao completar o nono giro, foi trocar os pneus – chovera pela manhã, e a pista já começava a secar – e saiu forte do pit stop. Na curva Piratella, porém, o carro escapou, rodopiou pela grama e bateu violentamente contra as barreiras de proteção. O alemão nada sofreu, mas ficou fora da disputa. Gerhard Berger liderava, para delírio dos *tifosi* presentes. Até que o motor de sua Ferrari morreu na parada nos boxes, deixou o austríaco para trás e garantiu a Damon Hill sua 11ª vitória e o primeiro lugar no campeonato, com 20 pontos.

Por pouco tempo. Michael Schumacher passeou no circuito da Catalunha e, sem qualquer ameaça, venceu o Grande Prêmio da Espanha. Abriu tamanha vantagem sobre Jean Alesi, então em segundo, que na 21ª volta pôde ir para o pit stop, abastecer e trocar pneus, e retornar à pista ainda na liderança. Johnny Herbert, em seu primeiro pódio da carreira, completou a dobradinha da Benetton. Gerhard Berger da Ferrari foi o terceiro e Damon Hill – que largara apenas em quinto, se recuperara, porém tivera problemas e perdera posições no derradeiro giro –, o quarto colocado. "Eu não sei o que aconteceu com o Hill na última volta... mas eu dei um baita sorriso quando passei por ele", debochou o vencedor. Schumi completou a prova em 1:34'20.507, mais de 51 segundos à frente do companheiro Herbert. "Não havia melhor maneira de mostrar que posso lidar com pressão do que conquistar a pole position e uma vitória como essa", rebateu o alemão aos críticos.

Como palco de seu próximo show, Schumacher encontrou Mônaco. O ás do volante e a Benneton proporcionaram ao público mais uma demonstração da eficiência da estratégia somada à habilidade cirúrgica do piloto. Tal qual em Barcelona, optaram por um pit stop a menos, deram um chapéu nos adversários e abriram meio minuto sobre o segundo colocado, Damon Hill. A prova, que precisou de duas largadas em função de um acidente, teve o britânico (pole) na ponta até o momento de ir aos boxes. Quando todos pensavam que Michael pararia em seguida, ele se manteve na pista por mais 11 giros, tempo suficiente para conquistar a diferença necessária e volver do pit para o primeiro lugar. Com o resultado, Schumi abriu cinco pontos de vantagem em relação a Hill no Mundial.

A nota triste do GP monegasco foi o papelão da McLaren. Depois de muito trabalhar para trazer Nigel Mansell de volta à F1, a equipe inglesa deu um pé no Leão e dispensou seus serviços já para a etapa de Monte Carlo. O britânico passara a criticar publicamente o desempenho da nova MP4/10 e seu motor Mercedes, levando a montadora de Stuttgart a pressionar por sua saída. A Marlboro, principal patrocinadora da McLaren, preparara uma grande ação publicitária utilizando a imagem de Mansell para promover a marca de cigarros no Principado – não houve tempo sequer de retirar os cartazes do circuito. A relação entre a gigante do tabaco e o time de Ron Dennis estava irremediavelmente abalada. O retrospecto de Mansell em 1995 certamente não fazia jus ao campeão que era: de fora das duas primeiras corridas por não caber no carro, um décimo lugar em San Marino e um abandono na 18ª volta da Catalunha, para ser demitido sumariamente antes de poder mostrar a que vinha. Triste.

Em 11 de junho, o circo viajou em direção à América para trazer surpresa ao campeonato. O pole Schumacher, que liderara até o 57º dos 68 giros do Grand Prix do Canadá, teve problemas na caixa de câmbio e só conseguiu arrastar sua Benetton para a quinta colocação. Jean Alesi, no dia de seu 31º aniversário, herdou a vitória, a primeira em suas seis temporadas de Fórmula 1 e a primeira em 1995 de um carro sem motor Renault. Dirigindo uma Ferrari – assim como fizera Gilles Villeneuve, personagem que agora dava nome ao circuito canadense –, o francês mal podia conter sua alegria em dar à *Scuderia* sua 105ª vitória na história da F1, uma a mais do que a rival McLaren. "Nas últimas dez voltas, quando percebi que podia ganhar, comecei a chorar tanto que mal conseguia enxergar a pista", revelou tempos depois. Barrichello e Irvine, ambos da Jordan, fecharam o grupo dos três, para frenesi de um alucinado Eddie Jordan.

O GP foi também cenário de uma das imagens do ano: ao encostar para saudar a torcida local, Alesi deixou o carro morrer e ficou a pé. Schumacher, que passava logo ali, parou e deu um sinal de "sobe aí"; ajoelhado sobre o capô da Benetton, o gaulês seguiu de carona até o pódio.

Os rumores sobre o futuro de Michael mudavam de direção. Enquanto em 1994 os ponteiros indicavam sua mudança para a McLaren – sob influência da Mercedes –, em 1995, os boatos apontavam para a casa de Maranello. A equipe negava manter contato com o piloto, embora o jornal italiano *Il Giorno*, por exemplo, publicasse que a Fiat (dona da Ferrari) já teria autorizado a *Scuderia* a oferecer-lhe 16,6 milhões de dólares.

Dando a entender, nos dias anteriores à etapa francesa, que realizaria três pit stops no domingo do Grande Prêmio, o tedesco acrescentou mais uma artimanha ao show: o jogo de cena. Damon Hill largou na pole e teve de aturar Schumi em seu cangote até o 19º giro, quando o adversário foi aos boxes. O britânico tentou permanecer na pista para abrir vantagem sobre Michael, mas enfrentou tráfego de retardatários e parou já na 21ª volta. O piloto da Benetton ficou então em primeiro lugar, com Damon em segundo esperando o próximo pit do alemão para breve – afinal, supostamente seriam três. Hill esperou e esperou. Precisou ir aos boxes mais duas vezes, enquanto Schumacher foi apenas mais uma e cruzou a linha de chegada 31.309 segundos à sua frente e 1'02.826 antes de David Coulthard, o terceiro. A estratégia de uma parada a menos que a concorrência funcionara primorosamente para a Benetton. De novo. Perguntado sobre o porquê de a Williams ir tão bem nos treinos e cair de rendimento na corrida, Coulthard ironizou: "Aceito sugestões."

O sucesso da Benetton certamente não era fruto do acaso. Para chegar a efetuar o abastecimento e a troca de pneus em sete segundos ou menos, os 18 mecânicos responsáveis pelos pits treinavam incansavelmente, sob a supervisão do diretor de operações Juan Villadeltrat. Nos domingos anteriores a um GP, realizavam 150 simulações. Na manhã da prova, praticavam mais 18 vezes o procedimento. Somados às cinco ou seis paradas durante a corrida, o número de pit stops em uma temporada alcançava os milhares. Schumi também participava dos ensaios, condicionando-se a estacionar sempre no local exato e treinando entrada e saída dos boxes.

Em meio a farpas trocadas entre Michael e Damon, chegava a hora de o britânico correr em casa – a sua e a do automobilismo. Ele conquistou a pole position e estava mais rápido do que os rivais, para a festa dos animados súditos da Rainha Elisabeth II. Mas ao retornar de sua primeira parada, cometeu um erro juvenil na entrada da Brooklands, uma curva fechada: simplesmente não reduziu a velocidade. Tentando tomar a liderança de Schumacher, bateu no alemão, que freava para manter sua trajetória, e pôs fim à tarde de ambos. "Mesmo que Hill não tivesse a intenção deliberada de bater na Benetton do rival, o inglês escolheu um péssimo momento para tentar a ultrapassagem", escreveu o jornalista José Henrique Mariante na *Folha de S.Paulo* de 17 de julho de 1995. Hill se defendeu: "Michael é um homem difícil de se ultrapassar. Tivemos o que eu considero um acidente de corrida." Schumacher mostrou-se bem menos suave. "Foi totalmente desnecessária a manobra do Damon. Na verdade, foi estúpida." Antes do início da prova, um torcedor pendurara uma faixa no alambrado, que dizia: "Se todo o resto falhar, tira ele, Damon."

Com a trapalhada do compatriota, o inglês Johnny Herbert, companheiro de Schumi na Benetton, viu a vitória cair em seu colo diante da torcida que também era sua. Depois de 71 GPs pela Fórmula 1, Johnny triunfava pela primeira vez. Jean Alesi chegou em segundo e David Coulthard, em terceiro. Os resultados de Silverstone deixaram assim o Mundial de Pilotos: Schumacher, 46 pontos; Hill, 35; Berger, 32; e Herbert, 22. Entre os construtores: Benetton, 58 tentos; Ferrari, 49; Williams, 46; Jordan, 13. A McLaren, sexta colocada, marcara dez magros pontos nas oito primeiras etapas.

No evento de inauguração de uma escola para jovens pilotos em Le Mans, na França, Michael achou melhor amenizar o clima com Damon. "Ele é boa pessoa e queria ganhar a corrida. Ele não teve a intenção de me tirar da prova." O líder do campeonato aproveitou para fazer um pedido aos torcedores de seu país que compareceriam ao circuito de Hockenheim, no próximo GP: "Os ingleses me receberam muito bem em Silverstone. Espero que o público alemão faça o mesmo com Hill."

Ao final de julho de 1995, a imprensa não tinha mais dúvidas de que Schumi já assinara com a Ferrari. Dizia-se que o anúncio oficial só aconteceria em setembro, mas que o acerto estava selado, graças à disposição da Marlboro em pagar os 25 milhões de dólares anuais pedidos pelo germânico e por seu empresário Willi Weber. Flavio Briatore ajudou a reforçar a idéia de que não contaria com sua estrela em 1996: "Se o Schumacher decidir deixar o time, continuaremos a vencer Grandes Prêmios com outro piloto. O Jean Alesi é um de que gosto muito."

Um calor de 30 graus e uma temperatura de pista batendo nos 44 graus transformaram o Grand Prix da Alemanha num festival de quebradeira. Somente oito pilotos terminaram a corrida; o restante foi ficando pelo caminho com uma diversificada gama de defeitos. O pole Damon perdeu o controle do carro logo no giro inicial, caiu fora da disputa e abriu caminho para a 15ª vitória da carreira de Michael. Além de se tornar um dos dez pilotos que mais haviam vencido na Fórmula 1, foi também o primeiro alemão a triunfar em casa numa prova da categoria. "Na bandeirada, senti muita emoção. Talvez mais do que quando ganhei o título de 1994", garantiu. Os 140 mil espectadores presentes comemoravam freneticamente com foguetes e bandeiras do país. Referindo-se aos milhares de fãs que invadiam os arredores do circuito em seus trailers, Schumi fez a alegria dos jornalistas, ao deixar escapar: "Não é possível, mas gostaria de passar no camping à noite e beber uma cerveja com eles. Os pilotos da Ferrari conseguem chegar perto dos torcedores, na Itália. Infelizmente, eu não posso."

Dois dias após a conquista, em 1º de agosto de 1995, Michael Schumacher, 26 anos, e Corinna Betsch, 27, casavam em Manheim, Oeste da Alemanha. Os planos iniciais de oficiar a cerimônia civil em um cartório de Kerpen tiveram de ser cancelados depois que os jornais anunciaram horário e local da celebração. A união religiosa ocorreu no sábado seguinte, 7 de agosto, na capela de São Pedro de Petersburg, às margens do rio Reno, próxima à cidade de Bonn. A privacidade do casal foi devidamente perturbada pela presença de cerca de 100 mil fãs nas redondezas.

Os pombinhos se conheceram em 1990, por intermédio do ex-colega – e mais tarde ex-amigo – Heinz-Harald Frentzen, quando ele e Michael faziam parte da equipe Júnior da Mercedes. A bancária Corinna namorava Frentzen havia quatro anos e meio, mas viu sua relação chegar ao fim pouco depois de ser apresentada a Michael. A moça estava solteira, e aquele tímido queixudo de olhos verdes resolveu se aproximar. Estão juntos desde então. "Eu estava procurando pela vida que comecei com a Corinna. Esse era meu desejo, meu sonho. Eu gosto de dividir a minha vida e passar meu tempo com alguém que amo", contou o romântico alemão.

Perguntado sobre mulheres, o comprometido Schumacher declarou: "Amo a minha mulher, Corinna." Questionado sobre sexo, um descontraído Schumi sentenciou: "É o único hábito que não vou largar nunca." Ele começava a se tornar o centro das atenções dos repórteres, que tentavam entender aquele enigmático tedesco. "Estou tão concentrado no carro que acabo levando tempo para relaxar. Por isso demoro, às vezes, para demonstrar minhas emoções. É como funciono. Acho que não há nada de errado nisso", explicava.

Às vésperas do Grande Prêmio da Hungria, a imprensa parecia muito mais interessada no futuro do atual campeão do que na corrida em si. Gianni Agnelli, presidente do grupo Fiat, botou mais lenha na fogueira: "Pelo lado da Ferrari, está tudo acertado." "Não assinei nada e estou conversando com diversas equipes, não só com a Ferrari", despistava o astro. Flavio Briatore era o mais irritado. "Esta história já foi longe demais", bufava. "Michael não estará nos traindo. Será uma escolha dele. E, com outro piloto, provaremos que somos de fato a melhor equipe da F1." Enquanto isso, a prova em Hungaroring serviu para colocar Damon Hill de volta à luta pelo título. O britânico fez a pole, liderou de ponta a ponta e diminuiu sua diferença para Schumi de 21 para 11 pontos no campeonato. O alemão era o segundo até quatro giros para o final, quando sofreu ruptura do injetor de combustível e teve de abandonar o GP de Budapeste. David Coulthard completou a dobradinha da Williams e Gerhard Berger, o pódio, em terceiro.

Três dias após a quebra na corrida magiar, em 16 de agosto de 1995, Michael Schumacher e Ferrari anunciavam sua parceria e encerravam as especulações. Foi assinado contrato de dois anos no valor de 50 milhões de dólares, o mais alto da história da Fórmula 1 – o de 20 milhões/ano entre Senna e a Williams era o maior até então. O último título do Mundial de Construtores conquistado pela escuderia de Maranello acontecera em 1983, e o do campeonato de Pilotos datava de 1979, com o sul-africano Jody Scheckter.

"Se fosse para ter o melhor carro, assinaria com a Williams. Mas quero algo maior. Quero levar a Ferrari ao título", prometeu o entusiasmado Schumacher. "É um desafio e, ao mesmo tempo, um sonho. Acho que não será possível lutar pelo título em 1996, mas acho que estaremos na briga em 1997. O dinheiro que vou ganhar é importante. Mas é o desafio, que grandes pilotos não conseguiram, que move a coisa toda", completou. Como se veria mais tarde, era a cartada crucial de um gênio.

Paralelamente, a Benetton confirmava, também por duas temporadas, o ex-*rosso* Jean Alesi como substituto da estrela alemã. A Williams encerrou a dança dos cockpits divulgando que Damon Hill e o canadense Jacques Villeneuve – virtual campeão da Fórmula Indy 1995 e filho do lendário Gilles – ocupariam os dois bólidos da equipe inglesa em 1996.

O resultado do treino de sábado na Bélgica foi, no mínimo, inusitado. Chovia aos pincaros e alguns pilotos, entre eles Schumacher

— que batera pela manhã e ainda tentava consertar sua Benetton –, nem sequer saíram da garagem para tentar uma classificação decente. As Ferrari conseguiram bons tempos e dominaram a primeira fila do grid (Gerhard Berger na pole position), com Mika Häkkinen e Johnny Herbert logo atrás. Michael, em 16º lugar, largava da pior colocação de sua carreira.

O revezamento de líderes começou desde a largada do domingo, e assim foi de Herbert para Alesi, de Alesi de volta para Herbert, de Herbert para Coulthard, até chegar em Damon Hill. O inglês saiu da oitava posição e, com o abandono de Häkkinen (1ª volta), Alesi (4ª) e, finalmente, Coulthard (13ª), chegou à ponta no 14º giro. Schumacher também estava impossível. Minutos depois, já podia ser visto pelos retrovisores da Williams de Damon – em menos de 15 voltas, ele ganhara 14 posições! E foi aí que São Pedro resolveu participar da corrida. A famigerada instabilidade do tempo em Spa-Francorchamps deu as caras, e, com ela, veio a dúvida: apostar ou não se a chuva duraria o suficiente para justificar a troca dos pneus lisos pelos biscoitos. Hill optou pela troca. O alemão, não. Um duelo eletrizante se seguiu por duas voltas, com Schumi na liderança tentando segurar sua Benetton na pista escorregadia e impedir a passagem do britânico. Michael chegou a escapar na curva Le Combes e passeou pela grama, perdendo a posição para o rival; mas, aí, a água já não caía dos céus belgas. O asfalto começou a secar, e Schumacher, com a decisão certa de permanecer de compostos lisos, passou a virar mais rápido que Hill até ultrapassá-lo na 25ª volta. No giro seguinte, o inglês trocou seus pneus para os de pista seca.

Em mais duas voltas, a chuva regressou ao circuito e o *safety car* precisou ser acionado. Michael e Damon conseguiram fazer seus pit stops para a colocação dos biscoitos a tempo, retornando à frente dos concorrentes na fila indiana que se formava atrás do carro-madrinha. Quando a pista foi finalmente liberada e a disputa reiniciada, Hill recebeu uma punição por excesso de velocidade nos boxes, teve de cumprir um *stop-and-go* e contentar-se com o segundo lugar. Ele já estava se acostumando... Martin Brundle, da Ligier, fechou o pódio de Spa. Schumi completou os 44 giros belgas em 1:36'47.375, e vibrou: "A corrida foi emocionante. Lembrei dos meus tempos de kart. Ultrapassar para valer é bem mais divertido do que superar retardatários." Em 28 de agosto de 1995, na *Folha de S.Paulo*, José Henrique Mariante descreveu aquela tarde em Spa-Francorchamps, com Schumacher largando do 16º para chegar ao primeiro lugar, como "a prova mais emocionante da história recente da Fórmula 1".

Embora a Benetton proviesse de origem italiana, seu QG baseava-se na Inglaterra, e, talvez por isso, não fosse reconhecida pela torcida local como a principal dona da festa em Monza. A Ferrari era unanimidade na Velha Bota. Assim, quando David Coulthard, o pole, rodou 13 voltas após a relargada – um novo início fora determinado em função de um acidente que deixou cinco carros parados no meio da pista –, os *tifosi* comemoraram a chegada de Gerhard Berger à liderança. Schumacher, em segundo, e Hill, em terceiro, lutavam pela posição em meio aos retardatários. No 23º giro, Michael ultrapassou a Arrows de Taki Inoue e seguiu para a entrada da curva Roggia; Damon não conseguia superar o japonês e, quando finalmente o fez, chegou rápido demais à curva e à traseira da Benetton do alemão. Novamente, encerrou o dia para ambos. Schumi desceu do carro, correu até a Williams onde Hill ainda estava sentado e gesticulou furiosamente para o rival. Foi preciso que um fiscal de pista segurasse o colérico tedesco pelo braço e o tirasse de perto de Damon. Em seguida, passando por detrás da cerca de proteção, Schumacher recebeu os aplausos dos torcedores do Grande Prêmio da Itália – frustrados pela saída de Berger e Alesi. Johnny Herbert ficou com a vitória, Häkkinen, com o segundo e Frentzen, com o terceiro lugar.

Na 13ª das 17 etapas do ano, David Coulthard roubou a cena. O escocês, que fora designado para a ingrata tarefa de assumir o posto de Ayrton Senna, conquistava, 21 GPs depois, sua primeira vitória na F1. Ele fez a pole e sustentou a liderança até o fim da corrida em Portugal. Foram necessários dois começos, devido a um violento acidente entre Ukyo Katayama e Luca Badoer. O italiano da Minardi atingiu a traseira da Tyrell do japonês, que acabou arremessado contra o guard rail, interrompendo a primeira largada. Coulthard manteve a ponta, enquanto a briga se dava novamente entre Schumi e Hill. O alemão ultrapassara o inglês tomando-lhe a segunda posição, que perderia na 54ª volta ao fazer seu terceiro pit stop. Oito giros depois, no entanto, o piloto da Benetton encontrou a curva certa para suplantar o da Williams e ficar de vez com o segundo degrau do pódio. Damon, que durante a semana já declarara a um semanário alemão que "Schumacher tem tudo para ganhar o título", assumira de vez o derrotismo: "Ainda temos algumas coisas para tentar, mas a diferença agora é muito grande. Só um milagre." A tábua de pontuação mostrava 72 a 55 para Michael.

Estava na hora de dar espetáculo em terra natal. José Henrique Mariante, que, embora reconhecesse a habilidade do germânico, não lhe poupava críticas em suas colunas, escreveu na *Folha de S.Paulo* de 2 de outubro de 1995: "Se não bastasse o show que deu sob a chuva em Spa neste ano, Michael Schumacher resolveu transformar o GP da Europa, em Nürburg, em ponto de referência na história da F1. Foi técnico, cerebral e, por vezes, inconseqüente." Schumi fez os 200 mil aglomerados torcedores esquecerem do frio de cinco graus e vibrar com as manobras de seu veloz conterrâneo. "Eles mereciam isso", derreteu-se. O pole David Coulthard só conseguiu se manter na ponta até a 13ª volta, quando foi superado por Jean Alesi — em grande tarde, por sinal. Michael largara em terceiro e digladiava-se com o bom e velho Hill pela segunda posição. Revezaram-se, tocaram rodas, ultrapassaram-se, o inglês chegou a sair da pista. "Somos esportistas, não motoristas de táxi. Foi uma disputa 100% leal", afirmou o germânico. Finalmente livre do adversário, Schumacher decidira sair à caça de Alesi. O nativo tirou a diferença de vinte segundos que os separavam em apenas 11 giros, alcançando e suplantando o francês a três voltas do final. Como Damon tinha escapado, sozinho, na 59ª volta e ido conversar com a barreira de pneus, o piloto da Benetton pôde comemorar não só a sua sétima vitória da temporada, mas também a enorme vantagem que abria sobre o vice inglês.

"Nem mesmo em meus sonhos mais loucos me imaginei 27 pontos à frente depois desta corrida", confessou Schumi. A Hill não restou alternativa senão aplaudir o rival, literalmente, à beira da pista de Nürburg. "Temos de tirar o chapéu para esse rapaz. Ele é um grande piloto", admitiu. E disse ainda: "Ele tem um estilo muito particular. Parece conseguir alterar a forma de dirigir rapidamente. Quando tem problemas, consegue se recuperar instantaneamente. Ninguém o alcança." Restavam 30 tentos em disputa e, ao alemão, bastava um quarto lugar no Grand Prix do Pacífico para voltar a Kerpen com o bicampeonato.

(Joe Saward relatou no início de outubro: "'Bem', uma figura importante da F1 me disse depois do GP da Europa, 'Precisamos admitir que o merdinha foi brilhante esta tarde, não?' Precisamos. Precisamos dizer que Michael Schumacher tem sido poderoso este ano.")

Por que chegar em quarto, se é possível chegar em primeiro? Em Aida, no Japão, o alemão largou em terceiro, atrás de Damon Hill e David Coulthard. Na primeira curva, caiu para o quinto lugar e passou a contar também com a estratégia e a competência da equipe para chegar ao topo. Das quatro posições que precisava galgar, três o fez nos boxes, e uma, na pista. Ultrapassou o escocês da Williams na 49ª volta, liderando as 34 restantes para terminar a prova e garantir o título em 1:48'49.972. No pódio, Schumacher e Flavio Briatore exultavam, sob os aplausos de Coulthard, e a cara de poucos amigos de Hill.

"Esse título tem algo que o primeiro não teve. Neste ano, tive o melhor carro por duas corridas. Em todas as outras, precisei lutar.

E chegar a um título vencendo é algo bem mais gratificante", declarou o mais jovem bicampeão da história da Fórmula 1 até então. Também agradeceu demais à equipe: "Eles fizeram um trabalho especial, sem cometer um único erro. Grande parte deste título é mérito do time. Estou ansioso pelas últimas corridas porque estarei mais solto e eles poderão se divertir." Mas quem se divertiu mesmo foi o germânico. Menos contido, ao ser perguntado sobre a celebração da vitória, confessou: "Honestamente, não me lembro do que aconteceu. Fui comemorar com o pessoal da Benetton e tomei cerveja e vinho, uma mistura que não deve ser feita. Fiquei 'alto' e acordei tarde na segunda."

O mecânico Steve Matchett nos dá a perspectiva de um membro daquele time, o time de Michael.

> *Pessoalmente, nunca me senti tão incluído, parte tão intrínseca da busca da Benetton pela vitória do que durante os anos de Schumacher. Me considero extremamente afortunado por ter participado, ainda que num papel muito pequeno, daquela que precisa ser julgada, até pelos mais céticos, como uma era incrivelmente especial na história da Fórmula 1.*

Apesar de tudo, a pecha de arrogante continuava a acompanhar o filho de um operário que quase abandonara o automobilismo por falta de dinheiro. O agora bicampeão mundial de F1 emprestava seu nome a mais de 60 produtos em todo o mundo, e estava cercado por 11 especialistas dedicados a cuidar de sua imagem e dos 700 pedidos de entrevista que recebia por ano. Nada, porém, parecia ser suficiente para vencer o preconceito que boa parte da imprensa ainda tinha com ele. Afirmações pouco modestas de seu empresário não exatamente colaboravam para dissipar o sentimento: "Michael está entre os grandes gênios alemães, como Einstein, Goethe e Beethoven", dizia Willi Weber.

Seus 92 pontos não eram mais alcançáveis, mas, com 32 ainda em disputa entre as equipes, Schumacher queria garantir o inédito

Mundial de Construtores para seu time. O jogo estava 123 para a Benetton contra 102 da Williams, e Michael não brincou em serviço. Cravou um *hat trick* no Grande Prêmio do Japão, empatando o recorde obtido por Nigel Mansell (1992) de nove vitórias em uma temporada. A pole position, a volta mais rápida e o triunfo de Schumi, somados ao terceiro lugar de Johnny Herbert, colocaram a cereja no bolo da Benetton, que levou o título entre as equipes com uma prova de antecedência. Jogando a calda que faltava à cereja, ambas as Williams haviam abandonado a prova – Coulthard e Hill rodaram no mesmo ponto do rápido circuito de Suzuka, nos 39º e 40º giros, respectivamente. O finlandês Mika Häkkinen ficou entre os campeões da Benetton no pódio japonês.

"Tudo o que prometi neste ano, eu cumpri. Tive bastante sorte. Não sei se vou conseguir tanto outra vez em minha vida", declarou Michael durante a coletiva. Um repórter não perdeu a piada: "Espere para ver o próximo ano." O astro concordou, rindo. Em seguida, Schumacher se dirigiu aos boxes para saudar os membros da equipe, um a um. "Foi um ano de sonho. Acredito que, tanto eu como eles, merecíamos o título", analisou o campeão.

"Ele é melhor que os outros não só porque ele é mais rápido", avalia o jornalista Flavio Gomes, "mas também porque ele sabe o que pode tirar do carro, vai andar na pista a pé na quinta-feira, olha a zebra, se prepara, cumprimenta os mecânicos, demonstra confiança na equipe. Quando ele vai para uma estratégia de quatro paradas, por exemplo, ele mostra que confia na equipe, como quem diz: 'Olha, isso daqui é difícil pra caralho! Não dá para ter um erro e eu confio em vocês.' Então os caras se sentem realmente motivados e na obrigação de dar a ele o que ele dá à equipe."

Para Lito Cavalcanti, isso sempre destacou Michael de seus adversários: "Eu acho que o Schumacher é principalmente um motivador. E essa capacidade de arregimentar todos à sua volta é uma das características que o diferencia do resto. O pessoal dele é o pessoal dele e morre por ele." Pat Symonds foi testemunha ocular desta integração. "No nível humano, ele trabalhou extremamente bem. Várias vezes achávamos Michael tarde da noite sentado na garagem comendo um prato de macarrão, batendo papo com os mecânicos. Ele de fato acreditava em fortalecer o time, e ele entendia sua participação nesse processo", comentou o engenheiro de Schumacher nos tempos de Benetton.

Michael era adorado pela equipe. Mas estava indo embora.

O ano de 1995 não terminaria sem um grave acidente. Treze minutos após o início da primeira sessão de treinos oficiais para o GP da Austrália, Mika Häkkinen passava pela curva mais rápida do circuito, a Brewery Corner, quando um detrito da pista rasgou seu pneu traseiro esquerdo. A McLaren saiu de traseira, topou em uma zebra alta demais e voou, a 200km/h, em direção a um muro protegido por apenas uma fileira de pneus. O finlandês foi atendido ainda no carro, por 15 minutos, até que os médicos realizassem uma traqueostomia para ajudá-lo a respirar e, assim, poder transferi-lo para o Royal Hospital, na mesma cidade de Adelaide. Seu estado era considerado "grave, mas estável", e ele seria mantido em coma induzido por tempo suficiente para evitar danos neurológicos. Mika apresentaria uma recuperação notável nos meses subseqüentes e nenhuma seqüela permaneceria. Durante seis meses, contudo, Häkkinen dormiria com o olho direito aberto, e só o esquerdo produziria lágrimas.

Em clima de despedida, Schumacher abandonou o Grande Prêmio da Austrália na 25ª volta, por conta de um acidente com Jean Alesi, da Ferrari. Damon Hill passeou em Adelaide, diante de 205 mil torcedores (maior público da Fórmula 1 até então), completando a corrida com duas voltas de vantagem sobre o segundo colocado, o francês Olivier Panis, da Ligier. Em terceiro, outra zebra: Gianni Morbidelli, da fraquinha Arrows. Dos 23 carros que iniciaram a prova, apenas oito cruzaram a linha de chegada do circuito de rua. Prêmio de consolação para o conformado Hill, que terminava o campeonato 33 pontos atrás de seu maior adversário.

Se Damon quisesse entender o que fazia de Michael um piloto tão diferenciado, poderia ter perguntado a Ross Brawn. "Os seus domínios privilegiados são as travagens retardadas até o limite e as grandes curvas negociadas a mais de 220km/h. Na travagem, procura o limite absoluto, que lhe permita, no instante anterior, atingir a velocidade máxima. Assim consegue ser o mais rápido a entrar nas curvas", explicou o diretor técnico. "Depois, conserva a velocidade e a acentua progressivamente, uma atitude para a qual é necessário confiar 100% no carro e na própria condução. Se algo correr mal, a saída da pista é inevitável, mas quando funciona bem, corresponde a um décimo a menos no tempo final. E em Barcelona ou Monza, a diferença pode chegar a meio segundo por volta."

Resultado final da temporada de 1995 entre os pilotos: Michael Schumacher, 102 pontos; Damon Hill, 69; David Coulthard, 49; Johnny Herbert, 45; Jean Alesi, 42; e Gerhard Berger, 41. Entre os construtores: Benetton, 137; Williams, 112; Ferrari, 73; McLaren, 30; Ligier, 24; Jordan, 21. A equipe de Ron Dennis passara mais um ano sem vencer nem um Grande Prêmio sequer, e, com o quarto lugar entre as equipes e as sétima (Häkkinen) e décima (Blundell) colocações entre os pilotos, podia começar a pensar em firmar seu endereço no fundo do poço. Afinal, parecia que de lá o time não se mudaria tão cedo.

Para sair do buraco, a McLaren tentou até convencer Alain Prost a voltar aos volantes, mas o francês achou melhor evitar o risco e declinou do convite. Dennis optou então por David Coulthard, preterido pela Williams, para dar lugar a Jacques Villeneuve. A Ferrari, que pensara no escocês para companheiro de Schumacher, acabou, para surpresa dos especuladores de plantão, fechando com o irlandês Eddie Irvine. De acordo com a imprensa, a escuderia de Maranello teria pago à Jordan cinco milhões de dólares pela multa rescisória do contrato de Irvine. O dono de sua ex-equipe declarou que, embora triste por sua saída, "nunca impediria a ele ou a qualquer piloto de aproveitar uma chance como essa". O trintão irlandês comemorava: "Todo piloto sonha com a Ferrari. Essa é uma oportunidade que eu não queria perder e fico muito grato a Eddie Jordan por me deixar ir."

Sobre o novo colega de empresa, Schumi opinou: "Sem dúvida, Eddie vai trabalhar para si mesmo. Tenho de saber lidar com isso, mas acho ele bastante competitivo. Temos condições de fazer um grande trabalho juntos na Ferrari." O contrato de Irvine, porém, deixava bem claro que ele seria o segundo piloto.

Das 17 etapas de 1995, Michael Schumacher completou 12, venceu nove e fez 11 pódios. Uma direção fantástica. O campeão praticamente não cometeu erros a bordo de sua Benetton. Já ao volante de seu Renault de passeio nas estradas alemãs, o piloto foi dar uma de reles mortal. Viajava de Kerpen para Colônia, em 27 de setembro, terça-feira anterior ao show do GP da Europa, e resolveu trocar de estação de rádio a 80km/h. Não se deu conta de que os automóveis à sua frente freavam e acertou um caminhão. Ele ainda tentou desviar, mas na manobra a parte dianteira de seu carro engachou na traseira do veículo de 38 toneladas. "Foi minha culpa, não cabe nenhuma dúvida", afirmou o barbeiro. Ao descer e ver de quem se tratava, o motorista abalroado disse que queria apenas um autógrafo. Orgulhoso, ainda acrescentou que pintaria em seu pára-choque: "Schumacher bateu aqui."

Anos mais tarde, o caminhoneiro poderia mudar a inscrição para: "O melhor piloto da história bateu aqui." Com seu quartel-general estabelecido na Casa de Maranello, Michael Schumacher estava prestes a iniciar seu império na Fórmula 1.

PARTE II

9
IL SALVATORE

A cerimônia de premiação do Circuito de Savio Acerbo de 1923 nem havia terminado quando o Conde Enrico Barracca partiu em direção ao vencedor da competição, o jovem Enzo Anselmo Ferrari, da Alfa Romeo. Ainda sujo de graxa e fuligem, o piloto de 25 anos reconheceu a vetusta figura do pai do falecido Major Francesco Barracca, aviador mais premiado da Itália na Primeira Grande Guerra e herói nacional. Fascinado com o talento de Ferrari, o nobre peninsular estava ali para confiar-lhe uma honrosa missão: carregar em seu bólido o emblema que o militar tatuara no caça Spad e que subjugara os céus do Velho Mundo entre 1914 e 1918. Não havia como recusar.

A partir de então, os automóveis guiados pelo veloz italiano passariam a ostentar a imagem de um corcel negro, empinado e indomável, sobre um fundo amarelo. Com o brasão do *Cavallino Rampante* na carenagem, Enzo Ferrari venceria, já no ano seguinte, três dos mais importantes circuitos italianos, incluindo a Coppa Acerbo, batendo a temível equipe da Mercedes – façanha que levou o líder Benito Mussolini a agraciá-lo com o título de *Commendatore*. Os êxitos nas pistas se sucederam, tornando possível um dos planos do ambicioso piloto, materializado cinco anos mais tarde. No dia 1º de dezembro de 1929, surgia a Società Anonima Scuderia Ferrari.

Sonho maior de Enzo, a produção própria de carros de corrida, entretanto, iria se realizar apenas no crepúsculo da década de 1940. Com o dinheiro conquistado durante a Segunda Guerra Mundial no desenvolvimento de maquinário industrial – os embates entre os Aliados e o Eixo desaceleraram as competições automobilísticas –, o italiano construíra uma fábrica em Maranello, próxima a Modena, sua terra natal. Lá, com o fim das hostilidades militares, o *capo* redirecionou sua produção, passando a construir uma linha de carros de luxo para fazer frente à Alfa Romeo e à Maserati. Financiada pelo dinheiro angariado com a venda dos veículos, a *Scuderia* renasceu.

A vitória nas Mil Milhas de 1948 foi a primeira da série que os puros-sangues vermelhos de Ferrari protagonizariam nos anos seguintes pelos circuitos europeus. Dois anos depois, em 1950, a Federação Internacional de Automobilismo promovia a temporada de estréia da Fórmula 1, da qual a equipe de Maranello seria uma das fundadoras e principais forças. A primeira bandeira quadriculada para as *rossas* veio em 1951, no Grande Prêmio da Inglaterra, desfraldada para o argentino José Froilan González, El Cabezón. Não demoraria e a Ferrari já atingia o topo da categoria: Alberto Ascari, piloto número 1 da Casa de Maranello, alcançou o bicampeonato mundial em 1952 e 1953. Como prova do jugo do comendador, no primeiro ano da dobradinha, a equipe colocou seus cinco volantes – àquela época isso ainda era financeiramente viável – nas cinco primeiras posições da tábua de classificação.

Il salvatore

A Ferrari ainda conquistaria os troféus nos anos de 1955, com o lendário argentino Juan Manuel Fangio (mais tarde pentacampeão, marca que só seria superada em 2002, por Michael Schumacher); 1961, com o norte-americano Phill Hill; e 1964, com o também britânico John Surtees – nestas últimas duas conquistas, a *Scuderia* também garantiu o título do Mundial de Construtores, torneio paralelo ao dos pilotos, instituído em 1958. Uma seca de mais de uma década se seguiria a esse triunfo. Seca esta que seria quebrada em grande estilo por Niki Lauda, em 1975, com a Ferrari 312T, coqueluche tecnológica do circo. O austríaco repetiria a dose em 1977, um ano depois de sofrer um acidente quase fatal no GP da Alemanha que o pusera em coma, à beira da morte – chegou a ser desenganado pelos médicos. Em 43 milagrosos dias, no entanto, o desfigurado Lauda voltaria às pistas para quase levar o caneco de 1976. Em 1979, com o sul-africano Jody Scheckter, a Ferrari conquistou seu terceiro triunfo de pilotos em cinco anos – entre os construtores, foram quatro. O título entre as equipes, aliás, era o que mais seduzia Enzo Ferrari, cuja máxima implacável sentenciava: "Equipes ganham corridas, pilotos as perdem."

E como eles as perderam nos anos subseqüentes – com a participação indispensável da equipe, de comando absolutamente rachado. Marco Piccinini, homem forte do nonagenário Enzo, Piero Lardi Ferrari (filho do *Commendatore* e mais tarde nomeado diretor esportivo), o designer Mauro Foghieri e o projetista Harvey Postlethwaite protagonizaram homéricas disputas nos bastidores da *Scuderia*, que inevitavelmente levaram a decisões estúpidas refletidas no asfalto. Em 1987, na maior das sandices, Piero Lardi e Postlethwaite contrataram o austríaco Gustav Brunner para desenvolver um novo carro, e mantiveram o projeto em segredo do velho Enzo. Quando o patriarca descobriu o plano, retirou o filho bastardo da divisão de corridas e demitiu Postlethwaite, entregando o comando do time a um executivo da Fiat – conglomerado que adquirira o controle acionário da Ferrari.

Em 1990, Alain Prost, já tricampeão de pilotos, desembarcou em Maranello. Conseguiu levar o carro ao vice-campeonato naquela temporada, mas, no ano seguinte, não venceu sequer um GP, e terminou o Mundial na quinta colocação. Sem vocação para messias, criticou abertamente a agremiação pela incompetência e desorganização. Como resposta, foi sumariamente demitido. Enzo Ferrari morrera já havia três anos, porém o autoritarismo e o conservadorismo na casa do *Cavallino Rampante* tinham-no sobrevivido. Gianni Agnelli, presidente do grupo Fiat, decidiu então que era hora de mudar; continuasse naquela marcha, a equipe, em curto prazo, faria companhia na sepultura ao velho patriarca. O chefão da montadora italiana resolveu abrir o caixa para trazer o homem que, com seu gerenciamento firme e preciso, pavimentara o caminho para os anos dourados dos *rossos* do final da década de 1970. Com Luca di Montezemolo, a Ferrari voltaria para o futuro.

Ao chegar para sua segunda aventura na *Scuderia*, em 1993, o austríaco Gerhard Berger resumiu os problemas que assolavam o time italiano. "Coloque-se do lado de fora da fábrica da Ferrari e você se perguntará como a Ferrari não ganha todas as corridas. Coloque-se do lado de dentro e você se perguntará como a Ferrari conseguiu ganhar alguma." A sentença dimensiona o desafio que Luca di Montezemolo encontraria para recolocar a equipe nos trilhos. Desde sua saída da Ferrari, em 1979 – coincidência ou não, ano do último triunfo no Mundial de Pilotos –, o esguio e elegante bolonhês construíra uma sólida carreira como executivo, comandando, entre outras companhias, a Cinzano e a Itedi, gigantesco império editorial da Fiat. Formado em Direito na La Sapienza Università, em Roma, e em Direito Comercial e Internacional na Columbia University, em Nova York, chefiara também o comitê organizador da Copa do Mundo de 1990, na Itália. Em Maranello, Montezemolo recebera a difícil tarefa de injetar profissionalismo em uma organização impregnada pelo amadorismo, sem, contudo, eliminar a paixão rubra que sempre fora sua força motriz.

Em seu passo inicial, o novo chefe cercou-se de funcionários competentes; o primeiro convocado foi ninguém menos que o próprio Niki Lauda, que, em uma espécie de reedição da parceria dos anos 1970, voltou como consultor da equipe. Osamu Goto, antigo guru dos motores na Honda e peça-chave na supremacia da montadora nipônica nos anos 1980, também se juntou ao time. O novo presidente ainda tentou colocar Ayrton Senna no cockpit de uma *rossa*, mas o brasileiro preferiu não encarar o desafio de tomar parte no processo de reconstrução de uma equipe que, apesar de glamourosa, ainda apresentava um carro notadamente inferior aos da concorrência. Senna sonhava mesmo com a Williams.

Em 1993, Montezemolo abriu o cofre para fechar contrato com o renomado projetista inglês John Barnard. Conhecido como o mago das pranchetas, o britânico – que, entre outras obras-primas, havia desenhado a McLaren supercampeã da década de 1980 – começou a trabalhar em um novo carro para a Ferrari, partindo do zero absoluto. O projeto era tocado no Centro de Desenvolvimento e Design da Ferrari, na Inglaterra, oficialmente criado por Montezemolo para possibilitar que a *Scuderia* tivesse uma linha direta com as últimas inovações tecnológicas da Meca do automobilismo – mas que, na verdade, fora instalado apenas para que a Ferrari pudesse usufruir dos préstimos de Barnard. O projetista se recusara a trabalhar em Maranello com a justificativa de que não se adaptaria à cultura latina.

No mesmo ano, o italiano também seduziu o francês Jean Todt, surrupiando-lhe do posto de diretor esportivo da Peugeot. Competente, determinado e confiante, o diminuto gaulês levava à Ferrari seu estilo pragmático, testado e aprovado na divisão de ralis da montadora francesa – foram tantas vitórias que Todt recebeu a alcunha de "Napoleão das Areias". Apesar de seu espadaúdo e ameaçador nariz, o novo diretor esportivo de Montezemolo estava longe de ser um autoritário tirano com seus subordinados: acreditava que a integração e a conciliação dos funcionários eram cruciais para o êxito da equipe. Constantes reuniões de pessoal, nas quais todos tinham voz ativa, faziam parte de seu *modus operandi* – e certamente o ajudaram a ganhar pontos com seus empregados, a despeito de ser um dos chefes mais exigentes do automobilismo mundial.

Em seu primeiro dia na Ferrari, no entanto, o francês deve ter feito Luca di Montezemolo repensar sua contratação. Chegou para trabalhar de Mercedes. O chefão italiano ligou para seu filho e comentou: "Esse Todt é um imbecil ou um louco completo?"

Mas o diretor esportivo sabia exatamente a importância de cada peça para o bom funcionamento de uma engrenagem. Acumulara tal experiência desde seus tempos de piloto de rali, e a colocaria em prática pela primeira vez na Fórmula 1, categoria conhecida como a mais candente fogueira de vaidades do esporte. O desafio não abalava aquele francês nascido na cidade de Pierrefort em 1946, como contou em entrevista a Joe Saward, em 1993.

> *Eu vejo meu papel como o do condutor de uma orquestra. Não é minha função ficar mexendo com os instrumentos, e sim liderar e dirigir. Pessoas que se destacam em seus ofícios, no topo de suas profissões, têm normalmente personalidades fortes, e precisam ser ouvidas e amadas. A Ferrari tem homens com esse nível de talento em todos os escalões. Eu já comecei a fazer contato com esses meus colegas. Um homem que não está preparado para ouvir um bom conselho é estúpido.*

Sem sair de Maranello, Todt também expandiu as fronteiras da Ferrari, atraindo para seu estafe talentos internacionais em várias áreas. Confiante ao extremo, o francês acreditava que levantar a *Scuderia* não representava uma tarefa impossível. "A Ferrari não é mais complicada que nenhuma outra equipe. É uma equipe lendária e mitológica, mas estou convencido de que, assim que tivermos estabilidade, nosso pessoal poderá relaxar e trabalhará melhor. Ela já está de volta ao caminho do sucesso", avaliou, pouco depois de desembarcar na Itália.

Não poderia estar mais enganado. Pífias temporadas seguiram-se em 1993, 1994 e 1995, nas quais a equipe não conseguiu ir além de um terceiro lugar no Mundial de Construtores. Mais vexaminoso ainda: nesses três anos, Jean Alesi e Gerhard Berger só conseguiram levar as *rossas* à vitória por duas ínfimas vezes. Uma com o austríaco, na Alemanha em 1994, e outra com Alesi, no Canadá em 1995 – esta a única, inolvidável e histórica ocasião em que o francês subiu no degrau mais alto do pódio, em toda sua longeva carreira de 202 GPs.

(Jean Alesi, contudo, é muito grato à *Scuderia*, a que se refere até os dias atuais como um "paraíso" para qualquer piloto. "A Ferrari é o melhor lugar para se estar na F1. Eu me lembro de ficar dando autógrafos por mais de uma hora em uma estrada italiana, só porque eu pilotava pela equipe. Você é respeitado no mundo todo", garantiu o gaulês à revista *Auto Motor und Sport*. Sobre ter se transferido para a equipe *rossa*, quando o filé mignon do momento era a Williams, Alesi não economizou no verbo: "Vocês podem dizer que eu poderia ter sido campeão? Eu também poderia ter morrido, como aconteceu com Ayrton Senna quando estava na Williams. Não dá para saber qual seria o meu destino.")

A fim de evitar que o currículo ferrarista continuasse a ser maculado com novos e semelhantes fracassos, Montezemolo precisava de mais dinheiro. E, para consegui-lo, teria de romper uma das mais antigas tradições de Maranello. Durante toda sua trajetória, a construtora aceitara apenas patrocínios técnicos, que contribuíam com tecnologia e produtos, como a Shell ou a Magnetti Marelli. Comerciais, jamais. Consciente da necessidade de um financiamento de peso para custear novas tecnologias e um pessoal de ponta – incluindo pilotos – o executivo, em 1995, assinou com a Philip Morris International um contrato de parceria. Pelo acordo, o nome da equipe foi alterado: os puros-sangues escarlates agora pertenciam à Scuderia Ferrari Marlboro. Em contrapartida, a multinacional (que em agosto anunciaria o fim da parceria de 23 anos com a McLaren) verteria sobre Maranello uma enxurrada de dinheiro, elevando o orçamento de 1996 para estratosféricos 60 milhões de dólares.

Tão logo colocou suas mãos nesse numerário, Montezemolo entrou em contato com Michael Schumacher. Ofereceu ao alemão nada menos que 50 milhões de verdinhas por um contrato de dois anos; e a derrama monetária era por uma boa causa, explicou o executivo. "Eu preciso de um grandíssimo piloto. Preciso de sua inteligência, preciso que ele incentive e melhore a equipe, preciso de alguém que vá tentar vencer não só uma corrida, mas a próxima e a próxima até que tenhamos restaurado o mito Ferrari. Para sermos a melhor, precisamos do melhor piloto."

Luca di Montezemolo colocara ordem na casa de Maranello, rearranjando os móveis, instituindo disciplina e dando à *Scuderia* uma cara de negócio profissional. O caráter calmo porém exigente de Jean Todt também ajudara a mudar o estilo de trabalho dentro da companhia. Nenhum dos dois, contudo, podia fazer milagres. Como os infortúnios se sucedessem, os adversários aproveitavam para tripudiar sobre a desgraça vermelha. Uma piada no circo contava que a Ferrari estava em seu sétimo ano de um plano de três para voltar a ser campeã.

Todavia, com o monstruoso orçamento de 1996, e mais a contratação do melhor piloto do pedaço, a concorrência finalmente tremeu. Os rivais sabiam que não seria algo imediato, mas imaginavam que, se um profissional do gabarito de Michael Schumacher segurasse a pressão da mídia italiana e fosse paciente o bastante, o resultado teria de vir. Mais cedo ou mais tarde.

A maior mudança, entretanto, não dizia respeito ao montante de dinheiro disponível – os 60 milhões de dólares representavam cerca do dobro do orçamento das concorrentes –, e sim à postura da *Scuderia*. Durante anos a fio, Enzo Ferrari repetiu a mesma máxima: toda e qualquer derrota era falha do piloto, jamais da Ferrari. Em 1996, Gianni Agnelli declarou, para espanto dos *tifosi* tradicionais: "Se a Ferrari não ganhar com o Schumacher, então a culpa será da Ferrari." A mentalidade do *Commendatore* reduzia-se a pó nos boxes *rossos*.

O time italiano, embora querido pelos jornalistas, nutria uma relação um tanto caótica com a imprensa. Os pobres repórteres passavam horas à porta dos boxes sem saber se, daquela vez, alguém apareceria para lhes falar. A gigante do tabaco criou, então, o Marlboro Media Unit. Todos passaram a contar com releases pela manhã e entrevistas fixas com os pilotos às 15h, além de almoço e um bom e original *espresso* fumegante. A cobertura ficou ainda mais simpática. Mas não necessariamente confiante. O jornalista Frederik af Petersens conta que, quando Schumi assinou com a Ferrari, um colega suíço abriu apostas na sala de imprensa para saber em que volta o piloto abandonaria a empreitada.

O 42º monoposto construído pela equipe, que disputaria o Mundial daquele ano de 1996, seria o primeiro em sua história a utilizar um motor de dez cilindros (Ferrari V10). A F310 era equipada ainda com pneus Goodyear e tinha como principal patrocinador, além da Marlboro, a megapetrolífera Shell. Todos os componentes do carro – do chassi ao motor – haviam sido desenvolvidos sob o mesmo teto, dando à Ferrari enorme vantagem sobre os adversários, que apenas juntavam as peças em suas fábricas. Todos os setores sabiam exatamente o que se passava no outro, permitindo que a produção de cada parafuso se baseasse em informações gerais do bólido, e não só na parte específica a que se destinava a peça. Os ingredientes técnicos para o bolo estavam disponíveis. Faltava quem soubesse misturá-los e assá-los pelo tempo correto.

Enquanto isso, Flavio Briatore estava determinado a provar que era a Benetton, independente do piloto, a melhor equipe da F1. Sob o comando de Jean Alesi e Gerhard Berger, os dois homens dispensados pela Ferrari, o diretor esportivo pretendia mostrar que não havia páreo para a sua B196. Com este intuito, promoveu uma festa nababesca de dois dias em uma cidadezinha no topo de uma montanha na Sicília, para onde centenas de jornalistas foram levados. Como escreveu Ivan Rendall, em *The Power Game*: "Este foi o momento na história da Benetton em que o estilo triunfou completamente sobre o conteúdo".

O circo finalmente se instalava em Melbourne para a primeira prova da temporada 1996, e extasiava-se com a beleza do novo circuito de Albert Park, na Austrália. As longas voltas de cinco quilômetros incluíam até seis pontos de ultrapassagem e haviam sido mais do que aprovadas pelos pilotos. Embora soubessem que a Ferrari ainda não correria pelo título, Jean Todt e Michael Schumacher tinham esperanças de um bom resultado. Algo que, pelo menos, acalmasse os emotivos repórteres italianos e justificasse o investimento realizado.

Mas um vazamento no fluido de freios na 32ª volta, quando estava em terceiro e era o único a acompanhar as duas Williams, tirou o bicampeão da disputa. Jacques Villeneuve, em seu GP de estréia, deu show em Melbourne. Fez a pole, ia bem e só perdeu a liderança a quatro giros do final, momento em que seu motor Renault fumou por conta de uma queda na pressão do óleo. Damon Hill ultrapassou o companheiro e venceu a primeira prova da temporada – a 14ª vitória de sua carreira, igualando a marca do pai Graham Hill. O canadense, que chegou em segundo, e Eddie Irvine, que levou sua Ferrari ao terceiro lugar, foram mais aplaudidos no pódio do que Hill, carismático como um saquinho de pipoca.

O ano prometia ser um dos mais emocionantes dos últimos tempos. O melhor de todos os pilotos, candidato natural ao título, tomara a curiosa decisão de abandonar uma equipe no topo para trocá-la por uma incógnita; uma incógnita cheia de charme, mas ainda assim uma incógnita. Ninguém sabia se a Ferrari, apesar das mudanças de Montezemolo e Todt, conseguiria se recuperar do caos instalado durante quase duas décadas. O atraso no lançamento da F310, que não permitiu a Schumacher e Irvine testarem o modelo antes da abertura australiana, era um dos exemplos de que nem tudo havia mudado por lá.

Em um estudo da filial suíça do International Institute for Management Development, "The Ferrari Renaissance"*, os professores Daniel Denison e James Henderson afirmam:

> *Schumacher levou seu estilo teutônico e uma determinação ferrenha para vencer. Sua abordagem calma e lógica minimizou o drama que há muito caracterizava o ambiente ferrarista. Em contraste com o passado, quando pilotos e membros da equipe discutiam suas discordâncias em público, Schumacher e Todt sentiram que os problemas deveriam ser resolvidos internamente. Sucesso e fracasso deveriam ser ambos aceitos em equipe, não individualmente. Schumacher logo conquistou o apoio dos mecânicos e engenheiros, graças à sua dedicação e ao enorme tempo que passava treinando em Maranello para desenvolver o carro. Em finais de semana de GP, Michael é freqüentemente o primeiro piloto a chegar pela manhã e o último a sair à noite.*

No 25º Grande Prêmio do Brasil, segundo da temporada 1996, Damon Hill confirmaria seu favoritismo para o ano. Em um dia de

---
*The Ferrari Renaissance, IMD, 2003, p. 4, Lausanne, Suíça.

muita chuva em Interlagos, o inglês completou seu *hat trick* com a vitória, quase 18 segundos antes da Benetton de Jean Alesi, e uma volta à frente de Schumi, o terceiro colocado. O fato mais notável do final de semana brasileiro de Michael, no entanto, não foi o pódio nem os primeiros pontos conquistados pela Ferrari.

Andando pelo circuito paulistano, Schumacher e sua mulher viram-se seguidos por um vira-lata fujão. Fiscais de pista tentavam capturar o animal até que a jovem senhora interveio e decidiu salvar-lhe a pele. "Eu disse à Corinna: 'Ok, nós vamos embora mais tarde, e se quando entrarmos no carro ele pular atrás de nós, fica conosco'. Mal abrimos metade da porta e ele já estava lá dentro. Estava claro o que tínhamos de fazer", contou o piloto. No Grand Prix seguinte, na Argentina, Floh (pulga, em alemão) já fazia parte da comitiva de Schumacher. De banho tomado, coleira nova e pêlos cortados, é claro.

Um objeto voador não identificado atingiu o aerofólio traseiro da Ferrari de Michael Schumacher, obrigando-o a abandonar a tumultuada – chuva, batidas, incêndio – corrida de Buenos Aires no 46º giro. "Vi algo preto vindo em minha direção e abaixei a cabeça, achando que poderia me acertar, mas nada aconteceu. Voltas mais tarde, percebi que havia danificado a asa." O tedesco largara na segunda posição. Damon Hill e Jacques Villeneuve fizeram mais uma dobradinha para a Williams, e Jean Alesi chegou em terceiro pela Benetton.

O GP da Europa trazia boas lembranças. Em 1995, fora palco do show que praticamente garantira o título a Schumi, e também a etapa mais lucrativa para a Formula One Constructors' Association: gerara cerca de 6,5 milhões de dólares em dividendos. Nürburgring era ainda o circuito que vira o começo da carreira do jovem piloto de Kerpen, atual bicampeão da categoria. Em 28 de abril de 1996, Hill largou da pole position na Alemanha, mas, com muitos problemas durante a prova, foi apenas o quarto no dia em que brilharam as estrelas de Villeneuve e Schumacher. Segundo e terceiro colocados no grid, o canadense e o alemão travaram uma batalha de tirar o fôlego até a bandeirada final. Jacques alcançou o primeiro triunfo na Fórmula 1, em sua quarta corrida, 762 milésimos de segundo antes de Michael. Foi apenas a 41ª vez, em 585 Grandes Prêmios na história, em que o vencedor cruzou a linha de chegada menos de um segundo à frente do concorrente mais próximo. Os 105 mil torcedores ovacionaram ambos. Sobre o desempenho de sua Ferrari e possibilidades futuras, Schumi mostrou-se cauteloso: "Não tivemos problemas e provamos que estamos evoluindo passo a passo."

Michael Schumacher estava prestes a descobrir o que era tornar-se herói para a torcida italiana da Ferrari. Já nos treinos de classificação para o Grand Prix de San Marino, o alemão garantiu o melhor tempo e a pole position no último minuto, levando os *tifosi* ao êxtase. Como tinha sofrido uma quebra na suspensão traseira logo em seguida, precisou voltar aos boxes de carona no caminhão que rebocava seu bólido avariado. No autódromo Enzo e Dino Ferrari, os italianos gritavam seu nome, aplaudiam, acenavam, em uma empolgação quase carnavalesca. Hill falava na sala de imprensa para repórteres pouco atentos, que, ao ouvir o barulho, corriam às janelas para tentar entender o que acontecia nas arquibancadas.

A conquista de sábado rendeu a Schumi epítetos generosos da empolgada mídia local. "Biônico", "excelso", "fantástico", "matador", "artista", "de robô a ídolo" foram alguns dos termos utilizados. No domingo, a estratégia da Williams de uma parada a menos rendeu a vitória a Damon Hill. Mas aos 130 mil fanáticos parecia não importar que Schumacher tivesse chegado em segundo. Na hora do pódio, completado por Gerhard Berger, invadiram a pista e glorificaram o piloto da Ferrari como se ele ocupasse o primeiro degrau. Com o pneu dianteiro direito travado por toda a última volta, Michael valorizou o resultado. "Achei que não daria para completar. Dentro das condições, era o máximo que podíamos fazer." Também fez questão de afirmar que, apesar da boa colocação, não tinha pretensões de vitória até a metade do campeonato. "Já conseguimos boa velocidade na classificação. Ainda temos alguns problemas durante as corridas. Mas, se houver a chance de vencer antes desse prazo, venceremos." Damon Hill (43), Jacques Villeneuve (22) e Schumi (16) ponteavam a tabela do Mundial de Pilotos. Williams (65), Ferrari (25) e Benetton (18), o de Construtores.

Mônaco, que já sediara algumas das mais dramáticas provas da Fórmula 1, viveu em 1996 um de seus GPs mais inusitados. Numa tarde em que somente quatro pilotos completaram a prova, nem Schumacher, nem Hill, nem Villeneuve, nem Berger ou Alesi estariam entre os nomes do pódio. O alemão, que largou na pole, escapou do asfalto e bateu no guardrail da descida do túnel logo na primeira volta. Não foi o único: cinco outros pilotos também não terminaram o giro inicial. "Merda. Quero dizer, simplesmente não podia acreditar. Fiquei sentado lá e pensei: isso não é verdade, não é real, eles vão parar a corrida agora. Alguma coisa aconteceu atrás de mim. Não podia acreditar, depois de me classificar meio segundo à frente, aquele era o fim. Um desastre. Pior momento da minha carreira", lamentava um inconformado Michael.

Os diversos outros abandonos que se seguiram em Monte Carlo, entre eles o de Damon Hill (seu propulsor Renault explodiu na 41ª volta) e de Jean Alesi (suspensão danificada), deram a inédita vitória ao francês Olivier Panis, da humilde Ligier, que largara em 14º. David Coulthard, no primeiro pódio da McLaren na temporada, Johnny Herbert e Heinz-Harald Frentzen, ambos da Sauber, foram os outros únicos felizardos a receberem a bandeirada final. Coulthard, que, aliás, correra com um capacete de Schumacher: "Tive problemas terríveis no treino sob chuva, a viseira embaçava demais. Como não tinha outro, o Michael me emprestou um dele." Sem dúvida, uma tarde estranha no Principado.

Em 2000, Michael admitiria que a vitória no GP da Espanha de 1996 fora mesmo a mais emocionante de sua carreira. Em outra largada diluvial, por puro erro ou problemas na embreagem, o alemão caiu da terceira para a nona posição ainda na primeira volta. Então, como se possuído por alguma entidade endemoniada, começou a ultrapassar todos os rivais – dentre os quais Hill, Villeneuve, Berger, Irvine e Alesi –, até assumir a ponta na 12ª volta! Schumi ganhou todas as posições na pista, debaixo de muita água. Enquanto os outros tentavam apenas se manter no traçado, o ferrarista pilotava fantasticamente, abrindo quatro segundos de vantagem por volta sobre a concorrência. "Schumacher estava invencível", relatou Lemyr Martins. "Navegava no circuito catalão abrindo um rastro plástico na água que inundou a pista, enquanto seus adversários mal conseguiam se manter na corrida. Foi uma performance que os engenheiros da Ferrari julgaram próxima do milagre." Mas o milagre ainda não estava completo. Ao alcançar metade da prova, Michael começou a ouvir um estranho barulho vindo de seu motor. Apenas oito dos dez cilindros do propulsor da F310 funcionavam, o que significava perder cerca de 10km/h na velocidade em curvas.

Era Schumacher no melhor estilo Schumacher. Naquelas condições, não importava o carro, importava quem estava atrás do volante. A tarde era tão perigosa que, ao final, o próprio alemão sugeriu que, em situações como aquelas, a largada ocorresse atrás do carro-madrinha. "O *safety car* foi criado para isso. Não entendo por que não o utilizaram hoje." Já David Coulthard tentava explicar por que tinha abandonado a prova: "Eu realmente não sei o que aconteceu. Bati na traseira de alguém, mas não podia ver nada, então, não posso dizer em quem foi." Martin Brundle, da Jordan, só lamentava: "Eu aquaplanava em todas as retas." Passado o primeiro terço da corrida, metade dos carros já não estava na pista.

O tedesco da Ferrari, por sua vez, só não cruzou a linha de chegada em Barcelona dias à frente de Jean Alesi em função da falha no motor e do intenso frio que sentia – cãibras quase paralisaram sua perna direita. Achou melhor tirar o pé na última volta, escancaradamente. Mesmo assim, a bandeirada quadriculada agitou-se para Michael mais de 45 segundos antes do que para o francês. Jacques Villeneuve foi o terceiro dos seis homens a completar o GP. "Seu desempenho ofuscou a conquista ferrarista", escreveu José Henrique Mariante na *Folha de S.Paulo* de 3 de junho de 1996. "Em condições normais, o carro vermelho não levaria o piloto à vitória. Em condições adversas, foi Schumacher que venceu. Só ele." Jean Todt concordava: "Não fosse pela chuva e pela habilidade de Michael, não venceríamos."

Por méritos exclusivos ou não, Michael venceu e, além de declarar que o carro estava "perfeito", correu aos boxes para cumprimentar seus mecânicos, um a um. No pódio, Todt recebeu um enorme banho de champanhe e beijou o alemão como a um filho. Feliz tal qual uma criança na cerimônia de premiação, Schumi mostrou-se bem menos emotivo durante a coletiva de imprensa. Tremendo de frio, com o macacão ainda encharcado pela chuva, perguntado sobre como sentia-se ao vencer pela Ferrari, respondeu: "Não foi a minha primeira vitória. Foi a 20ª." E completou: "Não teria apostado um único centavo em um resultado como este."

Villeneuve resumiu seu sentimento após aquela sétima etapa da temporada: "Ele estabeleceu um padrão incrível, que todos nós precisamos tentar acompanhar. Não consigo imaginar um desafio mais difícil." Sobre aquele Grande Prêmio da Espanha de 1996, o ex-piloto e cavaleiro do Império Britânico, Sir Stirling Moss, comentou: "Não foi uma corrida. Foi uma demonstração de brilhantismo. O homem pertence a uma categoria à parte. Ninguém no mundo está nem sequer próximo a ele."

Naquele mesmo ano, Frank Williams, dono da equipe que levava seu nome e eterno ícone do circo, declarou:

> *Schumacher é um fenômeno dentro de um carro de Fórmula 1. Adoraria vê-lo ao volante de uma Williams, assim como tanto desejei Ayrton Senna. Meu pesadelo é o de vê-lo em um outro carro tão competitivo quanto a Williams. Todos devemos ir à igreja no domingo para que isso não se torne realidade.*

Nostradâmico, previu: "Ainda não vimos o melhor de Schumacher."

Poucos sabiam da admiração que o pequenino mandachuva francês da Ferrari nutria por seu companheiro de trabalho alemão. A ostensiva demonstração de afeto no pódio espanhol e a seguinte declaração deixavam claros os sentimentos de Jean Todt. "Os superlativos são insuficientes para exprimir quanto é agradável trabalhar com Schumacher. Sua motivação, sua determinação, sua inteligência, sua grande simplicidade, seu profissionalismo e especialmente sua maturidade me fascinam."

Michael colocava esta maturidade para funcionar. O projetista John Barnard havia surpreendido a todos no início do ano ao lançar a F310 com o bico voltado para baixo. Apelidado de "Concorde", o artifício deu pouco resultado. À metade da temporada, para o Grand Prix do Canadá, Schumi convenceu os técnicos da Ferrari de que a configuração aerodinâmica dianteira prejudicava o desempenho da *rossa*. Contra a vontade de Barnard, mas apoiado por Jean Todt e Luca di Montezemolo, o piloto levou a equipe a alterar o projeto com o campeonato em andamento. O bico mais alto não renderia milagres, Schumacher fez questão de ressaltar; contudo, igualaria o time à concorrência. Afinal, era mesmo o alemão quem deveria fazer a diferença.

Não foi possível fazê-la imediatamente. Em Montreal, Schumi não conseguiu partir para a volta de apresentação e teve de largar da última fila. Ao sair dos boxes depois de um pit stop na 40ª volta, quando era o oitavo, uma peça do sistema de transmissão de seu carro se soltou. Michael ainda se arrastou por mais um giro, mas precisou abandonar a disputa. Damon Hill, Jacques Villeneuve e Jean Alesi formaram o pódio do circuito Gilles Villeneuve, pai do segundo colocado do dia.

Quando o motor da Ferrari do pole position Michael Schumacher explodiu durante a volta de apresentação em Magny-Cours, Luca di Montezemolo quase explodiu com ele. Afirmou estar "amargamente desapontado". Impactado pela força da declaração e pelo que chamou de o "dia mais negro" da temporada (Eddie Irvine ficara fora no quinto giro com falhas na caixa de câmbio), o diretor esportivo Jean Todt chegou a oferecer ao presidente a sua demissão – que o italiano, sabiamente, não aceitou. Schumi limitou-se ao discurso usual: "Sempre soube que este seria um ano de aprendizado para nós." O pódio do GP da França reviu os mesmos protagonistas do Canadá, e, com a sétima vitória em nove provas, Hill abriu 25 pontos de vantagem sobre Villeneuve e 37 sobre Schumacher. Entre os construtores, a Williams sorria disparada com 101 tentos contra 35 de Ferrari e Benetton – que provara ser apenas mais uma equipe média, sem um grande piloto – e 26 da McLaren.

Sobre as críticas ao diretor esportivo que se seguiram ao fracasso em terras gaulesas, Schumacher respondeu:

> *Aqueles que escrevem este tipo de coisa nos jornais, que fazem tamanha tempestade, não entendem nada de Fórmula 1. Jean Todt é uma das melhores pessoas na Ferrari. Se você quiser destruir a Ferrari, então mande embora o Todt. Não é certo eu receber todas as glórias quando fazemos uma boa corrida e o time receber toda a culpa quando perdemos.*

Em Silverstone, mais uma decepção. Para o líder do campeonato, que, diante de sua torcida, abandonava o GP da Inglaterra na 28ª das

61 voltas do circuito; e para a Ferrari, que viu seus dois pilotos deixarem a disputa antes do quinto giro, ambos por problemas técnicos. Jacques Villeneuve, Gerhard Berger e Mika Häkkinen cruzaram a linha de chegada britânica nos três primeiros lugares.

O quarto lugar conquistado no Grande Prêmio da Alemanha pareceria magro, mas as frustrações recentes eram tantas que Schumacher achou melhor ficar feliz por, ao menos, pontuar em casa. Hill, Villeneuve e Alesi chegaram à frente do piloto da Ferrari, para desilusão dos torcedores presentes em Hockenheim – as lembranças de 1995 eram certamente mais agradáveis. Nas últimas quatro provas, a escuderia de Maranello só completara uma, e com apenas um dos carros.

Perseguido pela implacável mídia italiana, Michael fez questão de declarar, assim que chegou a Budapeste, que a Ferrari tinha sim condições de vencer o Grand Prix da Hungria, no domingo. A crise era brava. Intrigas internas, supostas sabotagens, sua saída e a de Jean Todt foram alguns dos boatos que Schumacher precisou desmentir durante a semana. Apesar dos maus resultados, o alemão afirmaria o interesse em prolongar seu contrato por mais um ano. "Vou lutar pelo título em 1997 e depois entregar um ótimo carro para outro ser campeão no ano seguinte?"

Schumi estacionou sua F310 na pole position de Hungaroring e manteve a ponta da corrida por 18 voltas. Perdeu uma posição no primeiro pit stop e mais uma na segunda parada. A sete giros do final, em terceiro lugar, encontrou-se novamente desamparado por sua Ferrari, desta feita com pane no acelerador. Era seu quarto abandono em cinco provas. Irvine não passara da metade do GP, chegando à sétima prova consecutiva sem marcar nenhum ponto. Jacques Villeneuve, Damon Hill e Jean Alesi, para variar, integraram o pódio daquela tarde. A esta altura, somente o canadense tinha condições matemáticas de impedir o título de Hill. Frank Williams e Patrick Head gargalhavam em algum lugar.

As esperanças de Schumacher em se recuperar com uma vitória em Spa-Francorchamps não começavam bem. Durante os treinos livres pela manhã de sexta, o alemão perdeu o controle de seu bólido e bateu de traseira, a 210km/h, contra a barreira de pneus da curva Fagnes. Um exame de meia hora no centro médico do autódromo belga não identificou fraturas; Michael foi liberado, ainda com muitas dores no joelho direito. "Cometi um erro. Agora preciso me recuperar para amanhã", afirmou, manquitolando pelo circuito. Ele se recuperou e, no sábado, marcou o terceiro tempo na classificação geral para o grid.

E não é que o GP da Bélgica mais uma vez daria brilho ao ano de Schumacher? O tedesco alcançou o segundo lugar logo na largada e mantinha-se atrás de Jacques Villeneuve, quando o grave acidente de Jos Verstappen obrigou o *safety car* a entrar em ação, na 14ª volta. Antes que os outros o fizessem, a *Scuderia* decidiu imediatamente pelo pit stop do piloto, que voltou dos boxes na terceira posição. Três giros depois, a pista foi liberada e apenas David Coulthard e Mika Häkkinen estavam à frente de Michael. Ambos precisavam ainda realizar suas paradas e, ao fazerem-no, deixaram o caminho livre para Ferrari e Williams disputarem a vitória. Na volta 32, Schumi protagonizou o momento mais emocionante da corrida, ao ultrapassar Villeneuve – que voltava de um pit – na saída da curva La Source. Daí em diante, a distância entre os dois nunca baixou de meio segundo. Mika Häkkinen chegou em terceiro lugar, num Grande Prêmio atípico: a Ferrari no topo e a equipe de Patrick Head sofrendo com toda a sorte de avarias técnicas – nem o rádio da Williams funcionou direito aquele dia. "O carro começou a puxar como um porco e eu não conseguia fazer as curvas direito", reclamava Jacques. Schumacher, que encontrara dificuldades com a barra da direção e só não abandonara porque os mecânicos lhe garantiram que não sofreria um novo acidente, comentou: "Estava com um pouco de medo, mas o time disse que eu ficaria ok. Vencer hoje é como algo de Hollywood!"

Jean Todt, que naquela tarde em Spa repetiu com Schumi as cenas de beijos e abraços do pódio espanhol, comemorou: "Foi um grande resultado, uma resposta para aqueles que não acreditavam mais em nós." Garantindo que em Monza, próximo circuito da temporada, não seria diferente, Michael afirmou: "Para a alegria dos torcedores italianos, continuaremos competitivos."

Eram 150 mil os *tifosi* presentes ao Grand Prix da Itália, naquele 8 de setembro de 1996. Chances de título a Ferrari já não tinha, mas um pequeno alento era demasiadamente ansiado por tantos desesperados corações peninsulares. Com Damon Hill e Jacques Villeneuve – ambos por erros bobos – fora da disputa, Jean Alesi e Schumacher brigaram pela liderança até o 30º giro, quando o alemão voltou dos boxes para tomar definitivamente a ponta do francês. As 23 voltas seguintes foram só alegria. Desde 1988, ano da morte do *Commendatore* Enzo, uma Ferrari não vencia uma corrida em solo italiano. Dezoito anos de espera. Apesar da inegável importância da conquista, Michael causou espanto ao afirmar que estava mais emocionado do que quando vencera em Aida, no Japão, e garantira o bicampeonato em 1995: "Sei que não há motivo para a comparação. Mas é um sentimento único vencer com a Ferrari em Monza." Decerto não lhe faltavam motivos para tanto. Além do histórico momento que fizera verter lágrimas das arquibancadas, o "excelso" Schumi anunciava que seria pai. Corinna estava na 14ª semana de gravidez e havia, de acordo com o futuro *Vater*, 70% de possibilidade de nascer uma menina. "Pensei muito nisso durante a prova. É bom demais!"

O magoado Damon Hill, que, prestes a apoderar-se do Mundial de Pilotos, vira suas negociações para renovação de contrato bruscamente interrompidas por Frank Williams, queria era levar logo o título e chorar suas pitangas em paz. O cockpit do campeão passaria ao comando do alemão Heinz-Harald Frentzen. Para piorar, um outro tedesco poderia lhe fazer companhia na Jordan, uma de suas possíveis novas casas (acabaria, contudo, na pobrezinha Arrows). "Como um não era suficiente, trouxeram outro para competir comigo", lamentou sobre seu futuro parceiro. Ralf Schumacher, irmão caçula de Michael, estava assinado com a equipe irlandesa.

Em novembro, Schumacher e Ferrari anunciavam a extensão de seu contrato por mais duas temporadas além do prazo original. O piloto ficaria, pelo menos, até 2000, recebendo 35 milhões de dólares por temporada. "Estou certo de que nos próximos três anos colheremos os frutos deste grande esforço conjunto. E daremos aos nossos torcedores, acionistas e patrocinadores a satisfação que eles merecem", garantiu o presidente Luca di Montezemolo. A imprensa alemã não estava tão otimista. Os jornais clamavam: "Schumi, saia desse abacaxi vermelho!"

Em Portugal, Hill e Villeneuve correram um GP à parte. O canadense levou a melhor e empurrou a decisão do campeonato para o último Grand Prix. O alemão da Ferrari, que largara em quarto, apenas conseguiu tomar a posição de Jean Alesi e completar o pódio de Estoril. Nove pontos separavam os pilotos da Williams, e ao britânico bastaria pontuar no Japão. Damon fez mais do que isso. Fechou a temporada com uma incontestável vitória de ponta a ponta no circuito de Suzuka, escoltado de perto por Michael Schumacher e Mika Häkkinen. Embora filho de um bicampeão mundial, Hill enfrentou uma vida difícil até galgar o topo – seu pai morrera num acidente de avião, quando ele tinha apenas 15 anos. Sem dinheiro e sem a figura paterna, passara por muitos apuros antes de chegar à Fórmula 1. Aos 34 anos, finalmente alcançava um dos feitos de Graham Hill; mas este seria seu primeiro e único título.

O segundo lugar no Grande Prêmio nipônico colocou Schumacher na terceira posição da classificação final do Mundial de Pilotos, e, mais importante, pela primeira vez desde 1990, levava a Ferrari ao vice de Construtores. Cento e cinco pontos atrás da Williams, é verdade, mas à frente da Benetton e de todas as outras. Michael teminara com 59 tentos, atrás de Jacques (78) e Damon (97). Seus três triunfos também poderiam ser considerados um exíguo resultado para um bicampeão – não fosse pelas temporadas anteriores da escuderia de Maranello. De 1991 a 1995, os vermelhos haviam conquistado escanzeladas duas vitórias! Schumi completara apenas dez dos 16 GPs de 1996: oito no pódio e nove na zona de pontuação. Faltava-lhe apenas um carro que terminasse corridas.

E como ponderara o sábio Frank Williams: "Convenhamos, não temos visto o verdadeiro potencial de Michael nesta temporada. Isso pode mudar no ano que vem."

10
TEAM SCHUMACHER

Michael Schumacher terminou a temporada 1997 atrás de um piloto que muito estimava. "Um dos homens que mais admiro é o Pedro Paulo Diniz. Não sei de onde ele tira tanta motivação para pilotar um carro tão lento." Tecnicamente, o alemão terminou o ano em último lugar, precedido inclusive por nomes de peso como Nicola Larini, Shinji Nakano, Mika Salo e o brasileiro Diniz, da Arrows. Na prática, Schumi teria levado o vice-campeonato, com apenas três pontos de desvantagem em relação a Jacques Villeneuve, o vencedor do Mundial. Uma manobra sua durante o último Grande Prêmio, contudo, acabaria por, além de tirá-lo da prova, eliminá-lo da segunda posição por conduta antidesportiva. Seus pontos e vitórias foram mantidos, mas o vice, cancelado. Paciência. O fato mais notável de 1997 para Schumacher não seria mesmo alcançado nas pistas, e sim nos bastidores.

O comprometimento do piloto com a Ferrari, visível nas corridas, nos treinos, nos testes e na convivência com a equipe, apenas fez multiplicar a confiança que Gianni Agnelli e Luca di Montezemolo haviam depositado no tedesco. Sua ética de trabalho e determinação convenceram os *capos* de que, tão importante quanto seu talento ao volante, era sua capacidade de estruturar o time, ajudando a coordenar desde os mecânicos nos boxes até o desenho do carro – o choque com John Barnard, em meados da temporada de 1996, fora a prova definitiva da perícia de Michael. Em conseqüência, Schumi ganhou espaço para estender seus tentáculos para muito além do asfalto. Começou a dar as cartas também na montagem da equipe, privilégio de poucos pilotos na história da Fórmula 1 – o primeiro, sem dúvida, na mítica trajetória da Ferrari.

De esperança ao volante, Schumacher tornou-se artífice máximo da reconstrução da *Scuderia*. Uma verdadeira façanha em se tratando da Casa de Maranello, onde, por anos a fio, imperara a máxima de que os pilotos serviam apenas para perder corridas. A escolha de Michael ainda encerrava uma ironia histórica. A identidade do time de Enzo Ferrari como orgulho italiano construíra-se em grande medida pelas épicas disputas contra a alemã Mercedes-Benz, na primeira metade do século XX. O novo arquiteto do império do *Commendatore* era, isso mesmo, um germânico – mas não um germânico qualquer: um germânico formado na germaníssima escola de pilotos da rival de Stuttgart. Em se tratando de Michael Schumacher, porém, feudos históricos foram providencialmente colocados de lado.

Com a confiança de Agnelli, de Montezemolo e dos *tifosi*, Schumi também angariou para sua causa o único homem que, na teoria, poderia colocar-se no caminho de sua espinhosa tarefa. Sua liberdade de ação certamente interferiria na autonomia do diretor esportivo Jean Todt, número dois da hierarquia ferrarista; o francês, contudo, se pôs ao lado do piloto desde a primeira hora. Dentre outras coisas, o ano de 1996 serviu para mostrar o fabuloso entrosamento da dupla, que desenvolveu uma relação quase fraternal ao longo da temporada. "Michael e eu temos muito em comum. Modéstia, profissionalismo, fidelidade e lealdade são só alguns exemplos. Esse conjunto de valores compartilhados criou uma ligação especial entre nós. Quando cheguei à Ferrari, esperava ser confrontado com uma dura tarefa, mas nunca imaginei formar tão especial amizade."

Prestigiado de todos os lados, Schumacher deu início ao processo de reunião do seu antigo séquito. Só tinha um problema: convencer os veteranos Ross Brawn e Rory Bryne, que o acompanharam nas vitoriosas temporadas de 1994 e 1995 na Benetton, de que trabalhar na Ferrari era, sim, um negócio de futuro. Apesar da pressão doentia da imprensa italiana, da montanha-russa emocional de seus coléricos fãs e do pouco animador retrospecto da montadora – que ganhara seu último título no longínquo ano de 1979.

Atrair Ross Brawn para o posto de diretor técnico seria menos complicado. O inglês de 42 anos continuava na ativa, na mesma Benetton em que, ao lado do alemão, conquistara dois títulos mundiais. Seu contrato com a equipe de Flavio Briatore acabara naquele ano de 1996, mas o astuto italiano não pretendia ficar sem seus préstimos – especialmente após perder o piloto bicampeão mundial. Havia, entretanto, um grande problema para o polêmico diretor esportivo da Benetton: Brawn era o fã número 1 de Schumi – mais até que Herr Rolf, genitor do ligeiro alemão. Jamais economizou elogios ao queixudo. "Michael é o melhor piloto do mundo porque aborda sua profissão de uma forma global. Ser um grande piloto não resulta apenas de ser rápido na pista. Ele é intelectual e fisicamente o mais evoluído. Antes de entrar no cockpit, ou depois de sair, continua sendo o melhor."

Assim, no início de 1997, a Ferrari anunciou a contratação do britânico para o cargo de diretor técnico do time, herdando a cadeira que, nos anos anteriores, assentara Valerio Bianchi e Harvey Postlethwaite. Ross Brawn era realmente o engenheiro mais capacitado para coordenar a produção dos novos carros e traçar as estratégias de corrida da mais explosiva das equipes da Fórmula 1: nos anos 1970, antes de entrar para o mundo do automobilismo, trabalhara durante anos em pesquisas de energia atômica para o laboratório estatal da Grã-Bretanha.

Para completar o Team Schumacher, só faltava Rory Byrne. Mas sua contratação esbarrava em dois obstáculos. O primeiro consistia em defenestrar o titular do cargo até então. O projetista John Barnard, que recebia seu peso em ouro dos chefões da Fiat, era um dos nomes mais reconhecidos do circo da velocidade. A cúpula da Ferrari confiava tanto em seu trabalho que montara o Centro de Desenvolvimento de Design praticamente ao lado da casa de Barnard, na Inglaterra. Michael, porém, não acreditava que o papa das pranchetas valesse quanto pesava. O episódio do desenho do suposto revolucionário bico da F310, que apenas prejudicou o desempenho das *rossas* em 1996, forneceu a Schumacher o argumento definitivo na defesa de sua tese. O tedesco queria deixar claro a Montezemolo que não tinha nenhuma querela pessoal com o projetista britânico – apenas não o considerava o melhor.

Argumentos, aliás, não deveriam faltar. Estimava-se que John Barnard recebesse cerca de 200 mil dólares ao mês de salário, e os benefícios deste alto custo não haviam se mostrado grande coisa. Os três carros projetados por ele para a Ferrari (temporadas de 1994, 1995 e 1996) foram retumbantes fracassos. Os modelos 412T1 (94), 412T2 (95) e F310 (96) participaram de 49 GPs e venceram apenas cinco – três deles com Schumi –, apesar de o time dispor do maior orçamento da F1.

Como a Ferrari passara adotar o prisma de Schumacher para enxergar o futuro, Montezemolo bancou a incisiva opinião do germânico. Barnard só não saiu no final da temporada de 1996 porque tinha contrato até o término de 1997 – e o descumprimento do acordo previa uma estratosférica multa rescisória. A *Scuderia*, con-

Eu sou terrível: Michael Schumacher aos 16 anos, em 1985, já bicampeão alemão e vice mundial de kart

Estréia triunfal nas categorias adultas do automobilismo: nove vitórias em dez corridas na Fórmula König, em 1988

Em ação em Nürburgring, na F3 alemã: terceira posição geral em 1989 e título antecipado em 1990, já sob a tutela do empresário Willi Weber, o Mr. 20 Prozent

Spa-Francorchamps, agosto de 1991: enquanto a Bélgica chora a prisão de Bertrand Gachot – "Gachot, a Bélgica está contigo. Você não é um vândalo" –, Schumacher herda o cockpit da Jordan #32 para fazer história na F1

Excuse-moi, monsieur: em seu primeiro GP de Mônaco, pela Benetton, em 1992, o alemão mostra a Jean Alesi, da Ferrari, o jeito Schumacher de pedir licença

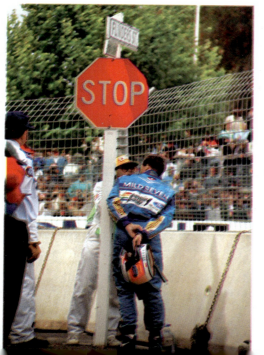

Boas notícias correm rápido: depois de abandonar o GP da Austrália de 1994 após o polêmico encontrão com Damon Hill, Schumacher é avisado pelo fiscal de que o inglês também parou – o primeiro título na F1 estava no papo

Apoteose: empunhando bandeiras da Ferrari e da Alemanha, um exército de italianos rende-se ao Kaiser Schumacher após a histórica vitória no GP da Itália de 1996 – a primeira da escuderia em casa num período de oito anos

Paraíso dos carecas: na celebração pelo primeiro título de Schumacher na Ferrari, que quebrou um jejum de 21 anos da equipe, uma epidemia capilar vermelha tomou conta do Japão em outubro de 2000

É o amor: Schumacher e Jean Todt, regados a champanhe, em uma das inúmeras cenas de carinho explícito protagonizadas pela dupla nos pódios mundo afora

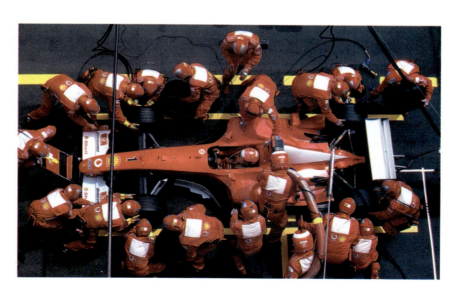

Formigas atômicas: treinados exaustivamente para a economia de milésimos de segundo, pit stops revelam a perfeita sintonia entre mecânicos e piloto

João do Pulo: dono de invejável porte físico, diariamente trabalhado, Schumacher notabilizou-se em suas comemorações por elevar ainda mais o ponto mais alto do pódio

Siga o mestre: Schumacher lidera o comboio – cena repetida em nada menos do que 4.741 voltas, num total de mais de 22 mil quilômetros na ponta

É hepta!!!: plantel da escuderia Ferrari em 2004, ano em que Schumacher conquistou seu sétimo campeonato mundial de pilotos e pulverizou a maioria dos recordes dos livros de história da F1

Súdito real: minutos antes de seu último show na categoria, no inesquecível GP do Brasil de 2006, Schumacher recebe do Rei Pelé uma homenagem pelos serviços prestados ao automobilismo

O estado-maior da Ferrari nos anos 1990/2000: da esquerda para a direita, o diretor técnico Ross Brawn, Schumacher, o diretor esportivo Jean Todt e o elegantíssimo presidente Luca di Montezemolo, pouco familiarizado com a utilização do popular boné. Na extrema direita, Balbir Singh, fisioterapeuta e guru do alemão

Rindo à toa: Corinna, a esposa, e Willi Weber, o empresário, sócios-fundadores do Team Schumacher

tudo, já fazia planos sem o projetista. Determinada a trazer o departamento de design de volta a Maranello, a cúpula italiana vendeu sua unidade britânica a Barnard – que, sem entrar em litígio com os mediterrâneos, começou a labutar no plano do carro da futura equipe de Alain Prost. O puro-sangue vermelho para a temporada seguinte, de acordo com as vontades da Ferrari, deveria ser desenhado na Itália, e por outro cérebro. O desejado por Schumacher, entretanto, estava imerso em algum lugar do Pacífico.

Rory Bryne tinha longa quilometragem na Fórmula 1. O sul-africano de Pretória fizera-se notar pela primeira vez em 1984, projetando a Toleman na qual Ayrton Senna estreou na categoria mais rápida do automobilismo. Passou pela Reynard e pela Benetton, onde desenhou o carro com que Nelson Piquet pendurou o macacão, no GP da Austrália de 1991, e os monopostos que levaram Schumi aos títulos de 1994 e 1995. Mas ao final da temporada de 1996, depois de mais de duas décadas debruçado sobre pranchetas, Byrne, então com 52 anos, resolveu se aposentar. Encontrou-se com Flavio Briatore, agradeceu-lhe pelos bons tempos e informou que estava de partida para a Tailândia, onde se dedicaria ao mergulho esportivo.

Seria preciso muita lábia para persuadir alguém prestes a passar o resto de seus dias em uma paradisíaca paisagem tropical, dedicando-se dia e noite a seu passatempo predileto – e com a independência financeira mais que garantida –, a voltar a trabalhar no caótico ambiente da Fórmula 1. Mais especificamente, dentro da panela de pressão escarlate chamada Ferrari. Schumacher, todavia, conseguiu dobrar o antigo colega, outro membro declarado de seu fã-clube. "Michael tem ouvido musical. Mesmo dirigindo rápido, consegue pensar nos aspectos técnicos. Sempre antevê o que acontece com o carro." Em fevereiro de 1997, dessa forma, a *Scuderia* anunciou a contratação de Byrne para o cargo de projetista-chefe da construtora; o sul-africano seria responsável por desenhar um novo carro para a temporada de 1998. Mais uma vez, foi feita a vontade do novo Kaiser de Maranello.

Ainda que a Ferrari contasse com um orçamento de primeira grandeza, as bases do império de Schumacher construíram-se não pelo poder pecuniário, e sim pela confiança, pela segurança e pela credibilidade que o alemão transmitia a seus parceiros. A começar pelo respeito mútuo e pelo entrosamento desenvolvido com o calejado Jean Todt – que, apesar de seu estilo reservado, não era exatamente uma pessoa de fácil convivência, como provam as inúmeras discussões travadas com o poderoso Jean-Marie Balestre, presidente da FIA, entre outros. Em um ano de relacionamento, o diretor esportivo curvou-se a Michael como jamais o fizera.

Mas são Brawn e Byrne os exemplos mais incríveis da influência que Schumi consegue exercer sobre seus pares. Apesar de poderem optar por alternativas bem mais animadoras – o primeiro com sondagens da campeã Williams, o segundo com o lascivo chamado do Golfo da Tailândia –, ambos preferiram seguir o norte indicado pelo tedesco, em que pesasse ser de longe o mais incerto de todos. Afinal, ainda que Luca di Montezemolo tivesse iniciado um processo de modernização e profissionalismo na construtora, não havia garantias de que este seria conduzido até o final. Já se passavam cinco anos da chegada do executivo, uma eternidade em se tratando de F1, e a equipe não alcançara nenhum resultado fantástico nas pistas – o terceiro lugar de Schumacher em seu ano de estréia fora a melhor posição da *Scuderia* desde 1990, quando Alain Prost terminou como vice de Ayrton Senna. Mesmo assim, muito pouco para Maranello, um eterno caldeirão em perene ebulição. Quem poderia assegurar que os aventureiros escapariam de se tornar os próximos fervidos pela ira dos peles-vermelhas italianos?

Poderia-se dizer que, com uma equipe assim, seria fácil ganhar. Se fosse, a Benetton, que ainda contava com Brawn e Byrne em 1996, não teria terminado o ano em terceiro lugar entre os construtores. Além disso, sem Michael, estes profissionais nem sequer estariam na Ferrari. "Schumacher foi o elemento catalisador do renascimento da

Ferrari, pois é mais fácil contratar pessoas de grande qualidade técnica e motivar a todos quando se tem um piloto como ele na equipe. Quando os mecânicos sabem que o seu trabalho pode resultar em vitórias, sua motivação aumenta e o mesmo acontece com toda a gente que trabalha na fábrica. Para além dos seus méritos como piloto, foi pelo fato de ser um elemento motivador para todos que Michael Schumacher ajudou a Ferrari a chegar onde chegou", acredita Luis Vasconcelos, principal jornalista português de automobilismo e correspondente da revista *Autosport*.

O tricampeão mundial Sir Jackie Stewart, uma legenda do automobilismo, um dos nomes mais respeitados da Fórmula 1, não tem dúvida da importância de Schumi para o renascimento da escuderia italiana. "Uma das coisas que admiro em Michael Schumacher é que ele literalmente reinventou a Ferrari, que não era campeã mundial havia 21 anos. Michael Schumacher sabia que para ganhar uma corrida ele precisaria primeiro terminar uma corrida. E, para fazer isso, não basta apenas um carro rápido, mas um carro em que se possa confiar, que se possa dirigir, de que se possa depender. E ele fez isso, trazendo as mais incríveis habilidades para a Ferrari." E conclui: "Se eu precisar lembrar de Michael Schumacher, pensarei em sua contribuição ao mudar-se para um time que tinha o equipamento, as instalações e a experiência, mas a que faltava o conhecimento necessário [para ser campeão]."

Na verdade, àquela época, a única garantia era a palavra de Schumacher. "Este é um time para ser campeão em três anos." Foi o suficiente.

Com Ross Brawn no *pit wall*, Michael Schumacher partia para a temporada de 1997, a primeira etapa de seu plano de dominação mundial, ainda a bordo de um modelo de John Barnard – a F310B, remodelada pelo austríaco Gustav Brunner. "Eu esperava alguns problemas no primeiro ano, mas não ficarei satisfeito se eles se repetirem neste segundo ano. Agora, corremos atrás de confiabilidade, e acredito que teremos um grande avanço em relação à última temporada."

A maior alegria de Michael Schumacher em 1997, contudo, não viria das pistas. Em 20 de fevereiro, Corinna dava à luz Gina Maria, a primeira filha do casal. A emoção na hora do parto foi tamanha, que o profissional de um dos mais perigosos esportes existentes quase desmaiou. "Dar à luz é muito extenuante e doloroso. Não pretendo passar por isso muitas vezes, porque é só a Corinna quem sofre." Perguntado sobre o que esperava da pequena herdeira, o novo papai respondeu: "Que ela puxe à minha mulher."

No asfalto, Schumi conquistaria cinco vitórias em sua segunda temporada pela Ferrari, perdendo o título aos 45 do segundo tempo, quando tinha um ponto a mais que Jacques Villeneuve, graças a uma tola jogada de sua parte. O modelo F310B mostrara-se de fato um pouco mais confiável que seu antecessor, completando 13 dos 17 GPs daquele ano (76% de chegadas contra os 62% de 1996). Nas 13 oportunidades, Schumacher esteve na zona de pontuação, oito delas no pódio.

Na Austrália, primeiro Grand Prix do ano, com as duas Williams fora da disputa, Michael foi o segundo em um pódio dominado pela McLaren de David Coulthard – que dava à equipe de Ron Dennis sua primeira vitória desde 1993 – e Mika Häkkinen. O quinto lugar em Interlagos deixou o alemão um tanto decepcionado com sua nova Ferrari, especialmente porque assistia a Jacques Villeneuve vencer em *terra brasilis*. Uma colisão com Rubens Barrichello tirou Schumi da disputa do Grande Prêmio argentino logo na volta inicial, em mais uma tarde de vitória canadense. Ao menos seu companheiro, Eddie Irvine, fora o segundo e seu irmão Ralf, o terceiro.

Em San Marino, Heinz-Harald Frentzen viveu seu dia de glória: logrou seu primeiro triunfo na Fórmula 1, exatamente à frente de seu antigo adversário Michael Schumacher e da outra Ferrari, a de Eddie Irvine – que completou a "dobradinha" da *Scuderia* na Itália com o terceiro lugar.

Em setembro de 1996, ao fechar com a Williams para a temporada seguinte, Frentzen chamara Michael para o duelo. Talvez ainda ferido por ver sua namorada da adolescência casada com o rival, ou então pelo fato de o compatriota, com a mesma idade, já ter conquistado dois títulos mundiais, Frentzen disparara: "Frank deixou claro para mim: 'Eu quero que você bata o Schumacher e a Ferrari em 1997. É por isso que estou contratando você.'" E não foi só. "Ao final, as pessoas acreditam que eu sou o homem que pode derrotar Michael, e, mentalmente, esta é a melhor vantagem." Uma vantagem que o levou ao expressivo número de quatro vitórias na carreira.

Apesar de não ter conseguido o primeiro lugar em Ímola, a Ferrari já começava a dar sinais dos novos tempos sob o comando da tríade Schumacher-Brawn-Todt. O diretor técnico britânico diminuíra o antigo exército *rosso* para 55 pessoas, incluindo os pilotos. O segundo carro reserva fora dispensado. Não precisariam de um quarto bólido, afinal, os que tinham, ao contrário do passado, eram confiáveis o suficiente. Brawn ressalvava: "Temos de alterar toda uma filosofia de trabalho. Acabei de chegar e preciso ser cuidadoso para evitar chatear pessoas que estão há muito mais tempo por aqui." O cuidado com que Ross Brawn, Jean Todt e Schumi conduziam as mudanças era o que permitia que elas de fato acontecessem. Sem fazer alarde, discretamente, iam conseguindo o que queriam e mudando a cara da outrora caótica Casa de Maranello.

Chegava Mônaco. E com o Principado e a chuva, o primeiro êxito do *Cavallino Rampante* no ano. Largando em segundo, Schumacher tomou a ponta de Frentzen ainda na primeira volta para liderar por todos os 62 giros do traiçoeiro e longo – é o único a atingir a marca de duas horas de duração – circuito monegasco. Dos 22 carros do grid de Monte Carlo, um bateu e onze perderam o controle e rodaram por causa da pista escorregadia. Mérito para quem conseguiu se manter no asfalto. Rubens Barrichello, pilotando a estreante Stewart (do lendário tricampeão Jackie Stewart), terminou em segundo e Eddie Irvine, em terceiro. Com o resultado, Michael e a Ferrari assumiam o topo da tabela de classificação do Mundial.

"Barcelona é um dos lugares em que não somos competitivos. Gostaria que pudéssemos cancelar a prova e ir direto para o Canadá." Schumacher sabia o que estava dizendo. Largou em sétimo, chegou em quarto e viu Jacques Villeneuve retomar a liderança do campeonato de pilotos. Para depois perdê-la logo em casa, no circuito que leva o nome de seu pai, em Montreal, de onde caiu fora já no giro inicial. O alemão da Ferrari, que conquistara sua primeira pole position na temporada, alcançou também sua 24ª vitória, a 110ª do time de Maranello. O GP teve apenas 54 das 69 voltas previstas, em função de um grave acidente que quebrou as pernas de Olivier Panis, da Prost-Mugen-Honda – investida do francês tetracampeão mundial na construção de uma equipe própria na F1.

No oitavo Grande Prêmio de 1997, o melhor momento da Ferrari e seu alemão. Com as modificações introduzidas pela dupla Brawn-Byrne na F310B, especialmente o novo aerofólio traseiro, Schumi ganhou três décimos de segundo em relação às Williams em Magny-Cours. *Hat trick* no circuito em que a equipe inglesa era franca favorita, em mais uma demonstração da perfeita habilidade de Michael Schumacher. Foi soberano em terras gaulesas, abrindo 14 pontos de vantagem para Villeneuve. A presença de Eddie Irvine no pódio francês também ajudou a *Scuderia* a alargar sua distância para 13 tentos em relação a Williams no Mundial de Construtores. "Não ficarei feliz enquanto não estivermos em uma posição vencedora. Tendo dito isso, lembro que quando cheguei à Ferrari estávamos em uma situação muito difícil. Temos um time apropriado, mas ainda há muito o que conquistar. Antes era uma questão de um ano, agora é uma questão de meses", declarou o cauteloso diretor esportivo *rosso* Jean Todt.

O triunfo na França, 25ª da carreira de Schumacher, tornou o alemão o quinto maior vencedor da Fórmula 1, empatado com o inglês Jim Clark e o austríaco Niki Lauda. À sua frente, apenas Alain Prost (51 vitórias), Ayrton Senna (41), Nigel Mansell (31) e Jackie Stewart (27). O escocês Stewart que, aliás, dissera sobre Michael: "Ele é o melhor piloto do mundo. É o que mais recebe, e merece cada centavo. Tenho certeza de que a Ferrari não se arrepende de ter aceitado o que ele pediu."

"Não consigo entender aquele mala. Ele é simplesmente rápido, verdadeiramente rápido. Há uma curva rápida aqui [pista de treinos da Ferrari, em Mugello], a Arrabiata. Eu, o Alesi, o Berger e o Larini passamos todos à mesma velocidade, mas ele é cerca de 25km/h mais rápido. Não tenho a menor idéia de como ele faz isso." Eddie Irvine estava impressionado com Schumi, e, embora tivesse um estilo absolutamente oposto ao do companheiro, o irlandês teceria alguns dos comentários mais elogiosos a Schumacher. Sem, é claro, perder a oportunidade de dizer também coisas do tipo: "Ele é alemão e tem uma cabeça engraçada." Ou pérolas como: "Ele nunca desiste. Se não está treinando, está testando, ou pilotando um kart. É um caso triste, não sei o que há de errado com ele. Talvez tenha sido uma criança feia, ninguém falasse com ele e agora ele está dando o troco. Definitivamente, há alguma coisa errada!"

Irvine, o playboy ("Ganho o meu dinheiro, não fico usando o do meu pai"), desfilava pelos paddocks com diversas namoradas ("Sempre deixo claro para elas as minhas intenções, que certamente não são muito dignas"). Não fazia economias com seu numerário, adorava festas e não era lá o homem mais disciplinado da categoria ("Minha idéia de céu é poder acordar e não ter nada para fazer. Nada na agenda, nenhum compromisso. Daí, pegar meu jatinho e ir para uma festa"). Em

1993, no Japão, como retardatário, não facilitou a ultrapassagem de Ayrton Senna, que, furioso, foi tirar satisfações com o novato nos boxes da Jordan. O insolente garoto irlandês despejou ironia sobre o brasileiro até fazê-lo perder o controle (e a razão): Senna deu-lhe um murro na cara. Irvine também não gostava de sua condição de segundo piloto na Ferrari – mas pouco podia fazer, já que havia assinado um contrato que especificava sua posição na equipe. Os companheiros de Ferrari tinham pouco em comum; no entanto, como disse Jean Todt: "Eddie e Michael se complementam."

O tabu de nunca ter vencido no Grande Prêmio da Inglaterra se manteria para Schumacher em 1997. Ele abandonou na 38ª volta, quando liderava, abrindo caminho para Jacques Villeneuve diminuir de 14 para quatro a diferença entre ambos no campeonato. Eddie também não terminara a prova em Silverstone, e o *capo* Schumi não parecia satisfeito com o desempenho da F310B. "Estou infeliz. Se não podemos completar uma corrida, significa que relaxamos um pouco. Temos de trabalhar mais para examinar onde falhamos." Erros corrigidos, Michael levou o segundo lugar no GP da Alemanha, atrás do pole Gerhard Berger, da Benetton, em uma atuação inspirada. Era sua primeira vitória em três anos, depois de ficar dois meses parado por conta de uma sinusite – que o obrigara a passar por duas cirurgias –, e duas semanas após a trágica morte de seu pai em um acidente aéreo. Durante a cerimônia de premiação, o veterano austríaco precisou enxugar as lágrimas que lhe escorriam pela face. "Foi um dos finais de semana mais especiais de minha vida. Uma corrida memorável. Sinto que tive algumas forças especiais a meu lado." Para Schumacher, os seis pontos em casa não eram o resultado de seus sonhos, mas ao menos aumentavam sua margem para Villeneuve (que rodara na 33ª volta) para dez tentos.

Damon Hill, comendo o pão que o diabo amassou desde o começo do ano, fez uma corrida inolvidável na Hungria, perdendo a vitória apenas na última volta – graças a uma pane hidráulica em sua

Arrows. Villeneuve agradeceu o presente e comemorou o quarto lugar do rival Michael, que correra no carro reserva após destruir o titular no *warm-up* da manhã. Se Jacques, no entanto, temeu a aproximação do Grande Prêmio da Bélgica, o fez com razão. "É quase o meu circuito de casa", dizia Schumi.

O metereologista Schumacher deu as caras em Spa-Francorchamps. Apostando na brevidade do temporal que alagava a pista belga, o tedesco optou pelos pneus intermediários – meio termo entre os para o seco e os para chuva, este sim escolhido pela maioria dos temerosos adversários. A largada aconteceu atrás do *safety car* a fim de garantir a segurança dos pilotos. Passadas três voltas, quando o sol já brilhava nas Ardennes, o carro-madrinha abriu caminho, e, em menos de dois giros, Schumi ultrapassava Jacques Villeneuve e Jean Alesi para assumir a liderança em definitivo. Era sua quarta vitória em Spa, a terceira seguida, em seis GPs disputados. O canadense da Williams chegou apenas em sexto no circuito belga, mas herdou o quinto lugar de Mika Häkkinen, desclassificado pela utilização de combustível irregular.

O alemão vencera todas as três corridas do ano em que chovera, garantindo o elogioso epíteto de *Rainmaster*. Michael revelaria que, desde pequeno, adorava pilotar nestas condições: "O mais divertido era dirigir no molhado. Porque aí eu podia dar cavalo-de-pau, girando 360 graus."

O Grand Prix da Itália de 1997 não pôde ser muito comemorado pelos *tifosi*. Um magro sexto lugar para Michael, que largara em nono, e um oitavo para Eddie, que saíra em décimo. A sorte era que Jacques conseguira apenas uma quinta posição, deixando a diferença entre ele e o alemão da Ferrari em dez pontos. David Coulthard, o vencedor da tarde em Monza, dedicou seu triunfo à princesa Diana, morta em um acidente de automóvel nove dias antes.

Os Grandes Prêmios que se seguiram, na Áustria e em Luxemburgo (que apesar do nome foi disputado em Nürburgring, na Alemanhã), não poderiam ter sido piores para Schumacher e a *Scuderia*. Villeneuve venceu ambos, enquanto Schumi obteve um sexto lugar e um abandono, respectivamente. No circuito alemão, Michael chocou-se com o caçula Ralf logo após a largada. "Isso é o automobilismo. Essas coisas acontecem", lamentou o irmão mais velho. O mais novo irritou-se com alguns comentários: "O que eu devia fazer, frear simplesmente porque ele é meu irmão? Eu não sou o terceiro piloto da Ferrari."

Apesar dos maus resultados da concorrente, o diretor esportivo da Williams, Patrick Head, assegurou: "Será uma grande disputa com Michael até o final da temporada. Já vimos que ele nunca desiste, não importa quão difícil seja pilotar seu carro." A duas etapas do fim, Villeneuve se mostrava bem mais confiante. "Estamos indo para o Japão em excelente condição, tanto técnica como psicológica. Não dá para dizer o mesmo sobre eles." Jean Todt não estava mesmo contente: "Um péssimo resultado. Mas, enquanto houver chances matemáticas, não desistiremos."

Ross Brawn, o estrategista, começava a colocar a prancheta de fora. Em parceria com o Napoleão das Areias, deu um show de tática de combate em solo nipônico. Com Schumacher largando atrás de Villeneuve e percebendo que o canadense pretendia segurá-lo por toda a prova – ele fechara o alemão duas vezes na reta dos boxes –, a equipe lançou mão de Eddie Irvine para tentar a vitória. Primeiro, o irlandês ultrapassou Mika Häkkinen (ajudado por Michael, que bloqueou o finlandês); em seguida, superou o companheiro e, logo depois, o piloto da Williams, que preferiu não arriscar um acidente. Irvine assumia a ponta e passava a atuar como escudeiro, deixando a liderança para Schumi – que suplantara Jacques no pit stop. Villeneuve, que esperava pelo julgamento de uma infração cometida no treino de sábado (desrespeitou uma bandeira amarela), chegou em quinto, mas acabou punido e perdeu os dois pontos conquistados. Sua vitória e a desclassificação do rival conduziram Schumacher à ponta do campeonato, por um singelo ponto. A boa notícia para a Williams fora o segundo lugar de Frentzen, que garantira ao time o título entre os construtores por antecipação: 120 tentos contra 100 da Ferrari, àquela altura.

Muitos criticaram o estratagema da *Scuderia* para garantir o triunfo de Schumacher. O jogo de equipe, contudo, não só é permitido, como é parte intrínseca do circo desde que a F1 existe. Todos os grandes times acabam, em algum momento da temporada – senão desde o início –, favorecendo um de seus pilotos em nome do título. "O fato de Michael ter o controle sobre a equipe e fazer com que trabalhem mais para ele do que para o segundo piloto é mérito, não demérito. O cara que consegue isso é porque dá resultado. Ele pede alguma coisa para a equipe e dá o campeonato", acredita o jornalista Flavio Gomes. "Na Ferrari não existe diferença de equipamento. Então, quando o Schumacher chega na frente na maioria das vezes, ou consegue fazer uma volta meio segundo mais rápida, isso é diferença de pilotagem. É claro que se tem um mecânico capaz de fazer o reabastecimento um centésimo mais rápido que outro, este vai para o Schumacher. Se tem alguém que é poucos milésimos mais rápido para trocar os pneus, também vai para o Schumacher. O que tem de melhor na equipe vai para ele, o que é mais que o natural. Quando ele chegou na Benetton, em 1991, era o que provavelmente acontecia com o Piquet."

O brasileiro tricampeão certa vez precisou rebater a afirmação contrária. "Nunca achei que Michael recebesse tratamento preferencial. Claro que ele era rápido, às vezes mais rápido do que eu. Mas ele era um cara legal, e eu fiquei feliz em poder abrir o caminho e mostrar tudo para ele", contou o colega de pit mais experiente – e modesto – que Schumacher já teve.

Enfim, Michael Schumacher partia para o último GP da temporada com um ponto de vantagem sobre Jacques Villeneuve. Rumores rondando o Grand Prix da Europa davam conta de que alguém pretendia trapacear. Falou-se tanto que o presidente da FIA, Max Mosley, achou por bem avisar: "Que fique bem claro para todos desta vez que queremos uma disputa justa. Não só entre Schumacher e Villeneuve. Sérias penalidades serão impostas a qualquer um que se envolver." A tensão culminou em um espetacular treino de sábado. Três pilotos cravaram o melhor tempo do dia. Exatamente a mesma marca, no minuto, nos segundos, nos milésimos de segundo: 1:21'072. Nestes casos, o regulamento determina que a classificação seja estabelecida pela ordem de conquista. Ou seja, quem fez primeiro leva. O grid ficou definido assim: Jacques Villeneuve, Michael Schumacher e Heinz-Harald Frentzen.

Jerez de La Frontera, na Espanha, recebia a decisão do Mundial em clima de festa. O circuito é muito usado para testes durante o ano – portanto, familiar para todas as equipes. Villeneuve caiu para a terceira posição já na largada, alcançou o segundo posto e, a partir daí, começou uma implacável perseguição ao alemão da Ferrari. De nada lhe adiantava chegar atrás do rival, e, na 48ª volta, partiu com tudo para ultrapassar Schumacher. Por erro no tempo de freada ou por ação deliberada, Michael fechou a porta e prendeu a respiração, na esperança de ficarem fora os dois. Ficou sozinho, e assistiu de camarote ao terceiro lugar do canadense na prova e o primeiro lugar no campeonato. Villeneuve sagrava-se campeão mundial em seu segundo ano na Fórmula 1. "Quando tentei a ultrapassagem, tinha menos de 50% de chance de sucesso, mas não me adiantava ser o segundo. Era melhor tentar e acabar na brita, do que ser o segundo e ficar com a consciência pesada", comentou o piloto da Williams.

Em 26 de outubro de 1997, Mika Häkkinen comemorava mais que o campeão. Vencera sua primeira corrida da carreira e, emocionado, chorava no pódio. Jacques Villeneuve, único canadense na história a vencer o Mundial, parecia menos comovido. "Foi bom ganhar o título aqui", dizia. Curiosamente, era nos boxes da Ferrari onde se encontrava mais animação. Michael se divertia com a mulher Corinna, fazia piadas com Eddie e Willi Weber. "Ele foi muito honesto. Se era para fechar a porta, que fizesse direito", brincava o empresário – maior alvo das gozações do dia, aliás. Weber havia encomendado cem mil camisetas e bonés com a inscrição: "Michael Schumacher, campeão mundial de F1 de 1997." Irvine surrupiou um dos obsoletos bonés, pegou uma caneta, adicionou uma correção e vestiu-o na cabeça: "Michael Schumacher, QUASE campeão mundial de F1 de 1997."

As equipes que criticaram a estratégia da Ferrari no Japão foram as mesmas a protagonizar um jogo bem menos justificável. Publicados no jornal inglês *The Times*, os diálogos via rádio de Williams e McLaren com seus pilotos mostram uma bela camaradagem...

(McLaren) – David, abra para Mika na reta dos boxes.

(Coulthard) – Repita, por favor.

(McLaren) – Abra para Mika nos boxes, ok?

(Coulthard) – Desculpe, não entendi.

(Ron Dennis) – David, é Ron. Se você não deixar Mika passar nesta volta, será demitido. Ficou claro?

Na Williams...

(Williams) – Jacques, Häkkinen está muito rápido. Ajudou muito. Jacques, Häkkinen, ele quer ganhar. Foi muito prestativo, lembre-se disso.

(Williams) – Última volta, Jacques. Última volta. Coulthard está controlando Irvine. Häkkinen está bem atrás de você. Não me decepcione, Jacques. Conversamos sobre isso antes. Häkkinen está colado em você. Lembre-se, ele foi prestativo.

Mika Häkkinen e David Coulthard completaram a dobradinha da McLaren, com Jacques Villeneuve, o campeão, em terceiro. A divulgação da conversa levou ambos os times a julgamento. A FIA, contudo, optou por não punir as equipes.

Por unanimidade, os fiscais da prova em Jerez isentaram Michael Schumacher de qualquer responsabilidade no incidente. Não obstante, o alemão foi julgado pelo Conselho Mundial da Federação Internacional de Automobilismo e condenado por conduta antidesportiva. A entidade manteve seus pontos, vitórias e o vice da Ferrari, mas sua colocação oficial no campeonato acabou eliminada dos autos da FIA. "Terei de conviver com isso", resignou-se Schumi. Jean Todt aliviou: "Michael é tão bom, que às vezes esquecemos que é ainda um jovem rapaz."

"Sabe, na Fórmula 1, você pode aprender em um ano o que talvez levasse dez para aprender em outra profissão. É muito intenso. Você tem de agüentar a pressão de todos e do trabalho. É muito difícil. Tem sido difícil para mim e para minha família, mas eu amo o que faço e trabalho muito duro para ter sucesso." Michael Schumacher certamente aprendeu muito em 1997. E já esfregava as luvas para aplicar as lições no ano seguinte. "O verdadeiro campeonato para nós virá em 1998." Ou não.

11

O MAESTRO

"A Fórmula 1 inteira se assustou com a impressionante superioridade demonstrada pela McLaren. Ontem, a pergunta mais ouvida nos boxes era: o campeonato já acabou na primeira prova?" Se alguém gargalhava no início de 1998, esse alguém era Ron Dennis. As palavras escritas pelo jornalista Livio Oricchio, em 9 de março no jornal *O Estado de S. Paulo,* traduziam o sentimento do circo frente ao desempenho de Mika Häkkinen e David Coulthard no Grande Prêmio da Austrália. Ambos colocaram uma volta no terceiro colocado, Heinz-Harald Frentzen, da Williams – Jacques Villeneuve, o defensor do título, também fora relegado à posição de retardatário. A dobradinha se repetiu no Brasil, mas com o pódio completado por Michael Schumacher.

Outra questão que rondava os paddocks: dez anos depois, estar-se-ia vivendo um replay de 1988? Naquele ano, a bordo da McLaren-Honda, o campeão Ayrton Senna e o vice Alain Prost venceram 15 das 16 provas (93,75%), cravaram 15 pole positions, marcaram 199 pontos – pela contagem a partir de 1991, com dez pontos por vitória, seriam 214 – e lideraram 1.003 voltas das 1.031 disputadas (97,28%). E alguém achou chato porque só as McLaren venceram?

Na Ferrari, por todo o mês de janeiro, o novo modelo F300 – primeiro totalmente projetado por Rory Byrne – não permitiu a Michael Schumacher completar sequer mil quilômetros de testes, tantas eram as falhas apresentadas. Todavia, em fevereiro, Byrne e Ross Brawn conseguiram resolver quase todas as dificuldades técnicas do bólido, especialmente as de transmissão e câmbio. Tamanha foi a mudança que levou o piloto alemão a declarar: "É incrível, o carro não quebra." Junto com o motor 047 V-10, os pneus eram a maior novidade da temporada. Esculpidos e de laterais 20 centímetros mais estreitas, os compostos fornecidos pela Goodyear – a McLaren corria de Bridgestone – prometiam bons resultados à *Scuderia*.

Para o terceiro Grand Prix do ano, o da Argentina, o projetista da Ferrari desenvolvera um novo aerofólio traseiro, na tentativa de diminuir a drástica diferença de rendimento em relação às McLaren. Mas isso não preocupava Mika Häkkinen. "Será necessário um pequeno milagre para alguém nos bater." Com o segundo tempo nos treinos de classificação, à frente do finlandês e atrás de David Coulthard, Schumacher provocou: "É, parece que o pequeno milagre aconteceu."

No domingo, Michael largou mal, caiu para terceiro, mas recuperou rapidamente a posição; logo no quarto giro, atacou Coulthard e tomou-lhe a ponta em uma manobra espetacular. Como tinha planejado a estratégia de um pit stop a mais, partiu para abrir um segundo de vantagem por volta em cima de Häkkinen. Mesmo com uma parada a menos, o finlandês teve de se contentar em ver o alemão disparar e cruzar a linha de chegada mais de 20 segundos à sua frente. No total, Schumi gastara 50 segundos nos boxes, contra

26 de Mika; os 70 mil argentinos presentes ao circuito Oscar Alfredo Galvez não podiam acreditar na velocidade do ferrarista. "Foi um trabalho fantástico. Só ele é capaz disso", exultava Jean Todt. Irvine fechou o pódio e ajudou a encerrar os tempos de crise *rossa*. Durante a semana, chegara-se a especular uma possível demissão do presidente Luca di Montezemolo, caso os F300 continuassem a tomar uma volta das McLaren.

O primeiro GP doméstico do ano rendeu segundo (Schumacher) e terceiro (Irvine) lugares para a escuderia de Maranello. O autódromo Enzo e Dino Ferrari, em Ímola, hospedou mais uma vitória da McLaren, desta vez com David Coulthard. Apesar da festa dos 120 mil *tifosi* pela dupla presença vermelha no pódio, Michael não poupou críticas à inconstância da Goodyear, que não atendera às expectativas iniciais da Ferrari: "Nosso grande problema são os pneus". Coulthard confiava na superioridade dos bólidos de Ron Dennis, mas temia e almejava uma das principais características do adversário alemão. "O objetivo final da minha carreira é conseguir ser tão consistente quanto ele."

Mika Häkkinen finalmente pôde respirar tranqüilo no Mundial de Pilotos. Com as duas vitórias consecutivas, na Espanha e em Mônaco, contra um segundo lugar e um abandono de Coulthard, e um terceiro e um décimo postos de Schumacher, o finlandês abriu 17 pontos sobre o companheiro escocês e 22 sobre o tedesco da Ferrari. Na disputa entre as equipes, a McLaren disparava para 75 tentos, deixando a rival italiana com 35.

Uma incrível seqüência de Michael Schumacher, entretanto, colocaria o piloto e a *Scuderia* de volta à briga pelo título de 1998. Primeiro, uma vitória no confuso GP do Canadá. Foram necessárias três largadas em função de dois grandes acidentes, ambas as McLaren quebraram, e o *safety car* precisou ser acionado três vezes – um recorde na Fórmula 1 até então. Sobre o abandono, Coulthard resignou-se: "Tenho de seguir sorrindo porque minha única outra opção é chorar."

A Ferrari introduziu ainda mais modificações para a etapa seguinte, na França. O modelo do projetista sul-africano não era perfeito, e ele não perdia uma oportunidade de melhorá-lo. Dentre outras alterações menores, Willem Toet, responsável pela aerodinâmica da equipe italiana, e Rory Byrne incorporaram à F300 um novo aerofólio dianteiro e laterais diferentes das usadas anteriormente, mais baixas.

O resultado, uma memorável dobradinha de Schumi e Irvine em Magny-Cours. Desde 1990, a Ferrari não colocava seus dois carros nos degraus mais altos do pódio. E um fato deixara o gosto desta vitória ainda mais saboroso: Michael tivera de ultrapassar Mika Häkkinen para ser o primeiro, e Eddie precisara suplantar os dois pilotos da McLaren para chegar em segundo – na pista. "Grande parte do mérito da conquista é dessa gente que não mediu sacrifícios para estudar, compreender, modificar e reconstruir a F300", declarou o alemão, vencedor de quatro dos últimos cinco GPs disputados no circuito gaulês.

Completando a tríade vencedora de Schumacher, o inédito triunfo no Grand Prix da Inglaterra deixou o alemão a apenas dois pontos do líder do campeonato. Pela primeira vez na carreira, Michael vencia uma prova sem receber a bandeirada final. Por desrespeitar uma bandeira amarela perto do fim da corrida, o ferrarista foi punido com um *stop-and-go* de dez segundos. Dentro do prazo para cumpri-lo, o piloto se dirigiu aos boxes na última volta para completar de lá os 60 giros do GP. Häkkinen já acenava para a torcida britânica quando recebeu a notícia de que era Schumi o vitorioso do dia. Acontece que a faixa de rolamento no box é considerada pista de corrida; desta forma, o alemão cruzou a extensão da linha de chegada, dentro do box, 22 segundos à frente de Häkkinen. O ferrarista nem sequer precisaria ter parado para cumprir a pena. A McLaren reclamou, mas teve de se calar diante do documento expedido pela direção da prova. Citando o artigo 57, alínea E, do código esportivo da Fórmula 1, o texto explicava que, pelo fato de a infração ter sido cometida a menos de 12 voltas para o final, os comissários podiam apenas acrescentar os dez segundos a seu tempo, em vez de exigir o pit forçado. Quisesse Ron Dennis ou não, com as três vitórias seguidas de Schumacher, mais os bons resultados de Irvine e as quebras recorrentes de Mika e David, a diferença de pontos entre a equipe inglesa e a italiana diminuíra drasticamente: 86 a 83.

Mais algumas mudanças na F300 para a etapa austríaca do ano: com chassi entre eixos 13 centímetros maior, Rory Byrne transferira para a frente do carro cerca de 3% a mais do seu peso, com o objetivo de fazer os pneus dianteiros trabalharem melhor. Era muito comum os modelos da época derraparem em curvas com as rodas da frente, causando expressiva perda de tempo. Schumacher aprovara: "Ao menos no teste que realizamos em Monza, esse carro foi três ou quatro décimos de segundo mais rápido que o anterior."

Não bastou para vencer em Zeltweg. Na Áustria, o alemão cometeu um erro, foi parar na brita, voltou em 16º, e, em uma incrível corrida de recuperação, chegou em terceiro lugar, atrás das duas McLaren. Na Alemanha, diante de sua empolgada torcida, mais uma decepção. Largando em nono, conseguiu uma exígua quinta posição. Häkkinen e Coulthard cruzavam a linha de chegada em primeiro, mais uma vez.

Saindo do terceiro lugar na Hungria, com as McLaren à sua frente, a Ferrari resolveu ousar. Ross Brawn traçou uma estratégia de três paradas, contra as duas planejadas pelas outras equipes. Como vencer indo aos boxes uma vez a mais que a concorrência? Saindo do segundo pit stop, após superar o então segundo colocado Jacques Villeneuve, Schumacher ouviu Brawn dizer-lhe: "Você tem 19 voltas para ganhar 25 segundos, fazer a terceira parada e voltar na frente da McLaren." Fácil! Mas só assim seria possível. O alemão começou a rodar um segundo mais rápido que todos na pista, até, no 47º giro, atender à ordem do chefe, suplantar o líder Mika Häkkinen e garantir a vitória. "Foi como uma classificação. A tática era difícil, e cheguei a duvidar de sua viabilidade, mas Ross me convenceu pelo rádio de que era possível", contou Schumi. "Essa vitória é uma das mais emocionantes da minha carreira, é como um sonho", completou.

Seu 32º triunfo colocou-o entre os três maiores vencedores da Fórmula 1. Nigel Mansell ficou no passado; à frente do alemão, sobraram apenas Ayrton Senna (41) e Alain Prost (51). Nenhum piloto amealhou tantas vitórias até os 29 anos.

A dificuldade da estratégia adotada em Budapeste reside no inflexível ritmo acelerado que o piloto precisa manter por toda a corrida, enquanto o normal seria diminuir a velocidade na reta final para não desgastar o carro e os pneus. Estava novamente escancarada para o mundo uma das características que fez de Michael Schumacher o maior vencedor da história da Fórmula 1: as voltas voadoras antes do pit.

Como ninguém fizera antes, ele começou a baixar incrivelmente seu tempo nos giros antecedentes à parada, permitindo à equipe planejar táticas de até quatro pit stops e ainda assim chegar à frente dos rivais. "Schumacher é um cronômetro, um homem que domina a máquina, um gênio em matéria de velocidade. Não erra. Se precisar virar meio segundo mais rápido, ele vai lá e vira; se precisar virar um segundo mais rápido, ele vai e vira. Acho que ele domina mais a máquina que o Senna", afirma Lemyr Martins. O jornalista Fábio Seixas concorda: "Seu grande mérito é vencer provas na base da estratégia, conseguindo manter o ritmo necessário para isso, por voltas e voltas, com uma precisão impressionante".

Em sua coluna no jornal *Folha de S.Paulo* de 22 de agosto de 1998, seis dias após o GP em Hungaroring, José Henrique Mariante definiu o espírito que tomava conta da F1:

> *Como nos tempos da Benetton, Schumacher e Brawn arrebentaram a McLaren em Budapeste. Diferentemente daquela época, quando a vítima era a Williams, tornaram-se heróis. Antes do último domingo, Schumacher era apenas mais um desesperado, piloto mau-caráter que jogou o carro em cima de Villeneuve no final do ano passado, o mesmo que já fizera com Hill, no final de 1994. O banho de tática, porém, reabilitou o alemão e a própria Ferrari, com direito inclusive a visitinha de Agnelli em Monza. Esporte, muitas vezes, não passa de um exercício de hipocrisia. Heróis são criados, incompetentes são eleitos, ao sabor do conveniente. Não há explicação para isso. Apenas a constatação de que o mundo é assim e de que não haveria de ser o esporte diferente de todo o resto. Schumacher é, desde 1º de maio de 1994, o melhor piloto em atividade no planeta. Acerta, erra, surpreende e trapaceia como qualquer outro esportista. Basicamente, tendo condições para isso, vai ganhar. E é por isso, por nenhum outro motivo, que está na Ferrari, que precisa ganhar. Já são duas décadas. O que Schumacher e Brawn fizeram em Budapeste já foi feito muitas vezes na Benetton. Naquele tempo, porém, quando falava nas entrevistas que largava sempre com a opção de duas táticas, era considerado mentiroso – agora, é gênio. Pior, dizia-se, tinha todos os tipos de traquitanas ilegais a seu dispor. Também escrevi à época que tinha. Da mesma forma como creio que, hoje, metade do grid tem eletrônica proibida embarcada. Como se constata, Schumacher passa de vilão a herói em questão de horas. De herói a vilão em questão de minutos. Dando o título para a Ferrari, talvez, consiga finalmente a complacência dos que o cercam. A mesma complacência que tivemos com Senna, Prost, Piquet e tantos outros mais.*

A declaração do agora segundo piloto David Coulthard, às vésperas do GP da Hungria, de que, se assim orientado pela McLaren, deixaria Mika Häkkinen ultrapassá-lo, gerou polêmica no circo. Estaria o jogo de equipe indo longe demais? Na tentativa de encerrar o assunto, o presidente da FIA, Max Mosley, avisou: "Ordens do time não estão proibidas, desde que sejam feitas no interesse de vencer o campeonato, sem interferir nos resultados da competição." Como uma coisa poderia acontecer sem a outra, ninguém entendeu. E ficou por isso mesmo, afinal, sempre tinha sido assim.

A primeira largada do Grande Prêmio da Bélgica de 1998 assistiu ao maior engavetamento de que se tem registro na Fórmula 1. Treze dos 22 carros envolveram-se no mesmo acidente, provocado por uma manobra de David Coulthard. Foi necessária uma relargada, de onde partiram 18 pilotos e na qual Schumacher assumiu a liderança. Quando já abria 37 segundos de vantagem sobre Damon Hill, encontrou o escocês da McLaren em seu caminho. Debaixo de forte chuva, o piloto da Ferrari vinha tentando ultrapassar o retardatário Coulthard havia mais de uma volta; no 25º giro, finalmente resolveu fazê-lo, a 250 metros da curva Pouhon. Não contava, porém, com a freada de David e o enorme spray que produziu para cima de seu carro: a colisão na traseira do bólido prateado foi inevitável. Schumi perdeu uma roda e abandonou a disputa.

"David Coulthard deliberadamente me jogou para fora. As razões são óbvias", esbravejava Michael. Furioso como nunca antes se vira, o alemão se dirigiu aos boxes da McLaren para tirar satisfações: "O que é que você queria? Me matar?" Os mecânicos precisaram intervir para evitar que o confronto se tornasse físico. Em um trecho de plena aceleração, Coulthard claramente tirara o pé. Schumacher – que, com a saída de Mika Häkkinen, poderia assumir a ponta no campeonato – não podia acreditar na atitude do escocês. "Estou abismado. Gostaria que ele explicasse por que fez a volta anterior em 2 minutos e 17 segundos, pois estava virando sempre em 2 minutos e 12 segundos. E ele não sabe que quando se tira o pé do acelerador esses carros perdem muita velocidade?", ironizou Michael. Damon Hill e Ralf Schumacher fizeram a dobradinha da Jordan e quase mataram Eddie Jordan do coração. Era a primeira vitória de Hill desde 1996, e a primeira da história da equipe irlandesa. Jean Alesi, agora na Sauber, completou o estranho pódio do dia.

Aqueles que conheciam Schumi se espantaram com sua reação explosiva – ele não era assim. "Ele é muito calmo", contou seu engenheiro de pista à época, o italiano Ignazio Lunetta. "Por cinco anos trabalhei com Jean Alesi e ele era bom, mas cheio de altos e baixos. Muito emocional. Michael é totalmente diferente. Ele é como um filtro – nenhuma besteira atravessa. Ele é totalmente concentrado."

Schumacher e Coulthard selaram a paz em terreno neutro. No motorhome da Williams, ambos conversaram e deram o assunto por encerrado. Os *tifosi* presentes ao circuito de Monza foram menos tolerantes com o escocês: era só o piloto colocar a cabeça para fora dos boxes que um imenso coro de vaias o recebia solenemente. Naquele Grand Prix da Itália, antepenúltima etapa da temporada, Michael e a Ferrari conquistaram sua primeira pole position. Já não era sem tempo.

Mais uma vez, Schumacher experimentava o gostinho de se tornar um ídolo na Velha Bota. Atrás da garagem, entre os testes para o GP, Schumi batia bola com alguns mecânicos do time. Nada menos do que dez mil torcedores aguardavam do lado de fora, na esperança de dar uma espiada no herói. Quando ele finalmente apareceu na pista, os fãs gritaram, tocaram buzinas, soltaram fogos – enfim, foram à loucura. O modesto e tímido tedesco mal sabia o que fazer. "Depois que ganhei na Hungria, as pessoas falam comigo como se eu fosse um deus. Continuo sendo o mesmo ser humano que era antes. Não aceito as grandes culpas, nem os grandes cumprimentos. Estou em algum lugar no meio disso."

Sobre o domingo que se seguiu, Livio Oricchio escreveu:

> Há certas manifestações dos povos que, por mais precisa e detalhista que seja a tentativa de descrevê-las, não é possível repassá-las na extensão de sua emoção. As comemorações pela vitória de Michael Schumacher e da Ferrari ontem em Monza, assumindo a liderança do Mundial ao lado de Mika Häkkinen, da McLaren, é um desses casos. No pódio, Schumacher, um alemão, ergueu os dois braços como

> *um maestro e comandou o coro das quase 110 mil vozes presentes no autódromo. Elas cantavam o hino da Itália. Mas atenderiam a qualquer das ordens de seu semideus.*

A primeira dobradinha dos *Cavallini Rampanti* em casa desde 1988 não poderia vir em hora mais apropriada e de maneira mais emocionante. Schumi largou mal e caiu para o quinto lugar. Ainda no giro inicial, ultrapassou Jacques Villeneuve; no terceiro, superou Irvine e partiu para cima das McLaren. Na oitava volta, Häkkinen abriu para Coulthard, que disparou na ponta – até o 17º giro, quando seu motor Mercedes explodiu em frente à arquibancada dos *tifosi*. A alegria dos fanáticos foi ainda maior ao ver Michael suplantar Mika, logo em seguida.

O regozijo de Schumacher atingia o ápice. Häkkinen, seu único rival na luta pelo título, chegava em quarto na Itália, marcando apenas três pontos. Ambos tinham agora 80. Entre os construtores, a McLaren somava 128 tentos e a Ferrari, 118. No pódio, ele, seu companheiro de equipe e seu irmão, Ralf. Pela primeira vez nos 48 anos de Fórmula 1, dois irmãos ocupavam um mesmo pódio. A família Schumacher entrava para a história.

Quando Ralf Schumacher ingressou no circo da Fórmula 1, em 1997, também por intermédio do empresário Willi Weber, fez-se um pequeno suspense. Poderia o caçula de Rolf e Elisabeth, seis anos mais novo que Michael, superar o mano, primeiro piloto da Ferrari e bicampeão mundial? Poucos acreditavam. Em todo caso, havia na história da categoria uma interessante tradição, poucas vezes violada. Nos episódios de irmãos que chegaram à F1, normalmente o mais novo alcançou mais êxito do que o mais velho. Wilson Fittipaldi conseguiu apenas três pontos em três temporadas; Emerson conquistou dois Mundiais. Ian Scheckter correu em 18 provas e não marcou nenhum ponto; Jody esteve em 112 e venceu um campeonato de pilotos. Jimmy Stewart participou de apenas um GP, passando em branco; Jackie celebrou três Mundiais.

"Ele precisará de bastante simplicidade, pois não é pequena a chance de ter muitos problemas na Jordan", sentenciou Rubens Barrichello sobre seu substituto na equipe irlandesa. "O sobrenome é, sem dúvida, um de seus maiores apelos. Mas pode, também, tornar-se um problema para ele", resumia o chefe Eddie Jordan. Estava claro que a marca Schumacher seria a bênção ou a ruína para o novato. Restava esperar seu desempenho nas pistas.

Entretanto, a prova de estréia de Ralf, no dia 9 de março em Melbourne, serviu apenas para atiçar a curiosidade dos mais supersticiosos. Correndo pela Jordan, a mesma equipe em que Michael debutara, o jovem tedesco, coincidência ou não, quebrou logo na primeira volta – exatamente a mesma sina reservada ao irmão, seis anos antes. Nos bastidores, o mais velho o elogiava, criando ainda mais expectativa. "Ralf é melhor do que eu quando eu tinha sua idade", garantiu.

Com o tempo, porém, a frase provar-se-ia apenas um mero elogio fraternal. Se é que o caçula tinha potencial para bater Schumi, jamais o colocou em prática. Obviamente, Ralf não era um inepto – se o fosse, Frank Williams jamais o teria levado para seu feudo, como o fez, após duas temporadas na Jordan. O problema reside na comparação com Michael, injusta para qualquer piloto. O caçula tinha plena consciência da superioridade do primeiro hóspede do útero de Elisabeth. "As pessoas estranham o fato de Michael não se cansar, não dar o menor sinal de fadiga, não ceder. Isso é resultado do fato de ele não repousar sobre cada vitória. Uma das maiores capacidades de meu irmão é tirar o máximo das coisas, de cada situação."

Ralf, na verdade, provou ser um piloto competente. Suas duas primeiras temporadas na Jordan foram boas, e acabaram lhe valendo uma transferência para a poderosa Williams, em 1999. O alemão venceria sua primeira prova dois anos depois, em San Marino; naquela temporada, triunfaria ainda em mais dois Grandes Prêmios. Com isso, os Schumacher se tornaram os primeiros irmãos a registrarem ambos uma vitória na categoria mais nobre do automobilismo.

Em 2001, na segunda vitória da carreira, no GP do Canadá, Ralf ouviu do mano: "Estou muito contente. Esse é um dia muito especial não só para meu irmão mais novo, mas para toda a nossa família. Sempre luto pelas vitórias, mas se é para outro piloto vencer, que seja o Ralf." Häkkinen, que naquela tarde completara o pódio Schumacher, comentou rindo: "Cara, fico feliz que sejam só dois estes irmãos Schumacher!" Até aquele momento, das oito provas do ano, os irmãos haviam vencido seis.

Ralf ponteou também na Malásia, em 2002, e nos GPs da Europa e da França, em 2003, antes de sofrer um grave acidente, em Indianápolis em 2004. O alemão quebrou duas costelas, lesão que lhe custou boa parte da temporada. Com o carro do irmão espatifado na pista, era visível a preocupação de Michael, que tirava o pé do acelerador a cada vez que passava pelo local. No ano seguinte, recuperado, Ralf assinou com a nipo-germânica Toyota.

A essas alturas, Schumi já havia deixado de dar alguns empurrõezinhos ao caçula, como acontecera no princípio da carreira de Ralf. No GP da França de 1997, o piloto da Ferrari, prestes a cruzar a linha de chegada, desacelerou sua máquina para permitir que o *Bruder*, que estava um giro atrás do líder, o ultrapassasse. "Sabia que assim ele poderia completar uma outra volta e, quem sabe, melhorar sua posição", declarou. Mais tarde, quando Ralf já pilotava uma Williams – e tinha a obrigação de fazer frente à Ferrari – e depois uma Toyota, o espírito competitivo dos Schumacher começou a se manifestar. A ponto de o patriarca Rolf mandar seu recado aos rebentos, pedindo que maneirassem nas disputas na pista. "Os dois são irmãos, e eu não quero saber de um filho meu tirar a vida do outro por uma corrida estúpida."

Mesmo assim, a dupla protagonizou alguns momentos quentes no asfalto. No Grand Prix da Espanha de 2000, Ralf tentou uma ultrapassagem sobre a *rossa* do mano, prejudicada por um pequeno furo em um dos pneus. Deliberadamente, Schumi fechou a porta; enquanto os irmãos se estranhavam, Rubens Barrichello aproveitou a chance e pulou à frente dos dois. "Acompanhando Michael e Ralf, ficava me perguntando se eles iriam bater", contou o brasileiro. O caçula ficou enfurecido com a manobra do irmão, mas Schumi deu de ombros. "Corrida é corrida, mesmo se for contra meu irmão." Mais calmo, o piloto da Williams concordou. "Podemos chegar ao limite porque confiamos um no outro, sabemos que nenhum dos dois usará truques sujos para ganhar."

Ao final daquela corrida, o também tedesco Heinz-Harald Frentzen, que chegou imediatamente atrás dos irmãos – Ralf acabou em quarto e Michael, em quinto –, sintetizou o clima de profissionalismo que reina entre os Schumacher nas pistas. "Digo só uma coisa: ainda bem que sou filho único."

Os 140 mil alemães que compareceram ao circuito de Nürburg viram seu maior ídolo largar na pole, mas não puderam comemorar sua vitória. Mika Häkkinen, com dois pit stops mais rápidos que os da Ferrari, superou Schumacher, venceu o Grande Prêmio de Luxemburgo e frustrou as expectativas locais de ver Michael assumir a liderança do Mundial de 1998. De acordo com os matemáticos, o finlandês ia para o Japão, última etapa do ano, com 83,7% de chances de ser campeão. "Saio de Nürburgring um pouco desapontado", foi tudo o que o alemão da Ferrari pôde dizer.

Em Suzuka, Schumacher cravou novamente a pole position e passou a acreditar que o título era possível. Não contava, é claro, com um problema na embreagem que o impediria de sair na primeira largada, e o fizesse, por conseqüência, partir do último lugar do grid na segunda. O que estava difícil ficou impossível. O alemão fez o que podia: ultrapassou oito carros já na volta inicial, um na segunda, e, no terceiro giro, chegava ao nono posto. Retardando o pit stop, superou ainda Damon Hill, Jacques Villeneuve, Heinz-Harald Frentzen e David Coulthard. Foi tudo o que seus compostos Goodyear puderam agüentar. Na 31ª volta, o pneu traseiro direito estourou na reta dos boxes e obrigou Michael a finalmente capitular.

Sete anos depois, a McLaren voltava a conquistar um Mundial. Segundo campeão finlandês da história (o primeiro, em 1982, Keke Rosberg, virou seu empresário), Mika Häkkinen mal podia se conter:

> *Só agora entendo a grandeza da F1. Quando cruzei a linha de chegada, comecei a pensar e compreender tudo o que estava acontecendo à minha volta. Estava 100% concentrado no início da corrida, mas foi difícil me manter calmo depois que Ron me avisou que o Schumacher estava fora. Tive vontade de começar a cantar.*

Ao tedesco e à *Scuderia* restou lamentar a demora em vencer GPs no princípio da temporada. Somente no Canadá, quando a McLaren já somava cinco vitórias – quatro delas de Häkkinen –, a reação da Ferrari enfim acelerou. "O campeonato só começou de verdade em junho, quando conseguimos melhorar o carro. Mas não estou desapontado com o resultado, afinal, o time tem de ficar orgulhoso pela recuperação alcançada", resumiu um abatido Schumi. Luca di Montezemolo ressaltou que ganhar aquele ano era uma tarefa difícil. "Mas, mesmo assim, fiquei bastante desapontado", não pôde deixar de dizer o presidente da Casa de Maranello.

A temporada 1998 terminou assim: Mika Häkkinen, 100 pontos; Michael Schumacher, 86; David Coulthard, 56; Eddie Irvine, 47; Jacques Villeneuve, 21. Entre os construtores: McLaren, 156 tentos; Ferrari, 133; e o resto. A Williams com 38, a Jordan com 34 e a Benetton com 33 – sua pior colocação em sete anos – foram apenas coadjuvantes em um ano vermelho-platinado na Fórmula 1.

Desde julho renovado com a Ferrari até 2002, Michael Schumacher apontou quatro razões para explicar a extensão de seu compromisso com a *Scuderia*. Não entregar de bandeja o trabalho realizado em três anos para outro piloto continuou sendo uma delas. Disse também que apreciava o fato de participar de todas as decisões técnicas. "Meu telefone toca às vezes à noite para decidirmos algo sobre o carro. Essa relação entre técnicos e piloto não existe em outra equipe", afirmou o alemão. A confiança depositada pelo time e a manutenção do mesmo grupo de trabalho foram os derradeiros motivos que levaram o bicampeão a permanecer em Maranello. Jean Todt, que recebera proposta da Mercedes para um cargo vitalício, também acreditava no título e preferiu ficar. A principal mudança aconteceria apenas na fornecedora de pneus. Saía a desapontadora americana Goodyear, entrava a promissora japonesa Bridgestone.

Antecipando-se à concorrente, a McLaren já corria de Bridgestone desde o início da temporada 1998, mostrando resultados animadores. A Ferrari, no entanto, em menos de um ano, já se tornaria o centro das atenções da fornecedora japonesa.

Schumi pode não ter se sagrado campeão, mas o alemão terminou 1998 cheio de elogios. "Eu vejo os outros pilotos como Coulthard, Häkkinen ou Villeneuve, e digo que sou tão bom quanto eles, ou melhor", analisou o modesto Irvine. "Eles são todos os número dois, como eu. Michael é o melhor." Eddie não conseguia evitar os comentários sobre o companheiro de cabeça engraçada. "No pequeno mundo dos pilotos, ele está no topo. Primeiro vem ele, depois nós. E mesmo dentre os outros que virão, ele será o melhor. Melhor mesmo que Senna."

Vale lembrar que, nesta época, Schumacher era "apenas" bicampeão. Não detinha recordes de títulos, vitórias, pódios, pontos ou qualquer coisa do gênero. No entanto... "Aquele que ainda não percebeu que Michael Schumacher é o melhor é um idiota." Assim Bernie Ecclestone, presidente da associação dos contrutores e chefão da Fórmula 1, concluiu a temporada 1998.

Mais uma vez, a confiança de Michael Schumacher permanecia inabalada. "Estou convencido de que venceremos", sentenciou Schumi para 1999. Moral e crédito ele tinha. Restava conquistar o tão desejado título.

Enquanto isso, em Maranello, Rory Byrne projetava e projetava...

12
O SACI ALEMÃO

"Desta vez, vamos começar disputando o título desde a primeira etapa do campeonato." Michael Schumacher e toda a Ferrari estavam confiantes de que 1999 era o ano da vitória. O projetista Rory Byrne tratara de trabalhar no período de férias a fim de desenvolver um modelo vencedor para a nova temporada. Dizia-se nos bastidores que o sul-africano teria sido avisado de que ou a *Scuderia* ganhava o Mundial, ou podia arrumar suas malinhas e voltar a mergulhar no Pacífico. "O F399 não é uma evolução do carro 1998. É um carro completamente novo", afirmou Byrne. "Melhoramos sua aerodinâmica e sua estabilidade, mas o mais importante é que ele é 20 quilos mais leve que o modelo do ano passado." O motor 048 V-10 tinha 15 cavalos a mais de potência, e os pneus Bridgestone agradavam mais aos pilotos do que os antigos Goodyear.

Há quem acredite que a mudança nos pneus foi a grande responsável pela definitiva vantagem da Ferrari sobre a concorrência.

As equipes testavam seus carros cada vez mais, quase todas em Barcelona ou Jerez de la Frontera. Como a Bridgestone só podia abastecer dois lugares diferentes ao mesmo tempo, enviava um suprimento de compostos para ser dividido na Espanha e outro para a Ferrari usar sozinha, em Monza, Fiorano ou Mugello. Além disso, a empresa japonesa fornecia cinqüenta sets extras exclusivamente para testes em Fiorano, e logo foi convencida por Jean Todt da importância de trabalhar próxima aos engenheiros da equipe para garantir o sucesso de ambas. O resultado: uma combinação sem paralelo de chassi com pneus, que levaria a parceria Ferrari/Bridgestone a uma hegemonia sem precedentes na Fórmula 1. Era o ingrediente que faltava.

Schumacher também iniciava 1999 como o esportista mais bem pago do momento. Seus rendimentos totais, somados os ganhos com publicidade, garantiam-lhe a polpuda quantia de 60 milhões de dólares ao ano. Quem pagava por isso certamente não se arrependia. A Shell, responsável por metade do salário que Schumi recebia da Ferrari, viu sua venda de lubrificantes aumentar 25% a cada 12 meses, graças, entre outras coisas, ao patrocínio à equipe italiana. A petrolífera anglo-holandesa também se tornou, em apenas três anos, uma das líderes de mercado na Alemanha, tendo o bicampeão nacional como garoto-propaganda. A fabricante de material esportivo Nike e a marca de relógios Omega eram outras das empresas a investir largas somas para que o piloto tedesco divulgasse seus produtos.

Os coadjuvantes do circo roubaram a cena no primeiro Grande Prêmio de 1999. Graças à quebra das duas McLaren e a um problema de transmissão no bólido de Schumacher, Eddie Irvine, Heinz-Harald Frentzen, agora na Jordan, e Ralf Schumacher, já na Williams, ocuparam o pódio de Melbourne. Michael, que precisou largar em último, terminou na oitava posição. Para a etapa brasileira, o alemão ferrarista declarou: "Acho que chegou a hora de fazer o que todo mundo espera que a gente faça".

Pela primeira vez em anos, Schumi chegava sem a mulher Corinna para o GP Brasil de F1. Por um ótimo motivo. Ela ficara na nova casa de Vufflens-le-Chatêau, na Suíça – para onde haviam se mudado em 1996 –, cuidando do pequenino Mick, nascido recentemente, em 22 de março. Pensando em um nome curto e que fosse parecido com o do papai, e também inspirando-se no amigo Mick Doohan, pentacampeão da MotoGP, surgiu a idéia do nome do mais novo integrante da família Schumacher. "Estou vivendo um momento muito especial em minha vida", afirmou o piloto. "As crianças transformam você. Em alguns pontos, você se torna mais sério. Mas sempre fui um cara sério no esporte. Eu não faço loucuras e não abuso da sorte. Isso não me faria melhor, e o automobilismo não permite isso. O fato de ser pai não mudou essa minha atitude. Por outro lado, estou vivendo na lua, nas estrelas." O discurso sobre as pistas só muda quando o papai é perguntado se gostaria que um dos filhos seguisse seus passos: "Acho que não. Eu ficaria muito nervoso."

Em Interlagos, o pole position Mika Häkkinen dominou a prova com facilidade, mas recebeu a bandeira quadriculada 4,925 segundos antes de Schumi, o segundo colocado. Eddie Irvine foi o quinto. A terceira etapa do ano aconteceria em Ímola, circuito localizado a apenas 90 quilômetros da fábrica da Ferrari, em Maranello. As McLaren dominaram os treinos do GP de San Marino; Schumacher sairia em terceiro.

Na 17ª volta, o pole Häkkinen perdeu o controle do carro e bateu na entrada da reta dos boxes. Com apenas Coulthard à frente de seu piloto, a escuderia italiana mudou a estratégia inicial de um para dois pit stops. Michael partiu para diminuir sua diferença em relação ao escocês e foi aos boxes no 31º giro. David parou quatro voltas depois, voltando em segundo. Com menos combustível, portanto mais leve, e com mais habilidade na ultrapassagem de retardatários, em 14 giros o alemão abriu os 20 segundos necessários para realizar mais um pit e retornar ainda em primeiro. Passavam-se 16 anos desde a última vitória de uma *rossa* em Ímola, em 1983. "O grupo trabalhou dia e noite e o resultado está aí. É maravilhoso ver a alegria na face dessa gente", comentou Schumi. O coro emocionado dos mais de 100 mil fanáticos aglomerados na pista do autódromo Enzo e Dino Ferrari recebeu mais uma vez a regência do maestro Schumacher. Seu ídolo quebrava o tabu de não vencer em San Marino, e, de quebra, assumia a liderança do Mundial de Pilotos. O vice era seu companheiro Eddie Irvine. Entre os construtores, a equipe de Jean Todt batia a McLaren por 28 a 16.

"Tenho carro para vencer de ponta a ponta", alardeava Michael pelo paddock monegasco. Novas alterações haviam sido promovidas na F399 e o alemão não poderia estar mais confiante. Pois sua confiança tinha fundamento. Já nos primeiros metros do GP de Monte Carlo, suplantou Häkkinen, tomou-lhe a ponta e passeou por todas as 78 voltas do belíssimo circuito de Mônaco. "Uma das razões de eu ter viajado na sexta-feira para Fiorano foi para treinar largadas", confessou Schumi sobre sua manobra inicial. Além de garantir-lhe uma maior folga no campeonato sobre o rival finlandês, sua 34ª vitória na F1 rendeu-lhe uma marca ainda maior.

"Ser piloto da Ferrari já representa algo especial, vencer aqui é ainda melhor, e ser agora o piloto com mais vitórias nessa equipe é algo que levarei comigo para o resto da vida." Com 16 triunfos, Schumacher superou Niki Lauda (15) e tornou-se o maior vencedor da história do time do *Commendatore* Enzo. Eddie Irvine chegou em segundo lugar no Principado e aumentou a margem dos italianos para 24 pontos sobre a McLaren. "O clima dentro da escuderia de Maranello era de êxtase", escreveu o jornalista Livio Oricchio. "Piloto jogava champanhe em piloto, mecânicos, assessores de imprensa, auxiliares em geral, cozinheiros, e todos, junto dos técnicos, davam banho de água, vinho, em quem vissem pela frente. Valeu de tudo para comemorar a dobradinha na quarta etapa do campeonato. Parecia que a Ferrari finalmente quebrara o tabu de 20 anos sem título de pilotos na Fórmula 1."

Ross Brawn, por sua vez, nunca se surpreendeu com o bom desempenho de Schumi no Principado:

> *É em Mônaco que um de seus talentos se revela com maior expressão. Utiliza até o último milímetro de pista, volta após volta, com uma precisão e uma regularidade desconcertantes. Ao mesmo tempo em que seus adversários passam ora um palmo mais por dentro, ora um palmo mais por fora, Michael passa rigorosamente pelo mesmo lugar.*

Sobre a confortável liderança no Mundial, Michael foi cauteloso: "Parte dessa vantagem toda pode ser descontada nas próximas duas ou três corridas do campeonato." As melhorias a serem realizadas na F399 também não tiravam o piloto do chão. "Temos uma série de novidades para experimentar nos testes desta semana. Em Barcelona, creio que seremos bem competitivos, mas não estranharei se terminar a próxima prova em segundo ou até mesmo no terceiro lugar." O alemão sabia o que estava dizendo. Completou o Grand Prix da Espanha atrás da dobradinha da McLaren, comandada por Mika Häkkinen. No Canadá, Schumi viu o domínio do Mundial escorrer-lhe pelas mãos.

O pole position tedesco liderava com mais de quatro segundos de folga sobre Häkkinen, quando, na segunda perna da chicane da reta dos boxes, na 30ª volta, perdeu o controle do carro e bateu contra o muro. Mika agradeceu. "Meu carro estava bom, mas não o suficiente para ameaçar Schumacher e ultrapassá-lo", confessou. Enquanto isso, o bicampeão admitia: "Sem dúvida, um erro meu. Peço desculpas à minha equipe, que trabalhou duro para me entregar uma Ferrari vencedora hoje."

O inglês Nigel Stepney acredita que posturas como essas tenham sido fundamentais para o sucesso da *Scuderia*. "Só podemos fazer o nosso melhor e ele só pode fazer o seu melhor. Todos somos humanos e cometemos erros, mas quando nós erramos – nós, o time –, ficamos juntos e atravessamos juntos os bons e os maus tempos. Essa dedicação solidifica o relacionamento", acredita o ex-coordenador técnico da Ferrari. "Acredito que esta seja uma característica única deste time nos últimos dez anos, especialmente quando você lembra que a Ferrari um dia foi um dos lugares mais inconstantes para se trabalhar." (Por falar em inconstância, Stepney acabou demitido em 2007 por passar informações sigilosas à McLaren, num dos maiores casos de espionagem já revelados na F1.)

Desculpas à parte, Mika Häkkinen venceu a prova canadense e herdou o primeiro lugar na classificação, com 34 pontos *versus* os 30 do adversário *rosso*. A Ferrari, ao menos, vencia a disputa contra o time de Ron Dennis por 55 a 46.

O piloto alemão de 30 anos vencera quatro das últimas cinco corridas disputadas no circuito de Magny-Cours. No 44º giro, Schumi chegou à ponta do GP da França, levando sua torcida a acreditar que aquela seria mais uma tarde de triunfo. Contudo, uma pane elétrica nove voltas depois obrigou o ferrarista a parar nos boxes para trocar o volante – sua prova estava arruinada. Schumi ainda arrumou uma quinta posição, à frente de Irvine, o sexto. Péssimo dia na Casa de Maranello. Só não foi pior porque David Coulthard não pontuou, e o segundo lugar de Häkkinen não bastou para a McLaren superar a Ferrari no Mundial. Frentzen, da Jordan, terminou em primeiro, e Barrichello, da Stewart, em terceiro.

Após o fracasso no Canadá, Schumacher afirmara: "É importante concluir a primeira fase do campeonato na frente de nossos adversários." Oitava etapa da temporada, o Grande Prêmio da Inglaterra marcava o fim da metade inicial a que se referia o germânico.

Em 1998, Michael Schumacher exorcizara um antigo tabu em Silverstone. A vitória, além de ser a primeira da carreira do piloto em

GPs britânicos de F1, colocou fim a uma seqüência de corridas aziagas na terra do Big Ben. Desde 1994, quando recebera a polêmica punição por não respeitar uma bandeira preta – que causou a perda dos pontos daquela prova e lhe custou a participação em mais duas etapas –, Schumi não chegava para a bandeirada final no circuito bretão. E por motivos pouco nobres. Em 1995, foi abalroado pelo anfitrião Damon Hill, em manobra que classificou como "estúpida"; em 1996, parou logo na terceira volta, com um problema hidráulico; em 1997, uma pane na barra de direção o tirou no 38º giro. A etapa de 1999 estava marcada para 11 de julho, e o triunfo no ano anterior renovava a esperança de um bom desempenho para colocá-lo de novo na rota da liderança do Mundial.

A Ferrari do alemão largava na primeira fila, atrás apenas da McLaren de Mika Häkkinen. Quando as luzes verdes se acenderam, porém, David Coulthard e Eddie Irvine investiram sobre Michael, que caiu para a quarta posição. Lá atrás, os carros de Jacques Villeneuve, da BAR, e Alessandro Zanardi, da Williams – coincidentemente, ambos ex-campeões mundiais da Fórmula Indy –, ficaram no grid, levando a direção da prova a determinar o reinício do GP. Os comissários agitaram as bandeiras vermelhas de imediato, mas o pelotão da frente não as viu, e continuou acelerando. Na sétima curva após a largada, Schumacher se aproximava de Irvine a 306km/h, quando tentou a ultrapassagem sobre o companheiro, freando e reduzindo para 204km/h. Curva Stowe. A última da batalha pelo campeonato.

Nesse ponto, uma repentina perda de pressão no circuito traseiro dos freios – de causa não identificada – travou as rodas da *rossa* do germânico. O bólido não fez a curva; seguiu reto, perdeu velocidade na caixa de brita e espatifou-se, frontal e violentamente, na tríplice barreira de pneus, a 106 km/h. A porção dianteira da célula de sobrevivência, na qual se aloja o piloto, abriu com o impacto, expondo as pernas de Schumacher e quebrando-lhe a tíbia e o perônio direitos. Michael permaneceu consciente enquanto a equipe de emergência o retirava do carro; já na maca, acenou para a torcida. Levado ao centro médico de Silverstone, foi examinado pelo médico-chefe da F1, dr. Sid Watkins, que logo determinou a remoção do tedesco para o Hospital Geral de Northampton. Um helicóptero fez o traslado até o local, a 30 quilômetros do autódromo, onde se detectou a necessidade imediata de uma cirurgia. Pinos de 30 centímetros e uma placa de metal foram implantados com o objetivo de unir novamente seus ossos da perna.

No domingo à noite, Corinna, que estava na residência do casal, em Vufflens-le-Chatêau, viajou à Inglaterra para passar a noite com o marido. O alemão também recebeu as visitas do irmão, Ralf, de Jean Alesi e de Damon Hill. Revendo a cena pela televisão, Schumi afirmou não ter protagonizado um acidente pirotécnico, mas que, perto do que poderia ter ocorrido, as fraturas representavam um saldo positivo. "Só me machuquei pouco porque demos grande passo à frente na segurança dos carros da Fórmula 1", declarou o campeão, que, depois da morte de Ayrton Senna, engajara-se na causa da Grand Prix Drivers' Association, associação dos pilotos que buscava aumentar a segurança na categoria.

De acordo com a previsão inicial do dr. William Ribbens, responsável pela operação, Schumacher ficaria parado de seis a oito semanas – o que significava perder ao menos quatro GPs, e praticamente dar adeus à disputa pelo título. Na segunda-feira, ainda acamado no hospital em Northampton, Michael jogou oficialmente a toalha. "Minhas chances de ser campeão este ano pela Ferrari acabaram. Mas não estou deprimido, vejo as coisas pelo lado positivo. Quero começar minha recuperação o mais rápido possível." Por cada dia fora das competições, Schumi receberia 100 mil dólares de sua seguradora, uma companhia inglesa de sinistros.

Pouco mais de uma semana depois do acidente, o piloto voltou para a Suíça a fim de iniciar o tratamento, a ser comandado pelo homem que se tornara sua sombra desde 1996.

Ele o segue por todos os circuitos, zelando, tal qual um fiel escudeiro, pela preparação das refeições e das bebidas especiais do chefe. Quando necessário, faz massagens, e também tem sempre uma palavra espiritual para as horas de preocupação. Nutricionista, preparador físico, massagista, assistente pessoal, conselheiro. Muitos sultões precisam de um verdadeiro séquito para dispor de todos esses serviços, mas o rajá Michael Schumacher encontrou todas essas qualidades em um só indivíduo: o indiano Balbir Singh.

O fisioterapeuta foi uma das figuras-chave do estafe do alemão, ponta mais visível do time que o preparava para suportar o desgaste físico e emocional das provas; era ele quem acompanhava o piloto nos finais de semana das corridas. Vendo Schumi no pódio, não era difícil perceber o efeito da preparação a que Singh submetia o obediente e regrado paciente. Lá estava o tedesco, impecável, sereno, com a calma de quem acabou de sair do banho. Nos outros degraus, os adversários, esgotados, pareciam ter voltado de uma batalha campal. "Balbir é fundamental no meu trabalho. Ele deixa meu corpo e minha cabeça em ordem. Assim, só preciso me preocupar com o carro", afirmava o piloto.

Ainda que a imagem seja tentadora, Balbir Singh não se trata de um guru do hinduísmo, dotado de transcendental sabedoria teológico-filosófica. "Não há filosofia indiana em seu trabalho. Ele é, na verdade, até mesmo um pouco caótico. Costuma perder telefones celulares e outros objetos. Nesse ponto, algumas vezes é Schumacher quem cuida de Balbir, e não o contrário", avalia Sabine Kehm, assessora de imprensa do piloto. Sabine, aliás, conquistara a posição graças ao acidente de 1999. Depois do acontecido, a jovem jornalista do periódico alemão *Süddeutsche Zeitung* marcara um encontro para tentar uma entrevista com o campeão. Saiu com uma entrevista de emprego. Aprovada, não deixou mais a linha de frente do estafe de Schumacher, tornando-se figura de destaque no seu relacionamento com a mídia internacional.

A despeito das ressalvas da assessora quanto à desorganização de Balbir, Eddie Irvine ainda tinha dúvidas sobre a mera condição terrena do indiano – que se estabelecera na Alemanha no início dos anos 1990 e fora recomendado por um dos tios de Schumi para o trabalho. "Seus preparados devem ser poções mágicas", sentenciava o irlandês.

A preocupação de Michael com a parte física, em grande parte administrada por Balbir, relaciona-se visceralmente com sua dominância nos circuitos. Uma equipe da Bad Nauheimer Sportklinik monitorava diariamente os dados físicos do germânico – inclusive nos feriados, quando costumava fazer as mesmas seis horas de treinamento dos dias úteis.

Dr. Johannes Peil, diretor da clínica esportiva alemã, revela:

> *Ele treina mais duro do que qualquer outro piloto, mesmo tendo sido beneficiado por uma condição física sólida. Nunca trabalhei com um atleta que esteja tanto em comunhão com seu corpo como ele. Se for preciso, Schumacher faz um exercício extra antes de ir para a cama. "Não estou com vontade" não é uma opção para ele.*

A rotina do ferrarista incluía exercícios de força, resistência e coordenação motora. Os aparelhos nos quais se exercitava foram construídos especialmente para simular as virulentas forças centrífugas (até quatro vezes superiores à aceleração da gravidade) que castigam os músculos do pescoço e do torso dos pilotos durante as corridas. Como resultado dessa preparação, mesmo em condições extremas, Schumi sempre se mantinha abaixo de seu limite físico. "Em situações críticas, como uma colisão, sua freqüência cardíaca não ultrapassa 140 batidas", espanta-se Peil – a título de comparação, muitos fãs superam esse número ao simplesmente assistir, pela televisão, a uma manobra perigosa.

E foi assim até o fim da carreira. "Ele, aos 37 anos, é de longe o piloto mais em forma; seu nível de fitness é mais próximo ao de um atleta", acredita Nigel Stepney, ex-coordenador técnico da Ferrari. "Ele é provavelmente o único capaz de pilotar a 100% por toda a corrida, seguir uma estratégia e entregar o combinado. A maioria, em algum ponto, perde a concentração. As pessoas se esquecem do tamanho do esforço físico necessário para se pilotar um carro de F1 neste nível. Eu não acho que ninguém esteja na mesma liga de Michael."

Até mesmo o maior hobby de Schumacher envolve uma atividade física. Grande fã de futebol, o piloto, sempre que pode, participa de alguma partida. Por conta de seus compromissos automobilísticos, obviamente, não é dos jogadores mais assíduos, mas, ao longo de sua carreira, já teve cadeira cativa em alguns times amadores. Vestiu a camisa do FC Aubonne, da Suíça – clube que patrocinou por certo período –, e, posteriormente, do FC Echichens, da terceira divisão helvécia. Além disso, por alguns meses, chegou a treinar regularmente com os jogadores do Colônia, da Alemanha; depois que chegou à Ferrari, participou ainda de alguns coletivos na Juventus de Turim, laureado clube da primeira divisão italiana, recordista em títulos no campeonato da Velha Bota.

Legítimo exemplar da escola alemã de jogadores, Michael não prima tanto pela técnica como pelo preparo físico, esse sim louvável. Tão louvável quanto sua boa vontade em colocar-se à disposição para partidas beneficentes. Já participou de dezenas de amistosos, nos quais, mesmo estando na companhia de grandes nomes do esporte bretão – como Zico, Luís Figo, Robinho e Ronaldo –, é sempre o principal astro do espetáculo. Em um deles, numa ensolarada tarde de quarta-feira, em 2003, a presença do alemão fez lotar o templo sagrado da Vila Belmiro, onde outro melhor do mundo, o legendário Pelé, desfilou sua arte durante duas décadas. Aclamado pela torcida brasileira, Schumi atuou ao lado dos atletas do Santos Futebol Clube.

Dezenas de pênaltis bastante suspeitos já foram anotados nestas pelejas, apenas para que o tedesco pudesse marcar seu gol. Uma cortesia que o implacável Schumacher não costuma dispensar a seus adversários.

Enquanto o bicampeão se recuperava do acidente, o circo da Fórmula 1 continuava pegando fogo em 1999. A fatídica corrida de Silverstone, que teve nova largada 40 minutos após o acidente de Michael, acabou vencida por David Coulthard, da McLaren, com Eddie Irvine em segundo e Ralf Schumacher – que era informado das condições do irmão pelo rádio da Williams –, em terceiro. Substituído pelo finlandês Mika Salo, Schumi ainda ficaria de fora das seis etapas seguintes. O irlandês Irvine, alçado provisoriamente ao posto de piloto número 1 da Ferrari, venceu duas delas, na Alemanha e na Áustria. Na seqüência, Mika Häkkinen levou o Grande Prêmio da Hungria; David Coulthard, o da Bélgica; Heinz-Harald Frentzen, da Williams, triunfou na Itália; e o azarão Johnny Herbert, da Stewart, encabeçou o incomum pódio do GP da Europa – que contou ainda com seu companheiro de equipe, o brasileiro Rubens Barrichello, na terceira colocação, e o italiano Jarno Trulli, da noviça Prost Racing, no segundo degrau.

Eddie Irvine e Mika Salo, incumbidos da missão de coletar pontos suficientes para levar o Mundial de Construtores a Maranello pela primeira vez em mais de 15 anos, desempenharam um bom trabalho. A duas provas do final do calendário, a Ferrari mantinha-se apenas oito pontos atrás da McLaren. Já Irvine fez melhor: na ausência de Schumacher, assumiu o desafio de perseguir Mika Häkkinen e colocou-se a somente dois pontos de distância do homem de gelo da equipe de Ron Dennis.

No início de outubro, duas semanas antes do GP da Malásia, eram fortes os rumores de que Michael Schumacher voltaria a assumir sua *rossa* no circuito de Sepang. O alemão, que havia sido operado novamente em 7 de agosto pelo ortopedista Gerard Saillant – o mesmo que cuidava do joelho de Ronaldo –, parecia estar plenamente recuperado. Em 20 de agosto, com alta médica e sem os pinos na perna, retirados na segunda cirurgia, já começava a testar sua Ferrari na pista de Mugello. Ainda que, individualmente, Schumi não aspirasse a nada, o título do Mundial de Construtores representava muito para os italianos. Seu retorno era fundamental. Por isso, os *tifosi* receberam com perplexidade a nota oficial divulgada pela *Scuderia* em 3 de outubro: Schumacher não correria os últimos dois Grandes Prêmios do ano. "Suas condições físicas não estão à altura dos rigores de um GP", dizia o comunicado.

No dia seguinte, o tedesco, ainda treinando em Mugello, reiterou a assertiva. "Não estou em condições de suportar uma prova. Minha vontade de vencer é maior que as minhas condições físicas, e correr pode ser arriscado." Mika Salo já arrumava as malas para viajar ao arquipélago oriental quando, quatro dias depois, veio a reviravolta: em 8 de outubro, a Ferrari anunciou o retorno do bicampeão para as duas derradeiras etapas do campeonato de 1999. A justificativa da equipe: "Depois de três dias testando em Mugello e Fiorano, Michael percebeu uma evolução em sua condição física. Portanto, ele decidiu participar das duas últimas e muito importantes corridas da temporada."

Os torcedores italianos foram ao delírio. Schumacher, como era de esperar, teve de responder a uma saraivada de perguntas sobre um possível jogo de cena para confundir a concorrência. "Eu não estava blefando. Uma coisa é passear no parque, outra é suportar um Grande Prêmio de Fórmula 1. Não estou 100%, mas entendi que precisava correr", explicou-se. O único contrariado nessa novela foi mesmo o empresário Willi Weber. Possesso com a convocação de seu pupilo pela equipe italiana, resmungou: "O que acontece se ele sofrer um outro acidente? Ele estará comprometendo não só sua saúde, mas também sua próxima temporada."

Willi não entendia que, com um Mundial de Construtores em jogo, o ano de 2000 ainda estava muito, muito distante.

Tum, tum, tum. Michael Schumacher percorreu três metros saltitando apenas com a perna direita, provando aos integrantes da comissão médica da FIA que estava, sim, recuperado do acidente de Silverstone. O saci germânico também precisou se submeter a outro desafio: sair do cockpit de sua Ferrari em no máximo cinco segundos. No dia 14 de outubro de 1999, aprovado em ambos os testes, Schumi garantiu sua presença na etapa da Malásia, penúltima do campeonato.

Em Monza, durante o Grand Prix da Itália, ele aparecera diante de sua torcida pela primeira vez desde o infortúnio bretão. Por meio de uma transmissão via satélite, o alemão falou aos *tifosi* por um telão. Encerrando os rumores de que poderia se aposentar das pistas, Michael afirmou que não só retornaria em breve como o faria com mais força do que nunca.

Cumpriu a promessa. Schumacher se reintegrou à escuderia nas semanas anteriores ao Grande Prêmio da Malásia, e, chegando ao circuito asiático, estava pronto para mostrar serviço. Cravou logo a pole position e acabou com a festa dos que queriam pendurar-lhe o capacete prematuramente. "É fantástico", admitiu Irvine sobre o regresso do companheiro. "É justamente o que todo o time precisava. Em Sepang, estaremos em grande forma. Se cuida, McLaren."

Os papéis estavam invertidos. Michael largava na função de escudeiro, com o objetivo de garantir a vitória de Eddie. Em 50 anos, nunca um piloto triunfara no retorno de um acidente; e Schumi poderia tê-lo feito naquela tarde, pois dominou tranqüilamente os giros, sem jamais ser ameaçado. Todavia, a quatro voltas do final, conforme o combinado, abriu passagem para o irlandês ganhar o GP e assumir a ponta no campeonato. Não sem antes uma dose de sofrimento quase parar milhares de corações ferraristas. Em seguida à prova, fiscais anunciaram que ambos os bólidos *rossos* estavam desclassificados por não atenderem às medidas oficiais dos defletores – apêndices aerodinâmicos do veículo. Segundo os peritos, as bordas inferiores dos defletores das F399 tinham dez milímetros a menos do que as superiores, quando o limite de tolerância era de cinco milímetros. Mika Häkkinen saiu da Malásia bicampeão do mundo.

Somente em 23 de outubro, seis dias após a etapa malaia, a FIA revogou a decisão e devolveu os pontos conquistados à escuderia italiana. Os técnicos da equipe provaram que o sistema de medição utilizado não era preciso. De acordo com o publicado em alguns jornais, a diferença entre os defletores era de três milímetros – e não de dez, como fora anunciado –, portanto dentro do limite de tolerância da entidade. Tão irrefutáveis mostraram-se os argumentos, que a Federação, pela primeira vez em quatro anos, voltou atrás em uma decisão. O presidente Max Mosley declarou: "A Ferrari provou que nossos métodos de medição precisam ser revistos. E o regulamento também será examinado profundamente."

A Fórmula 1 aportou no Japão nas seguintes condições: Eddie Irvine com 70 pontos, contra 66 de Mika Häkkinen; e a Ferrari com 118, *versus* 114 da McLaren. As chances de o irlandês levar o título eram obviamente maiores; contudo, seu quinto tempo nos treinos de classificação começou a jogar por terra o Mundial de Pilotos. A esperança morava em Schumi, novamente o pole position, cujo triunfo poderia impedir Häkkinen de marcar pontos suficientes para ultrapassar Irvine. Mas a patinada da F399 de Michael logo na largada finalmente pôs fim ao sonho da Ferrari e do irlandês. Mika assumiu a ponta, seguido por Schumacher, e liderou todas as 53 voltas restantes até tornar-se, incontestavelmente, bicampeão do mundo. Eddie ainda foi o terceiro, resultado que lhe garantiu o vice-campeonato, com dois pontos e uma vitória a menos que o finlandês.

À Ferrari, restou comemorar o título entre os construtores. Desde 1983, quando o fizera com os franceses René Arnoux e Patrick Tambay, a *Scuderia* não terminava uma temporada como a melhor das equipes. A decepção da torcida era flagrante; entretanto, como afirmou Jean Todt: "Antes da corrida, tínhamos dois objetivos – vencer o Mundial de Pilotos e vencer o Mundial de Construtores. Conseguimos metade do que queríamos." E metade era muito mais do que a Casa de Maranello alcançara nos 16 anos anteriores. A conquista serviu ainda para garantir a permanência da equipe de trabalho, considerada demissionária no caso de uma nova decepção. O curioso era que, ao contrário dos tempos do conservadoríssimo Enzo, o triunfo do conjunto não empolgava mais a Ferrari como o do indivíduo. Todos queriam mesmo a vitória de Schumacher. "Não perdemos o campeonato aqui em Suzuka. Perdemos quando o Michael bateu e quebrou a perna no GP da Inglaterra", lamentou Ross Brawn, resumindo a atmosfera vermelha.

Eddie Irvine estava de partida. Em setembro, a Ferrari anunciara a contratação de Rubens Barrichello pelas próximas duas temporadas. Sétimo colocado em 1999, o brasileiro tivera um notável desempenho no ano e prometia ser um bom segundo piloto; embora desse claras demonstrações de que não tinha idéia do que significava correr pela escuderia italiana. "Sei que será difícil, mas espero que não haja muita pressão sobre mim. Quero trabalhar em paz", disse em sua primeira visita a Maranello. Schumi também esperava uma agradável convivência com o novo companheiro: "Barrichello e eu somos parecidos. Estamos casados e não levamos uma vida louca como Irvine. Acho que nos daremos bem tanto dentro quanto fora das pistas. Com Eddie, isso era impossível."

O irlandês concordava. Em seu livro *Life in the Fast Lane*, lançado ao final de 1999, escreveu: "Eu não tenho nenhum problema pessoal com o Michael, mas, fora da pista, a gente não se vê. O problema é que eu e ele pensamos a vida de um modo totalmente diferente." Irvine – que assumiria o posto deixado por Barrichello na Stewart, futura Jaguar –, no entanto, não hesitava em elogiar o alemão. "Michael é, sem dúvida, o melhor piloto do mundo. Nunca disse o contrário. Foi uma grande experiência trabalhar ao lado dele. Falando de maneira simples, o cara é um gênio na pista." No livro, comentou ainda a superioridade de Schumacher: "O principal problema é quando você fixa uma meta. Você vê o tempo que o Michael conseguiu na pista e pensa: vou chegar lá. Na verdade, o máximo que você deveria pensar seria chegar a meio segundo dele. Estabelecer o tempo dele como uma meta sua só te traz problemas."

"Senna era um perfeccionista também, mas acho o Schumacher mais equilibrado", avalia o jornalista Flavio Gomes. "O Senna tinha a sensação de que, embora fosse o melhor piloto da Fórmula 1, nem sempre tinha o melhor equipamento, e isso o transformava em uma pessoa angustiada. Ele tinha muita pressa para ganhar. Então, seus dois últimos anos de McLaren foram tensos, pois ele queria sair de qualquer jeito. Ele via que tinha um outro ganhando o campeonato", acredita o correspondente internacional de F1.

"O Schumacher é diferente. Ficou três anos na Ferrari, sem ganhar título em uma equipe ruim, problemática e tudo mais. Ele soube esperar."

Como escreveu Plauto, um dos maiores autores de comédias teatrais da Roma Antiga, "a paciência é o melhor remédio para qualquer problema". E se o problema de Michael Schumacher era começar a ganhar títulos pela Ferrari, sua paciência estava prestes a ser recompensada. Por muitos e muitos anos...

Começando agora.

13

O HOMEM QUE RESSUSCITOU O MITO

Em 2000, o melhor ano de sua vida. O carro era bom ("Uau, vai ser rápido"), o clima na Ferrari era bom (o título entre os construtores renovara os espíritos um tanto abalados), o companheiro era bom (Rubens Barrichello se integrara bem à equipe de trabalho), sua recuperação do acidente era boa (ainda seria operado no fim do ano para retirar uma placa da perna, mas não sentia dores). Enfim, depois de todo o investimento, estava na hora de colher os frutos.

A dobradinha na Austrália, estréia da temporada, foi o combustível que faltava à confiança na ressurreição final dos *rossos*. "*Questo un regalo per i miei tifosi*", presenteou Schumi, em italiano, aos torcedores que nunca perderam as esperanças em vê-lo fazer história na *Scuderia*. Mais uma vitória no Brasil, com direito a ultrapassagem logo nas voltas iniciais sobre David Coulthard e Mika Häkkinen, acabou com qualquer possível dúvida sobre a qualidade do modelo F1-2000, de Rory Byrne e Ross Brawn.

Nunca na história um piloto ferrarista havia vencido os três primeiros Grandes Prêmios do ano. Michael o fez em 2000, e em frente aos 115 mil fanáticos presentes à prova de San Marino, no autódromo que leva o nome do fundador do time peninsular e de seu filho. "Peço desculpas a eles por não ter conseguido a pole position. Espero que todos estejam felizes agora." Ímola tornava-se mais do que nunca o quintal da Ferrari e de Schumacher. Sua diferença para Mika Häkkinen atingia 24 pontos e o campeonato mal tinha começado. Jean Todt vencia a disputa contra Ron Dennis por 39 a 10.

Um terceiro lugar em Silverstone não foi de todo mal, considerando-se as más lembranças do circuito que lhe quebrara a perna menos de um ano antes. Na Espanha, um mísero quinto posto. Duas etapas magras, até tudo voltar ao normal e Schumacher vencer o Grand Prix da Europa, em Nürburgring. "Hoje é um dos dias mais felizes da minha vida. É a minha primeira vitória pela Ferrari diante da minha torcida." O alemão não poderia levar mais alegria a seus fãs.

Nos boxes dos circuitos da Fórmula 1, o Exército de Schumacher é restrito. Compõe-se de Jean Todt, Ross Brawn, Balbir Singh, Sabine Kehm e outros poucos oficiais de confiança do alemão. Mas basta o circo da velocidade armar suas tendas na Alemanha ou na Itália para as forças armadas do tedesco se apresentarem, voluntariosas, para o combate. Uniformizados com camisetas e bonés escarlates, empunhando bandeiras tricolores – pretas, vermelhas e amarelas ou verdes, brancas e vermelhas – centenas de milhares de torcedores transmutam-se em autênticos soldados do lépido Kaiser alemão. Aqueles que afirmam ser Michael um sujeito pouco carismático, sentimental como um autômato, desconhecem a influência do piloto em sua terra natal – e, de forma mais arrebatadora, na Ferrari.

Primeiro e único campeão mundial de F1 germânico, Schumi conseguiu redespertar o fanatismo dos alemães pela categoria mais nobre do automobilismo, sentimento adormecido desde que a Mercedes se retirara das competições, em 1955. O piloto arregimentou uma torcida própria e singular, formada em sua maioria por operários de classe média baixa – origem semelhante à sua –, que se deslocam regularmente pela Europa a fim de acompanhar as etapas do Mundial. Costumam passar as noites acampados em campings vizinhos aos autódromos. São barulhentos, comilões e, obviamente, beberrões. Nos circuitos tedescos – Hockenheim e Nürburgring –, onde são montados bares e danceterias a céu aberto, eles esbaldam-se com salsichões, hambúrgueres e cerveja, sem se importar com o frio ou a chuva. "Quando penso nessas pessoas que enfrentam tudo isso, acampadas há dias, sinto-me na obrigação de procurar atender na pista suas expectativas", afirmou Schumi.

Uma pesquisa da FIA, realizada em 1999, apontou os alemães como o povo que mais viaja com a Fórmula 1. Aqueles que ficam em casa em geral acompanham a vasta programação automobilística da emissora RTL, uma das patrocinadoras pessoais de Schumacher. Como um bom líder, o ferrarista não descuida de sua imagem, sendo sempre atencioso com a imprensa – especialmente a de seu país, que nunca cobriu tanto a F1. "Em 1990, menos de dez jornalistas acompanhavam as provas do Mundial, enquanto no ano 2000 já eramos mais de 150", afirma o jornalista Wolf Schmidt, do *Bild*, acrescentando que o fenômeno se estendeu a outros países de língua alemã. "Além do interesse das TVs, cresceu demais o número de publicações especializadas." A rede de TV RTL, que detém os direitos exclusivos para transmissão ao vivo das provas de Fórmula 1 na Alemanha, divulgou que, no dia 10 de setembro de 2006, cerca de 8,4 milhões de alemães assistiram ao anúncio da aposentadoria de Schumacher. A audiência média daquele GP da Itália atingiu a casa dos 50,3% no país do megacampeão.

A mobilização atingiu notadamente Kerpen, cidade natal de Michael – onde morou até 1994, quando se mudou para o Principado de Mônaco – e que pode ser considerada o quartel-general da armada do campeão. Em primeiro lugar, porque conta com o Centro de Kart Michael Schumacher (empreendimento no qual o piloto investiu cerca de 6,5 milhões de dólares), na Michael-Schumacher-Strasse, com pistas cobertas e ao ar livre e uma arquibancada para cinco mil pessoas. Em segundo, por ser a sede do museu "O Mundo dos Schumachers", inaugurado em 2002, em que se pode encontrar os primeiros karts da dupla dinâmica dos irmãos Michael e Ralf, ao lado de bólidos usados em provas do Mundial de F1. Em terceiro, por atrair para suas ruas uma legião de fãs que buscam apenas conhecer o torrão de origem do herói nacional – que, além desse simples fato, não possui outro atrativo turístico.

"Cerca de 250 mil turistas visitam Kerpen todo ano só para ver de onde vem Schumacher. Pessoas do mundo todo ouviram falar da cidade graças a ele", afirmou Dieter Follmann, diretor de eventos especiais da prefeitura local em 2003. "Se precisássemos pagar pela propaganda que ele dá a Kerpen, a cidade teria falido." Em alguns finais de semana, personagens ilustres engrossam a lista de visitantes do pacato burgo de 64 mil habitantes. A convite de Michael, os mecânicos da Ferrari e de algumas outras equipes da Fórmula 1 – além, claro, do estado-maior do Kaiser – disputam acirradas corridas de kart na pista que leva o nome do maior campeão mundial de todos os tempos.

Enquanto Kerpen sempre esteve ao lado do filho ilustre, a torcida italiana foi anexada às fileiras de Schumacher apenas após sua mudança para Maranello, em 1996. E de forma arrebatadora, especialmente em se tratando dos irredutíveis seguidores da *Scuderia*. Conquistados pela dedicação e pelo empenho do tedesco, os normalmente impacientes fiéis escarlates o apoiariam em todos os momentos – amparando-o de forma especial justamente nos quatro primeiros anos, em que a fila da equipe permanecia inabalada. No fundo, sabiam que aquele era o único homem capaz de recolocar o corcel negro em sua velha posição de assalto, altivo e imponente.

A partir da primeira temporada na Ferrari – e mais ainda após a prova de San Marino 1996, na qual os torcedores celebraram o segundo posto como a um campeonato – ficou claro que Michael tornara-se a grande esperança rubra. E o piloto retribuiu à altura. Com suas atitudes serenas frente às provações, Schumi mostrou uma incomensurável devoção à causa ferrarista. Jamais cogitou abandonar a equipe, mantendo-se sempre fiel à meta por ele estabelecida: levar a agremiação do *Commendatore* de volta ao topo. "Mesmo nas condições mais difíceis, Michael nunca reclamou. Nunca fugiu das dificuldades, nunca fez a menor crítica. Exemplar é a palavra que o define. Ele tem o *Cavallino Rampante* marcado a fogo no coração; todo o time, na verdade toda a Ferrari, tem uma admiração sem limites por ele", resume Jean Todt.

O nome e o rosto do alemão, sempre sobre um fundo vermelho, passaram a estampar uma parafernália de acessórios que os *tifosi* carregam aos autódromos de todo o mundo. Desde sua chegada a Maranello, os tradicionais bonés vermelhos de Schumi, ao salgado preço de 30 dólares, saíam como pão quente. Logo em seu segundo ano com a *Scuderia*, em 1997, o acessório atingiu a marca de cinco milhões de unidades vendidas – nos tempos de Benetton, eram apenas 60 mil.

Perguntado se a mística do *Cavallino* pesa quando está pilotando uma *rossa*, Schumacher foi franco, como é de seu feitio. "Não no momento em que estou no carro; lá, me concentro apenas no meu trabalho, o que é o mais importante. Mas quando saio do cockpit, em Fiorano, por exemplo, consigo entender o que a Ferrari significa para as pessoas. Para eles, é como se fosse um pai ou o Papa. O país todo está por trás de nós, e não só uma cidade como em um clube de futebol. Por isso, me sinto tão orgulhoso em vencer com este time. Jamais pilotarei novamente por outra equipe", prometeu.

Um problema no escapamento da F1-2000 de Schumacher tirou o líder do campeonato do GP de Mônaco – ele ponteava a prova com facilidade até o 55º dos 78 giros previstos. O primeiro abandono em sete provas; notável desempenho para a outrora instável equipe italiana. No Canadá, mais uma vitória, mais uma dobradinha. Seu 40º triunfo garantiu-lhe 22 pontos de vantagem sobre Coulthard e 24 sobre Häkkinen.

Uma seqüência de infortúnios, contudo, quase pôs a perder um título já dado como certo nos bastidores e na imprensa. A segunda falha técnica do ano tirou Schumacher da pista em Magny-Cours, a 18 voltas do final, com o motor estourado. Na Áustria, o tedesco se viu atingido pela BAR de Ricardo Zonta já na largada, ficando fora da prova de Zeltweg. Em uma atitude louvável, o brasileiro enviou a Michael uma carta com os seguintes dizeres: "Desculpe-me pelo que aconteceu. Foi um episódio lamentável e quero lhe pedir desculpas. Nos vemos em Hockenheim". Na etapa da Alemanha, entretanto, Schumacher mais uma vez deixava a disputa na saída – desta feita, graças a Giancarlo Fisichella –, e abria caminho para o dia de glória de Rubens Barrichello. Aos 28 anos, em sua oitava temporada na categoria, 123 GPs mais tarde (o azarado Jean Alesi, por exemplo, demorou 91 e Mika Häkkinen, que depois foi bicampeão, 96 provas), finalmente, o piloto brasileiro estreava no topo do pódio na Fórmula 1. Largando do 18º lugar, Barrichello teve uma performance impecável, pilotando debaixo de muita chuva com pneus de pista seca, marcando na história o seu primeiro triunfo na categoria.

Os dois segundos lugares de Schumacher, na Hungria e na Bélgica, ambos atrás de Mika Häkkinen, deram ao finlandês e à McLaren a liderança absoluta do Mundial: 74 a 68 e 125 a 117, respectivamente. O que parecia definido na primeira metade do campeonato ia para os quatro derradeiros GPs como uma impressionante disputa.

O dia 10 de setembro de 2000 entraria para a história da carreira de Michael Schumacher por uma série de razões. O Grande Prêmio da Itália começou conturbado. Na segunda chicane do circuito, a Variante della Roggia, ainda na volta inicial, Heinz-Harald Frentzen perdeu o controle de sua Jordan e bateu no companheiro Jarno Trulli e na Ferrari de Rubens Barrichello. Os três rodaram e abalroaram a McLaren de David Coulthard, que, parado na caixa de brita, foi atingido pela Arrows de Pedro de la Rosa, que tocara na Jaguar de Johnny Herbert. O carro do piloto espanhol decolou, capotou e voou por cima da cabeça de Barrichello antes de pousar. Nenhum dos envolvidos se feriu, mas um fiscal de pista acabou atingido por um dos pneus que se soltara no acidente. Paolo Ghislimberti faleceu naquela tarde em conseqüência de traumatismo craniano. Seis anos depois, a morte voltava à F1.

O pole Schumacher não chegou a ser pressionado por Häkkinen e venceu com tranqüilidade aquela prova de Monza, segunda da temporada na casa da escuderia italiana. Era sua 41ª vitória na categoria, marca que o igualava a Ayrton Senna da Silva, um de seus ídolos. Em casa, diante dos fanáticos *tifosi*. Ao ser perguntado durante a coletiva sobre o significado daquele momento, o tímido tedesco começou a chorar, chorar como uma criança. Mika e Ralf, segundo e terceiro colocados, não sabiam se o consolovam ou tentavam responder às perguntas dos repórteres. Entre um soluço e outro, Michael conseguiu dizer: "Vocês precisam compreender que nem tudo o que nos perguntam tem necessariamente uma resposta. Vocês não fazem idéia do que eu estou sentindo". Os jornalistas se emocionavam ao ver aquela figura usualmente introspectiva vertendo lágrimas copiosamente, sem nenhum controle. Agora, somente Alain Prost estava à frente de Schumacher, com 51 triunfos. Aos 31 anos, ele se tornava o segundo maior vencedor da história da Fórmula 1. E não podia se conter.

O GP da Itália serviu também para fechar uma seqüência de seis corridas sem vitória, e abrir uma outra, bem diferente. Diante de um público recorde de quase 200 mil torcedores, no famoso circuito americano de Indianápolis, Michael cravou sua 30ª pole position, e, com Barrichello, a terceira dobradinha do ano, que quase assegurava o Mundial de Construtores à Ferrari. Acerca de suas possibilidades de título, já que o abandono de Häkkinen o colocava em uma posição confortável, Schumi foi mais uma vez cauteloso: "Até que matematicamente o campeonato não se defina, não quero saber de festa."

Marcar dois pontos a mais que Mika Häkkinen ou simplesmente vencer no Grande Prêmio do Japão dariam a Schumacher a garantia matemática que ele tanto queria. Novamente na pole, o alemão largou mal e permitiu que o finlandês o ultrapassasse. Decidido a não levar a disputa para a Malásia, o piloto ferrarista passou a contar com sua maior habilidade: as tais voltas voadoras antes do pit stop. Mika fez sua parada e deixou a pista livre para o adversário; em três giros, Michael abriu tamanha diferença que pôde ir aos boxes com chances de retornar na frente do homem de gelo da McLaren. "Sentado no carro e dentro da área de box, não dava para ver se o Häkkinen se aproximava", contou. "De repente, ouvi Ross gritando: 'Estamos super bem, Michael, super bem, Michael'." Schumi já cruzava a metade do caminho para chegar à pista quando o finlandês enfim apontou na reta dos boxes – o alemão regressava à prova com quatro segundos de vantagem sobre o rival. "Aquele foi um dos maiores momentos da minha carreira." Häkkinen permaneceu em seu cangote até o último dos 53 giros, mas não conseguiu suplantá-lo, cruzando a linha de chegada 1,877 segundos atrás do adversário.

Depois de 1:29'53.435, na tarde de 8 de outubro de 2000, a bandeira quadriculada de Suzuka desfraldou-se para Michael Schumacher, tricampeão mundial, o homem que quebrava o jejum de 21 anos da mais tradicional e apaixonante escuderia da Fórmula 1. Alain Prost, Gilles Villeuneuve e Nigel Mansell haviam tentado, Ayrton Senna não quisera se arriscar. E agora, finalmente, aquele germânico de Kerpen permitia aos *tifosi* soltar o grito havia duas décadas preso na garganta.

Schumi não parava de falar. "A Benetton que me desculpe, mas este é o campeonato mais importante para mim e hoje, o dia mais importante da minha carreira." "Fiquei muito emocionado logo depois de cruzar a linha de chegada, mas não esperem de mim o mesmo choro de Monza." "Não há palavras para expressar o que sinto, imaginem o que não deve estar acontecendo neste momento na Itália..." Em Maranello, 50 mil pessoas assistiam ao GP em quatro telões espalhados pela cidade. Dez milhões de italianos, de acordo com a rede de televisão local RAI, madrugaram naquele domingo para assistir à conquista do título *rosso*.

Como de costume, após a cerimônia do pódio, os três primeiros pilotos se dirigiram à sala de imprensa para dar suas entrevistas. Em seguida das respostas em inglês, cada um é requisitado a conceder um depoimento em seu idioma natal. Surpreendendo a todos, Schumacher fez mais um afago nos corações ferraristas: *"Sono molto felice. É stato molto difficile. Alla squadra e ai tifosi, dico: grazie, grazie. É stato straordinario."*

Para o campeão, extraordinário é também o festival de nacionalidades que compõe a *Scuderia*. "Somos um time internacional e cada um de nós faz o seu melhor. É claro que somos também uma cavalaria italiana com todos os seus atributos. Somos mesmo uma grande família. Não é encenação, é tudo verdade. E ainda temos os brasileiros, australianos, franceses, ingleses e eu como alemão. É quase uma mistura genial."

Também nunca se vira tamanha troca de elogios entre um piloto e o diretor técnico de sua equipe. "Ele é a pessoa que toma as decisões corretas. E ele nos fez campeões mundiais", disse Schumi sobre Ross Brawn, também principal responsável pelas estratégias da *Scuderia*. "Esse título e essa vitória são do Michael, que fez uma corrida soberba. Nossos planos dão certo porque ele sabe executá-los", devolveu o britânico sobre o colega. "Michael esteve com a Ferrari nos últimos cinco anos e talvez ele tivesse ganho o campeonato em outra equipe, mas se manteve fiel ao time e nunca desanimou durante esses anos. Ele incentiva a todos, passa bastante tempo com os mecânicos, e se comprometeu a fazer a Ferrari funcionar como um time", concluiu. Jean Todt, o diretor esportivo, engrossava o coro: "Me sinto feliz e honrado por trabalhar com um piloto excepcional como o Michael."

Se o próprio Ross Brawn não queria levar os créditos pela conquista, Eddie Irvine, o ex-colega, agora na Jordan, pensava o mesmo. "Sinto despedaçar as ilusões de muitas pessoas, mas Brawn pouco tem a ver com o sucesso de Schumacher. Tire Schumacher do grid e diga-me o que a Ferrari ganhou. Basta ver o que fez o companheiro de Schumacher, Rubens Barrichello. É um bom piloto, e teve Brawn a seu lado, mas isso não o serviu em nada neste ano."

Os *Cavallini Rampanti*, única equipe presente em todos os campeonatos desde o início da F1, em 1950, conquistaram com Schumacher seu décimo Mundial de Pilotos, um a menos que a McLaren, maior vencedora de todos os tempos até então. Foram também campeões pela *Scuderia*: o italiano Alberto Ascari (1952 e 1953), o argentino Juan Manuel Fangio (1956), o britânico Mike Hawthorn (1958), o norte-americano Phill Hill (1961), o inglês John Surtees (1964), o austríaco Niki Lauda (1975 e 1977) e o sul-africano Jody Scheckter (1979).

Alain Prost, naquele momento único com mais triunfos em seu cartel do que o tedesco tricampeão, declarou depois de Suzuka 2000: "As coisas não são fáceis na Ferrari, não é simples resistir à politicagem e à pressão do ambiente quando a vitória não vem. Schumacher o fez – o que não é a menos bela das performances. Ele já é o melhor piloto do mundo há algumas temporadas, e pode em breve bater meu recorde de vitórias. E merecerá, como Ayrton Senna o teria merecido. Ficarei um pouco triste, mas não é nenhuma vergonha ser ultrapassado por um campeão desse quilate." Em 2001, o Professor completaria sobre as habilidades de Schumi: "Ele é simplesmente excelente, sem pontos fracos. E nunca tem dias ruins, seja nos treinamentos ou em qualquer outra situação."

Um dos jornalistas mais antigos e respeitados do meio, o britânico Matt Bishop exultava: "Michael é um gênio, um dos maiores talentos de toda a história do esporte. Um homem que transforma um defeito anunciado em uma vitória arrebatadora. Um atleta cujas acrobacias tiram o fôlego, e nos fazem questionar a própria lei da gravidade. Um campeão pura e simplesmente".

Com a vitória e os dez pontos no Grand Prix da Malásia, derradeira prova do Mundial, Michael igualou o recorde de nove triunfos de Mansell (e seu próprio, em 1995) e de pontos em uma temporada: 108. O terceiro posto de Barrichello em Sepang ajudou a Ferrari a alcançar o bicampeonato de construtores, agora com largos 18 tentos de vantagem sobre a rival McLaren. Passou a ser ainda a equipe com o maior número de títulos entre as escuderias, dez contra nove da mesma McLaren, que estreara na F1 em 1966, sob o comando do intrépido piloto neozelandês Bruce McLaren. E tinha mais. A *Scuderia* subiu a todos os pódios do ano, façanha só obtida antes pela Williams, em 1993. Os italianos jamais haviam alcançado tamanha pontuação (170) e quantidade de vitórias em uma temporada – vencera no máximo sete (em 1952 e 1953), *versus* as dez vezes deste Mundial.

Os momentos mais inolvidáveis daquela etapa asiática, todavia, não ficaram gravados pelas marcas atingidas pelo time de Maranello. No primeiro deles, na volta de desaceleração, após cruzar a linha de chegada, Schumi falou pelo rádio a todos os 550 funcionários da Ferrari. Agradeceu o esforço de cada um para alcançar o sucesso, desde o faxineiro até o presidente Luca di Montezemolo. Nunca alguém fizera algo parecido. O segundo momento inesquecível, para não dizer hilário: perucas vermelhas começaram a aparecer na cabeça de todos os 60 membros da equipe presentes ao autódromo malaio. Michael Schumacher, Rubens Barrichello, Jean Todt, Ross Brawn, Montezemolo, os mecânicos, enfim, todos podem ser vistos em fotografias do dia envergando longas cabeleiras escarlates. Uma beleza! Um momento para ficar tatuado na memória.

Vinte e um anos depois, a Ferrari voltaria a ostentar o número 1 no bico de seu carro.

14

A BANDEIRADA FINAL

Jean Todt disse certa vez que, para se ter um longo sucesso, é preciso saber por que você tem sucesso. Confrontado com a afirmação do colega francês, Schumacher garantiu conhecer as razões de suas glórias.

> *Em primeiro lugar e sempre, respeito pelo trabalho do menor adversário. Assisto a todas as corridas em um telão e analiso não só a luta pela ponta, mas também o que se passa mais atrás. Lá acontecem erros, mas também coisas positivas das quais posso aprender. Perfeição e disciplina são duas outras coisas a se observar. E devemos procurar nossos pontos fracos mais até nas vitórias do que nos fracassos. Por último, nunca acredite que o sucesso depende somente do seu trabalho. Quem começa a escutar somente a si e a resolver tudo sozinho dá um passo atrás. As flores de um campeão pertencem a muitos vasos. Pelo menos é assim que eu faço com o Jean Todt, o Ross Brawn e todo o time da Ferrari.*

Após o histórico triunfo de 2000, com o *Cavallino Rampante* mais adestrado do que nunca, os títulos vieram a galope para Michael Schumacher. O minucioso trabalho de reconstrução da Ferrari abraçado pelo alemão foi coroado com nada menos que um inédito pentacampeonato no Mundial de Pilotos — 2000, 2001, 2002, 2003 e 2004 —, façanha que, somada ao bicampeonato de 1994-1995, o colocou definitiva e inquestionavelmente no topo entre seus pares. Estabeleceu novas marcas nos mais variados quesitos apenas para exterminá-las na temporada seguinte, elevando o padrão da Fórmula 1 a um nível ao qual ele, e tão somente ele, poderia chegar. Poucos na história das competições individuais atingiram tal padrão de excelência — esforço contínuo recompensado com vitórias, títulos e recordes a granel.

Em sua segunda conquista pela *Scuderia*, no ano de 2001, Schumi igualou o recorde de vitórias em um campeonato, quebrou o recorde de tentos também em uma temporada e se tornou o maior pontuador e vencedor de corridas da história da categoria, ultrapassando o francês Alain Prost. Em 2002, na celebração do tri ferrarista e de seu penta individual, cravou novas marcas para vitórias e pontos em um mesmo campeonato, além de subir ao pódio em todas as etapas. Todas as etapas. Pela primeira vez na história da Fórmula 1. No ano seguinte, mais um título, o hexa, e mais recordes. Em 2004, voltaria a se superar, registrando 13 vitórias em 18 corridas e 148 pontos na tábua de classificação — recorde que por muito tempo parecerá inatingível a qualquer mortal. Neste certame, Schumacher suplantou a marca de 80 triunfos, amealhou seu sétimo título mundial, deixando definitivamente para trás o argentino Juan Manuel Fangio, bravo piloto dos tempos românticos da F1, com cinco conquistas. E aí vieram suas duas últimas temporadas.

Schumacher foi eleito o Piloto do Ano da Fórmula 1 em 2006. A maioria dos leitores da *F1 Racing*, revista de automobilismo mais vendida do mundo, também escolheu Schumacher como o Homem do Ano da Fórmula 1 em 2006. "Homem do ano? Sim, claro, mas Michael foi ainda mais em 2006", assegura Matt Bishop, editor-chefe da publicação. "Michael *foi* o ano, e o ano *foi* Michael. Todos os outros não foram mais que coadjuvantes no ato final da obra-prima de Schumi." Mas Schumacher não foi campeão em 2006 – muito menos em 2005, temporada de resultados pífios para a Ferrari. O espanhol Fernando Alonso embolsou ambos os troféus. Assim, depois de cinco campeonatos seguidos, da conquista do outrora inimaginável hepta, quando todos o pensavam imbatível, o ainda mais inimaginável aconteceu: Schumacher não foi campeão. Mas as opiniões sobre ele continuaram as mesmas. Ou ainda melhores.

Em 2005, Michael Schumacher venceu uma mísera corrida. Monovitória, aliás, ofuscada por um fato inédito, para não dizer vergonhoso: apenas seis carros disputaram o GP dos Estados Unidos daquele ano. Começaram e terminaram a prova as duas Ferrari e as modestas Jordan e Minardi, únicas equipes correndo com pneus Bridgestone. A Michelin, preocupada em não poder oferecer totais condições de segurança, recomendou às suas clientes que não largassem em Indianápolis, sob pena de colocar em risco a integridade física dos pilotos. Schumi terminou a temporada em terceiro lugar, sem qualquer chance de título. Surpreendendo expectativas, porém, o alemão não se deixou abater e entrou a temporada 2006 com mais disposição do que nunca.

Como encontrar motivação para uma nova temporada, após um 2005 de dar dó? "Muito simples: um ano como esse automaticamente leva você a querer fazer o melhor!", esclareceu Schumacher, que em 2006 passou a ter o brasileiro Felipe Massa como companheiro de equipe. "Não há a menor dúvida sobre motivação, você automaticamente quer voltar e lutar. Este é o espírito que temos dentro da Ferrari neste momento, eu posso senti-lo em cada teste e isso é o que me faz sentir que podemos dar a volta por cima." Às dúvidas sobre como

Michael reagiria à perda do número 1 no bico do carro somavam-se as especulações acerca de seu contrato com a Ferrari. O acerto terminaria ao final de 2006 e ninguém sabia se ele de fato se aposentaria. Se superasse a decepção de 2005 e ganhasse, conseguiria deixar a categoria ou não resistiria a tentar um miraculoso nonacampeonato? Se perdesse, conseguiria parar sem um título para fechar a carreira?

Seriam necessários nove meses para dissipar as dúvidas e, coincidência ou não, a resposta à boataria viria num dia e num lugar já acostumados a figurar na história da Fórmula 1, e de Michael Schumacher. Em 10 de setembro de 1922, o italiano Pietro Bordino vencia a primeira corrida disputada no recém-inaugurado circuito de Monza – tradicional GP, tão marcante para a carreira do heptacampeão. No mesmo dia de 1961, acontecia o terrível acidente com Wolfgang Reichsgraf Alexander Berghe von Trips – que mais tarde daria nome à primeira pista de kart usada pelo pequeno Michael –, responsável pela morte do piloto e de mais 14 espectadores. Em 10 de setembro de 1978, de volta à Monza, o sueco Ronnie Peterson largava para o GP da Itália, com sua Lotus reserva, a caminho do acidente que causaria sua morte por embolia pulmonar naquela mesma madrugada. Vinte e dois anos depois, em 2000, na mesma pista de Monza, o fiscal de pista Paolo Ghislimberti era atingido fatalmente por um pneu que se soltara em meio a uma megacolisão de bólidos na Variante Roggia. E naquele mesmo dia, naquele mesmo circuito, 84 anos depois de sua inauguração, a disposição de Schumi e da Ferrari seria recompensada.

Superando um início de temporada errático, a três provas do final de 2006, o alemão vencia em Monza, colocava-se a um ponto do líder Fernando Alonso e, depois do esquecível ano de 2005, tinha novamente reais chances de título. Enfim, naquele Grande Prêmio da Itália, depois de alcançar seu 90º triunfo, no mais apoteótico dos domingos – como só os domingos italianos podem ser –, Schumacher encerrou os debates. E anunciou, na coletiva de imprensa que se seguiu à corrida, que estava de saída. Agora, mais uma vez em Monza, a História da F1 estava sendo construída. Sem tragédias, felizmente. Era 10 de setembro de 2006.

Com a palavra, Michael Schumacher.

> *É um dia muito especial, terminando em grande estilo, de olho no campeonato, mas mais ainda no que pode acontecer no futuro. Já há algum tempo meu futuro e tudo o mais têm sido objeto de muita discussão, e acho que os fãs, todas as pessoas interessadas em automobilismo, têm o direito de saber o que vai acontecer. Lamento que possa ter levado mais tempo do que alguns gostariam, mas você precisa saborear o momento, encontrar o momento certo, e nós sentimos que este é o momento certo. Resumindo, esta será minha última corrida em Monza. Ao final deste ano, eu decidi, junto com o time, que vou me aposentar. Tem sido mesmo excepcional o que o automobilismo me proporcionou em mais de trinta anos. Eu realmente amei cada momento, dos bons e dos maus tempos. São eles que fazem a vida tão especial. Particularmente, devo agradecer minha família começando, obviamente, por meu pai, minha falecida mãe, minha esposa e meus filhos que sempre me apoiaram e sem cujo apoio e forças teria sido impossível sobreviver e desempenhar um bom trabalho neste negócio e neste esporte. Obviamente, não posso agradecer o suficiente os meus companheiros de Benetton e especialmente, é claro, aqueles dos tempos de Ferrari, onde fiz tantos amigos. São tantos os caras legais deste time... Foi mesmo difícil decidir não trabalhar mais neste nível com todos os meus amigos, os engenheiros, todo mundo. Eles são maravilhosos, mas há de chegar o dia e senti que o momento era esse, que era justo encontrar o momento a tempo de o Felipe poder decidir o seu futuro, porque ele é um cara muito legal. Agora, eu gostaria de me concentrar apenas nas três corridas restantes e terminá-las em grande estilo, esperamos que com o título – hoje demos um grande passo nesse sentido. E quero agradecer a todos os que cruzaram o meu caminho e me apoiaram em todas as etapas. Foi bastante gente. Muito obrigado.*

"Se o melhor cara do mundo se aposenta, esse é certamente um dia triste", comentou o tricampeão Niki Lauda. "Você pode dizer o que quiser, mas ele venceu sete títulos mundiais e pode vencer outro. Não há ninguém como ele no mundo. Ele é único."

No dia 11 de setembro de 2006, as bancas de jornais do mundo inteiro se viram inundadas por manchetes vermelhas. "Danke, Schumi", escreveu a *Gazzetta dello Sport*. "Schumi, você tem certeza?", indagava o *Tuttosport*. No *Il Giornale*, lia-se: "Schumi deixa o trono na Ferrari. Mas permanece o rei." Saindo de terrenos italianos, o espanhol *As* estampava: "Mais do que uma comemoração de vitória, a despedida da maior lenda do automobilismo. Um mito." O também espanhol *Sport* trazia: "Schumi entra para o Olimpo dos grandes esportistas da História." Na Inglaterra não foi diferente. "Schumacher, o gênio extraordinário, anuncia o fim de sua brilhante carreira", imprimiu o *The Independent*. Na Suíça, o *Neue Zürcher Zeitung* sentenciou: "Com a aposentadoria de Michael Schumacher, uma era chega ao fim." Não ainda.

Ao saltar de sua esfumaçada Ferrari 248 F1 na corrida de Suzuka – penúltima de 2006, cujo abandono lhe custou o campeonato –, a emoção de Michael Schumacher já não podia se esconder. Um certo conformismo, misturado à tristeza de saber que, naquele momento, o sonho de sair de cena como octacampeão nada mais era que um sonho. Depois da apoteose de Monza e da vitória na China, que o haviam deixado com uma mão e meia na taça, o tedesco abandonava a prova japonesa e via Alonso abrir dez pontos de vantagem a um GP do final da temporada, e de sua carreira. O mundo caía-lhe sobre os ombros. Até que ele entrou nos boxes.

Steve Matchett, ex-mecânico da Benetton – onde viveu a era Schumacher da equipe, de 1991 a 1995 –, escreveu na edição de novembro de 2005 da revista *F1 Racing* sobre o que viu naquele dia 8 de outubro.

Seus olhos brilhavam, seu sorriso estava de volta ao lugar. Ele procurou um por um de seus colegas de equipe. Umas poucas palavras com cada

> um, apertos de mão, tapinhas nas costas. Não só com a sua equipe, mas com todos os membros do time: pessoal dos pneus, dos caminhões, engenheiros, mecânicos; todos são iguais aos olhos de Michael. Ele não apenas sabe seus nomes, ele sabe quantos filhos eles têm. E esse senso de família está mais forte do que jamais esteve em seus quatro anos e meio de Benetton. Mais forte, na verdade, porque a Ferrari foi sua família longe da família durante 11 anos.

Parecia não importar mais que o título estava perdido. Tinha sido tudo muito bom nos últimos anos, e ele precisava agora curtir os momentos que lhe restavam ao lado dos queridos familiares *rossos*.

Mas a trajetória do heptacampeão ainda não chegara ao fim. Faltava Interlagos, a epopéia final. E como toda narrativa dos grandes feitos de um herói histórico vem com uma pitada de tragédia, assim aconteceu. Nos treinos classificatórios de sábado, aquilo que já era apenas sonho tornou-se impossível. Na chamada superpole – os dez melhores do dia, que não são eliminados nas baterias anteriores, disputam a ponta do grid entre si –, depois de cravar alguns dos tempos mais rápidos do dia, um problema na pressão de combustível condenou Michael à décima posição. Problema que não acontecia à Ferrari num final de semana de GP havia mais de cinco anos. Felipe Massa garantiu então, sem dificuldades, sua pole position caseira. Schumacher, entretanto, mesmo quase derrotado, continuou sendo Schumacher, e ficou até as oito da noite – a maioria dos pilotos deixara o autódromo às quatro da tarde – reunido com sua equipe, estudando as estratégias para o dia seguinte. Em seguida, jantou com os mecânicos e só então, cerca de dez da noite, voltou para o hotel.

(Em seu último final de semana como piloto de Fórmula 1, Schumacher participou de uma coletiva de imprensa especial. Aquela quinta-feira, 19 de outubro, não ficou marcada apenas pela Tartaruga Rubens, mascote oferecido pelos humoristas do programa *Pânico na TV* em "homenagem" ao ex-colega de Ferrari. Sim, Schumi adorou a surpresa, para delírio do público, e saiu do auditório empurrando o simpático quelônio de rodinhas – eternizado em fotos de agências internacionais do mundo todo envergando o boné de Michael Schumacher. Mas esse não foi o único acontecimento inesperado do dia. Logo após as entrevistas, o piloto pediu aos jornalistas alemães e italianos que ficassem mais um pouco. Disse-lhes que, apesar de ter enfrentado altos e baixos com a mídia, gostaria de agradecer a todos. Não sabia bem pelo que, mas, enfim, ele queria lhes agradecer. Então, chamou-os um por um e autografou cada credencial com uma mensagem personalizada em italiano, para os italianos, e em alemão, para seus conterrâneos. "Realmente vimos o lado frágil de Schumi", comentou um deles.)

No domingo, 22 de outubro, Pelé precisou se dirigir à quinta fila do grid para homenagear Michael Schumacher por sua gloriosa carreira na Fórmula 1. O troféu entregue ao alemão simbolizava o reconhecimento da FIA pelos serviços prestados à categoria e juntava, naquele dia histórico, no asfalto quente de Interlagos, dois grandes Pelés do esporte. "Já disseram isso, que ele é o Pelé do automobilismo. Não fui eu que falei, mas eu concordo", comentou o Rei do futebol. O atleta do século foi ainda mais longe. Cancelou sua festa de aniversário, que aconteceria no dia seguinte em Nova York, e afirmou que desmarcaria qualquer compromisso para ter a oportunidade de reverenciar Schumi. "Fazer essa homenagem ao Schumacher em nome de todos os atletas, em nome dos brasileiros, é uma alegria. O homenageado sou eu. E, se ele puder ser campeão aqui, melhor ainda." Pelé não é mesmo conhecido por seu senso profético. Michael Schumacher não seria campeão ali. Mas daria o derradeiro espetáculo de sua carreira.

Provando que não estava disposto a terminar a tarde como coadjuvante, Schumi ultrapassou logo quatro adversários na primeira volta. Ao encontrar pela frente Giancarlo Fisichella, porém, a sorte mais uma vez lhe abandonou naquele final de semana. O toque foi sutil mas inevitável, assim como a passagem forçada pelos boxes para trocar o pneu traseiro esquerdo, despedaçado no contato com o bico da Renault do italiano. Relegado ao último lugar, Michael abriu de vez as cortinas de seu show e resolveu, naquela oportunidade, se divertir um pouquinho. Na última de suas 13 ultrapassagens do dia, sobre Räikkönen, numa das manobras mais ousadas e fantásticas de sua carreira, colocou-se entre o finlandês e o muro (no melhor estilo *win or wall*), sem deixar dúvidas do que estava disposto a enfrentar para tomar-lhe a posição. Ali, no emblemático S do Senna, tirou o fôlego de cada um dos brasileiros presentes. Aos 37 anos, em sua última corrida, rumo à aposentadoria, heptacampeão, dono de todos os recordes da F1, e totalmente irresponsável. Esse era o Schumi que a torcida queria.

Multidão que, aliás, estava enlouquecida pelo alemão da Ferrari. "Quando Schumacher apareceu no grid, o público de Interlagos explodiu em gritos de uma magnitude poucas vezes ouvida num Grande Prêmio de Fórmula 1", descreveu na edição de novembro de 2005 da *F1 Racing* o editor-chefe Matt Bishop, presente ao autódromo José Carlos Pace naquela tarde. "Era um urro coletivo das proporções de um Rangers *versus* Celtic [tradicional embate do futebol escocês, de clubes mais que rivais] – disforme, obstinado, assustador até –, e que durou um longo tempo." Era de arrepiar. Talvez pela proximidade do adeus, pela comoção geral da despedida, os brasileiros e estrangeiros ovacionaram Schumi como nunca. Naquele domingo, comemoraram cada uma de suas ultrapassagens como se fossem a de um ídolo nacional. Para quem não gostava dele...

Apesar de toda a torcida e de sua performance sobrenatural, Michael terminou a prova em quarto. Em quarto e no topo de seu jogo. Não restavam dúvidas: Schumacher parava no auge.

Em sua derradeira apresentação na Fórmula 1, Schumi não largou entre os três primeiros, não subiu ao pódio, não participou de nenhuma coletiva oficial da FIA. Também não foi campeão. Mas foi a estrela do dia. Felipe Massa, primeiro brasileiro em 13 anos a vencer um GP em casa, e Fernando Alonso, mais jovem bicampeão do mundo, que o digam. Só deu Schumacher em Interlagos. Só deu Schumacher na Fórmula 1.

15
SIMPLESMENTE O MELHOR

Apesar de tudo o que Michael Schumacher conquistou, de todos os recordes que bateu, a despeito daquilo que construiu na Ferrari e na Fórmula 1, ainda assim há quem queira compará-lo a outros pilotos da era moderna. Nada mais justo.

Ao final da temporada 2006, aos 37 anos, tendo participado de 249 Grandes Prêmios, o heptacampeão somava os seguintes resultados na carreira: 91 vitórias (36,5%), 154 pódios (61,8%), 190 chegadas na zona de pontuação (76,3%). Confrontemos então estes números com os dos outros dois maiores vencedores da Fórmula 1. Alain Prost, tetracampeão, aposentou-se aos 38 anos, depois de 202 GPs e: 51 vitórias (25,2%), 106 pódios (52,4%), 128 chegadas na zona de pontuação (63,6%). Ayrton Senna, tricampeão, morreu aos 34 anos com 162 GPs disputados e: 41 vitórias (25,3%), 80 pódios (49,3%), 96 chegadas na zona de pontuação (59,2%). Schumacher é, portanto, superior em cada um dos critérios, numérica e porcentualmente. Matematicamente indiscutível.

Tentam separar a imagem de Schumacher do "quebrador de recordes" daquela de "o melhor de todos os tempos". Essa separação simplesmente não existe. Como pode aquele que detém todas as melhores marcas de um determinado esporte não ser considerado o melhor daquela modalidade? No caso do boxe e de outros esportes em que há diversas ligas e categorias, isto talvez não se aplique, mas na Fórmula 1 as marcas são muito claras. Michael venceu mais de um terço dos Grandes Prêmios que disputou. A cada dez provas, em seis ele estava no pódio e em mais de sete delas, na zona de pontuação. Títulos, vitórias, pódios, pontos, pole positions e voltas mais rápidas são fáceis de contar e atestam o desempenho de cada piloto. Schumacher tem todos esses recordes. Todos. Gosto pelo estilo de cada piloto pode ser discutido, claro. Números, não.

Além dos recordes de triunfos, de pódios e de pontos – na carreira e em uma só temporada –, e, obviamente, de títulos, Schumi detém outros tantos. Vitórias seguidas em uma temporada (sete, em 2004), voltas mais rápidas (76), mais triunfos em um mesmo Grand Prix (sete, no do Canadá), mais vitórias largando da pole position (40), mais *hat tricks* – pole, volta mais rápida e vitória – (22), maior número de pódios seguidos (19, de 2001 a 2002), maior seqüência ininterrupta de corridas marcando pontos (24, de 2001 a 2003), maior diferença sobre o vice-campeão (67 tentos, em 2002), título mais rápido (em 2002, com seis provas de antecipação), mais pole positions (68), maior número de dobradinhas (23, com Barrichello, na Ferrari). Impressionante.

Michael Schumacher, contudo, não apenas solidificou seu nome na história da categoria como também resgatou o maior mito do automobilismo, a lendária Scuderia Ferrari. Única a participar de todos os Grandes Prêmios de Fórmula 1, o time do *Commendatore* Enzo estava em pandarecos antes da chegada do alemão. Com um histórico de crises políticas e uma monumental seca de títulos, pressionada por uma multidão de torcedores impacientes e uma imprensa rábida, a equipe estava no buraco – e ninguém, nem mesmo o Professor Prost, sabia a fórmula para resgatá-la. Depois que o experiente e laureado gaulês deixou a equipe, em 1991, sem conseguir resolver seus problemas, a impressão era de que nem o Papa poderia dissipar a crise que fizera da Casa de Maranello sua morada permanente.

Braço de Deus na Terra, o bom Karol Woijtila ainda tentou, abençoando por diversas vezes os pilotos e algumas miniaturas das *rossas* em inúmeras audiências no Vaticano. Mas seriam mesmo a firmeza de Schumacher nas pistas, e sua destreza nos boxes e nos bastidores, que levariam o paraíso ao infernal escrete vermelho. Os italianos fizeram o que podiam para retribuir-lhe. Pagando-o com lealdade, empenho, e, claro, afetividade, deixando o tedesco mais solto, mais alegre, mais simpático.

Na saúde e na doença, na alegria e na tristeza. Em 11 anos de parceria, Schumacher e Ferrari passaram por bons e maus bocados, e nunca lavaram roupa suja em público. Nunca um só foi culpado pelos dramas do casal. Nós perdemos, nós vencemos. Como num casamento ideal. Até que a aposentadoria os separe. Ou não?

Após a histórica prova de Suzuka, em 2000, quando o ás de Kerpen materializou em troféu a indigesta empreitada iniciada quatro anos antes, Prost resumiu a importância de Schumi para a *Scuderia*. "Sem um piloto do seu calibre, a Ferrari dificilmente teria sobrevivido pelas últimas cinco temporadas sem um título. Sem Michael, o time estaria politicamente destruído", sentenciou o francês, sabendo do que estava falando.

"Schumacher, Todt, Brawn e Byrne transformaram a Ferrari de uma vergonha escarlate na marca mais bem-sucedida e prestigiosa da Fórmula 1", escreveu o jornalista Steve Cooper. "Um triunfo tão global e completo como esse marcou um *tour de force* de técnica, administração e corrida que tanto humilhou quanto ensinou os rivais."

Se algum piloto uniu, como Schumacher, qualidades de pilotagem, condições físicas, mecânica, estratégia, liderança e política – pré-requisito para a sobrevivência em Maranello –, este não teve a sorte de chegar à Fórmula 1. Felipe Massa, seu último companheiro de equipe, admira o conjunto do colega: "Cada piloto tem seus pontos fortes e os que não são os seus melhores. Com Schumacher é diferente. Em todos os aspectos que compõem a formação de um piloto ele é o máximo."

Michael superou nas pistas todos os seus adversários, sem exceção; conseguiu agregar em torno de si uma equipe de colaboradores do mais alto gabarito, aí incluídos nomes do peso de Jean Todt, Ross Brawn e Rory Byrne; manteve sob controle a pressão dos *tifosi* italianos, ávidos e sedentos por um campeonato mundial. Sua presença tornou-se tão dominante que, pela primeira vez na história da categoria, mudaram-se as regras para que a diferença entre Schumacher e os demais pilotos fosse reduzida – antes dele, regulamentos haviam sido adaptados apenas a fim de equilibrar a disparidade entre equipes, jamais indivíduos.

A FIA anunciou tais medidas em 2003, com validade a partir de 2004 – quando, sabemos, Michael estabeleceu seu recorde definitivo nas pistas, aprofundando ainda mais o fosso que o separava dos outros pilotos. Eddie Jordan já estava conformado. "Michael está em outra categoria. É muito difícil para um profissional da F1, seja diretor de equipe, piloto ou mecânico, admitir que elevará seu nível ao ponto exato de fazer concorrência a Schumacher. Podemos pensar que temos qualquer coisa de melhor que ele, mas em determinado momento precisaremos encarar a realidade. Esse cara é excepcional. Na minha opinião, Michael é bem mais simpático que antes, mais relaxado – e ainda mais rápido, como se não bastasse."

Ron Dennis, diretor esportivo da McLaren e um dos eternos mandarins da Fórmula 1, também detectou e resumiu a origem do problema. "Não há ninguém no mesmo nível de Michael Schumacher. Tudo o que podemos fazer, como construtores, é dar a nossos pilotos uma vantagem tecnológica."

E rezar, talvez.

Difícil entender a resistência de alguns em aceitar a superioridade de Michael Schumacher na Fórmula 1. Recordista em todos os setores, o alemão nunca foi uma unanimidade entre torcida, imprensa e bastidores. Quiçá pela figura sisuda e retraída, que chegou aos 22 anos à mais importante categoria do automobilismo mundial vindo de família humilde, educação germânica. Na verdade, poucos tentaram decifrá-lo. "Eu acho que as pessoas não o compreendiam no começo, e vice-versa. Deve ter sido difícil por causa da língua, do humor e tudo o mais." Eddie Irvine talvez tenha captado a essência do preconceito que primeiro rondou o novato. Preconceito que permaneceu mesmo em seus momentos mais calorosos, ocorridos especialmente depois de sua chegada à Ferrari. A razão da relutância em aceitá-lo como o melhor só pode mesmo morar na personalidade de Schumi. E as declarações de quem o conhece deixam claro que eles não sabem o porquê.

"Infelizmente, são poucas as pessoas no Brasil que realmente entendem e se interessam pelo lado técnico da F1. Acho que prefeririam um piloto como o Eddie Irvine, playboy, com várias namoradas, gastador, em vez de valorizarem um cara como o Schumacher", lamenta Luciano Burti. "Supertímido, que nunca expõe a vida particular, não fala de mulher, de dinheiro, de festa, que nunca tentou vender uma imagem de herói ou contar vantagem por ser um cara milionário. Aí, parece que o lado técnico fica em segundo plano e pegam uma certa antipatia dele, o que é injusto. Ele é um cara extremamente simples e simpático."

Arrogante? Antipático? Jean Todt sabe que não. "Ele é o contrário. Curiosidade é sua característica permanente. Ele quer entender tudo. Sobre o carro, sobre os acertos, mas também em sua vida cotidiana. Acho que ele quer entender de tudo para controlar o que está em volta", analisa o chefe que virou amigo. "Leva tempo para conquistar sua confiança. O que a imprensa ou os outros às vezes vêem como arrogância, eu vejo como timidez. É um mecanismo de autodefesa. Ele entrou muito cedo na selva da vida e aprendeu logo a não se abrir desnecessariamente."

A quase obsessão pela privacidade, sua e da família, e a chocante modéstia, contrastada com a franca confiança, são alguns dos elementos que fazem de Michael um enigma. "Eu tenho a pretensão de tirar o melhor de mim e derrotar meus adversários. Esse é o sentido do esporte, e isso é bem claro para mim. Só participar no sentido olímpico não é o meu lema", declarou o alemão, em um de seus rompantes de sinceridade. E o que ele tem a dizer sobre as afirmações de que é um dos pilotos mais egoístas no asfalto, mas um cara muito legal assim que desce do carro? "Concordo. Por que deveria dar aos outros um presente na pista?"

Sobre Schumacher, não há aquele que não tenha uma história para contar, uma opinião a dar. "Ele não gosta de se mostrar. Também foge das badalações e futilidades como o diabo da cruz. Michael guarda um lugar muito especial para sua mulher, seus filhos, pais e amigos. Ele sabe lidar bem com a pressão, mas precisa saber que tem apoio. Nossa relação é muito especial. Como unha e carne, sabemos o que o outro está pensando só pelo olhar" conta Jean Todt, cujas cenas de demonstração de ternura com o amigo são constantes.

A educação dos filhos, aliás, é uma das maiores preocupações de Schumi. "Eu me pergunto muitas vezes se é correto o que faço. Conversei muito com meu pai e com outros pais, mas acho que não há receita. Só sei que devo agir com justiça e retidão. Não posso elogiar Mick e Gina hoje por alguma coisa e pela mesma castigar amanhã. E se, apesar do meu aviso, eles se machucarem, não vou brigar, mas abraçar, consolar e depois explicar tudo com calma." Papai Michael é também um grande fã dos filhotes. "Admiro milhões de coisas neles. A liberdade, a despreocupação, a curiosidade, a coragem, e as admiráveis e engraçadas frases."

Sobre o resguardo da cria, Schumacher é enfático: "Meus filhos não são conhecidos, e eu acho isso muito importante. Até agora, têm tido uma vida normal e vão continuar assim. Sinto que eles devem ter a possibilidade de uma vida livre, sem o fardo da fama que eu criei." Seu programa favorito? Levar Gina Maria e Mick ao colégio, jogar bola, brincar com os cachorros, os gatos (Mosley e Ecclestone), os cavalos – o casal Schumacher é dono do maior estábulo da Suíça, sonho maior de Corinna, com capacidade para 150 animais – e diversos outros bichos de sua fazenda e assistir a vídeos em casa com a mulher. Um dia na vida de Michael? "Gostamos de dormir até tarde, mas nunca conseguimos porque o Floh [vira-lata que adotou em Interlagos] começa a latir às sete da manhã. Vou tomar café, como meu cereal, passeio com o cachorro, faço alguns exercícios e vejo televisão com a Corinna."

Sobre atravessar essa calma rotina em sua vila em Vufflens-le-Château, além dos benefícios tributários suíços, Schumi encontrou mais um. "Se alguém antes tivesse me dito para comprar uma casa lá, eu daria risada. Mas nós conhecemos a vida lá no alto norte e amamos. Sem falar em uma incalculável vantagem: quando venta e faz 30 graus negativos, nenhum paparazzo agüenta muito tempo. Até onde eu sei, por enquanto só um tentou."

Naturalmente, Michael tem consciência de suas obrigações como estrela, contudo sabe também impor limites. "Publicidade faz parte do meu trabalho. Eu sinto os olhos cheios de atenção, é claro, mas eu não me importo. Para mim tanto faz, pois sou reservado por natureza, até cuidadoso. Há uma placa que diz: Cuidado, privado!

Me custou muita energia para colocar e de vez em quando distribuir essa placa."

Na tentativa de não ser reconhecido, o piloto conta que já tentou usar perucas e óculos escuros para se disfarçar. "Achei que estava dando tudo certo, mas quando virei as costas para sair da loja de óculos, o atendente disse: 'Tchau, senhor Schumacher'." Por isso, ele adora os Estados Unidos. "Tenho alguns amigos no Texas e lá eles não têm a menor idéia do que é a Fórmula 1. Fico completamente em paz." Será que um dia ele conseguirá viver como um cidadão comum? "Não amanhã, mas algum dia. Quando estiver velho, grisalho e gordo."

Glamour, charme, ostentação, conquista. Michael não vê nada disso no trabalho. Em entrevista à edição italiana da revista *Playboy*, publicada em 2000, Schumi afirmou que a vida de piloto de F1 nada tem de sedutora. Sobre ser um símbolo sexual, refutou: "Isso é impossível. Olhe para o meu queixo".

O jornalista Norman Howell, ex-porta-voz da McLaren e figurinha carimbada do circo, escreveu em 8 de março de 2003, num artigo intitulado "Schumacher está matando a F1?" para o jornal australiano *The Age*, contando sobre uma de suas entrevistas com o campeão:

> *Enquanto conversamos, posso entender por que alguns ficam tentados a superanalisar Schumacher. Ele é reconfortantemente modesto. Sua linguagem corporal é reservada, fisicamente ele não ocupa muito espaço. Não é um homem grande, no entanto parece haver mais dele. É abençoado com uma habilidade extraordinária, física e mentalmente, e acha difícil articular o que o diferencia do resto. Para ele, é tudo natural e instintivo.*

Perguntado sobre o que faz dele tão especial, Schumi responde apenas: "Nada. Sou um cara direto que às vezes não suporta os excessos da Fórmula 1." Tem poderes especiais, extraterrenos, pratica exercícios mentais, meditação? "Sou um cara bem relaxado e isso faz de mim o que sou. As pessoas tentam procurar por mais do que realmente há. Uma simples explicação às vezes não justifica o sucesso que se tem."

Mike Duff, jornalista americano, impressionou-se com um aspecto da figura do alemão de 1,75 metro e 75 quilos: "A única grande surpresa ao conhecê-lo é ver o quão compacto ele é. Mais alto que seus companheiros 'jóqueis', ao mesmo tempo fisicamente não tão grande quanto você espera que seja um homem de sua estatura", escreveu para a revista *Autoweek* de junho de 2004. Definiu ainda uma característica fundamental de Michael: "Com Schumacher, é sempre 'nós'. Ele é o consumado jogador de equipe; agradece à Ferrari por cada vitória e a defende da culpa por cada erro. Intensa lealdade é uma parte vital de sua personalidade."

Contrariando a suposta imagem negativa do heptacampeão, destacam-se seus contratos de publicidade. As especulações acerca dos rendimentos de Schumacher em 2006 atingiram a casa dos 90 milhões de dólares. No que diz respeito a salário, o de Michael na Ferrari subiu dos 25 milhões de dólares de seu primeiro contrato para a incrível soma de 65 milhões por cada uma de suas duas derradeiras temporadas na Fórmula 1 – o que significa que, só da Casa de Maranello, o alemão recebeu quase 500 milhões de dólares! Ao final da carreira, o piloto tinha sua fortuna estimada em algo como 800 milhões de verdinhas americanas. E não foi para menos.

O impacto de sua imagem é tamanho que, quando Schumi anunciou sua aposentadoria, os principais patrocinadores da Ferrari condicionaram a renovação de seus contratos à permanência do alemão na *Scuderia*. Não importava o cargo, apenas que seu nome continuasse associado às marcas. Também depois de anunciar sua saída, Michael renovou seus acertos com a Shell e a Omega, além de assinar um novo, com a rede de autopeças alemã ATU, por um período de três anos. Aposentado, garantiu seus rendimentos de patrocínio em, no mínimo, 15 milhões de dólares. Fora o que deverá receber da Ferrari para fazer... bom, qualquer coisa, afinal, basta a ele continuar sendo Michael Schumacher.

A tal fama de Dick Vigarista, por algumas de suas manobras questionáveis ao longo da carreira, também parece não interferir na construção da figura do alemão. "Tenho uma enorme admiração por Michael. Por tudo o que fez e por suas habilidades, não restam dúvidas. E todos nós temos defeitos e falhas", ressalta o tricampeão Jackie Stewart. "Consigo pensar em três casos que, bem, nunca deveriam ter ocorrido e que deixaram uma mancha em sua carreira. Mas, de uma certa forma, o público em geral e todos nós – e eu me incluo nesse grupo – gostamos às vezes de um *bad boy*."

A impressão de frieza e distância – em geral associada à sua imagem anterior à mudança para a Casa de Maranello – briga não apenas com o poder internacional de vendas de produtos associados à marca Schumacher, mas também com o carinho e apreço que nutrem pelo piloto aqueles que já foram seus colegas. "Ele fez uma coisa que eu sempre vou guardar. Ao final de 2002, ele me mandou de presente um capacete e uma carta agradecendo por tudo o que eu tinha feito naquele ano. E volto a dizer, sendo o Michael Schumacher, tantas vezes campeão do mundo, não teria muito que se preocupar com o piloto de testes, em querer agradar, em querer mandar uma lembrança tão especial quanto essa. Ele podia simplesmente falar obrigado e estava tudo certo. Eu sempre o achei uma pessoa muito simples, sempre acessível, um cara muito legal."

Luciano Burti sempre se surpreendeu com a humildade do colega: "O Jean Todt me falou uma vez: 'O Michael pode ser sete vezes campeão do mundo, mas se eu ligo para ele hoje, falando que ele tem de estar aqui, sair de casa e vir para Fiorano treinar, ele vem na hora.'" Burti foi um dos privilegiados a integrar o Team Schumacher. "Quando adquiriu confiança no meu trabalho, ele passou a me ligar para discutir o que eu tinha feito nos pneus, e o que eu tinha para dizer. É muito legal ver sua humildade e simplicidade, afinal, como campeão do mundo, ele não precisava ter o trabalho de me ligar para saber minha opinião."

O chefe dos engenheiros de pista da Ferrari, Luca Baldisseri, faz o mesmo julgamento do colega de time. "Dentre as várias facetas de Michael está sua humildade. Nas vezes em que Rubens foi mais veloz, ele solicitou os gráficos de telemetria para comparar as duas performances e estudar o que deveria fazer para melhorar a sua, sem esconder de ninguém", ressalta o italiano.

O piloto português Tiago Monteiro, recém-chegado à Fórmula 1 em 2005, na mesma Jordan pela qual estreou Schumacher, espantou-se com o companheiro que encontrou. "Ele realmente me surpreendeu de forma positiva. Muitos haviam me dito que Michael era um pouco arrogante, mas ele não tem sido nada assim. Em Melbourne, estávamos hospedados no mesmo hotel e fomos à academia juntos. Falamos um pouco e ele me deu dicas de como me familiarizar com os novos circuitos. Acho que ele não esqueceu o quanto é duro estar numa equipe pequena."

Como chamar de frio o homem que comemora de maneira mais exuberante as suas vitórias? Ao contrário dos anos 1980 e 1990, quando os pilotos chegavam tão exaustos ao pódio que mal celebravam seus triunfos, Schumi pulava, chorava, ria, oferecia a conquista aos colegas, regia (quem poderia imaginar) o hino italiano. Mesmo depois de já tê-lo feito dezenas de vezes – precisou comprar uma pequena vila na Suíça somente para guardar os troféus –, ele nunca pareceu se cansar. "Na F1, o piloto está blindado atrás do capacete, do macacão, das luvas... Apenas no pódio, após a corrida, você vê realmente o que o cara está sentindo. Eu não vejo ninguém na Fórmula 1 que comemore mais no pódio do que o Schumacher. Cada vitória é como se fosse a primeira. Enquanto ele tiver isso, vai continuar invencível", afirmava o jornalista Lemyr Martins.

O episódio da morte de sua mãe, em 20 de abril de 2003, reforçou a idéia do robô de coração gelado. A imagem do homem caloroso começava a se fixar no senso comum, até que a decisão – sua e do irmão Ralf – de disputar uma prova em seguida à notícia do falecimento de Elisabeth Schumacher pôs tudo a perder. Em sinal de luto, Michael correu com uma faixa negra no braço e Ralf, com o capacete pintado de preto.

Mas se ambos optaram por correr, isso não explicaria alguma coisa sobre a família? Rolf, o pai, separara-se da mulher seis anos antes para se casar com uma jovem senhora. "Meus pais se mataram de trabalhar dia e noite, durante a vida inteira", conta Michael. "Quando não precisaram mais e finalmente tiveram tempo para si, aí perceberam que na verdade não tinham absolutamente nada em comum." A partir daí, Elisabeth mergulhou de vez suas mágoas na bebida, falecendo em decorrência de uma cirrose hepática causada pelo alcoolismo. Afinal, quem pode julgar o que se passa na casa alheia, como cada um reage a determinadas situações, o que sente uma pessoa ao saber da morte de um querido? É certamente difícil compreender que Michael não só tenha participado daquele GP de San Marino, como o tenha vencido; sua formação cultural, nacional, emocional, familiar, entretanto, não pode ser colocada de lado para simples e superficialmente taxá-lo de insensível.

A reação da imprensa e de personalidades alemãs ao fato esclarece um pouco o comportamento deste povo. "Eu respeito a decisão. Claro que não foi fácil para eles tomá-la", relevou Rudi Völler, à época técnico da seleção de futebol da Alemanha. "Cada um deve ver por si. Agora uma coisa é certa: um piloto de Fórmula 1 tem de ser julgado por outros critérios. São pessoas excepcionais, que em uma situação excepcional se comportam de modo totalmente diverso da gente", argumentou o então presidente do Bayern de Munique e ídolo tedesco, Franz Beckenbauer. O periódico *Süddeutsche Zeitung* ressaltou: "O carro é um refúgio. O lugar de trabalho, onde dominam as regras e a rotina, onde as pessoas se sentem bem em momentos difíceis." *Frankfurter Allgemeine Zeitung*: "Onde um piloto de F1 encontra sua tranqüilidade? No carro de corrida. Eles fugiram, antes de serem confrontados com perguntas do tipo 'como podem se concentrar?' A participação dos irmãos mostrou onde um piloto se sente mais seguro em um dia tão horrível." O berlinense *B.Z.* engrossou o coro: "Os Schummies pareciam ter entrado no carro para fugir."

Os germânicos têm no compatriota heptacampeão também um exemplo. O repórter Hans Borchert, da revista *Focus*, começou sua entrevista com o piloto, publicada em agosto de 2004, com a seguinte pergunta: "Michael, os alemães zangam-se consigo mesmos, com o mundo, com seus partidos e políticos, com seus atletas olímpicos e jogadores de futebol. E, de repente, lá está um em quem eles podem confiar, que pilota ininterruptamente na frente, de vitória em vitória. Por que não somos todos um pouquinho Schumi?" Rindo, Schumacher respondeu: "Suponho que seja porque só cabe um no carro..."

A criação simples do jovem de Kerpen evidencia-se em algumas declarações. "Eu amo essa equipe tão especial, mas primeiro eu tive de aprender. Quando eu era garoto, nem mesmo sabia o que era uma Ferrari. No meu mundo, carros eram algo para se usar e não para se admirar. Eu não conhecia nada sobre estéticas, estilos e mitos. Foi a Ferrari que me ensinou."

Os argumentos para diminuir os feitos de Michael, em nome de patriotismo, má vontade, ou qualquer outra razão, são diversos.

Os favoritos, entretanto, são: "Schumacher só venceu tanto porque não teve concorrência" e "os carros de Schumacher são muito mais fáceis de pilotar do que foram os de Senna, Prost, Piquet e cia.". Pois bem.

O alemão teve, sim, concorrência. Quem venceu em 1996, 1997, 1998 e 1999, se não seus concorrentes? Mika Häkkinen, por exemplo, sagrou-se bicampeão do mundo. O que faz dele um piloto menos valoroso que Emerson Fittipaldi, Jim Clark, Graham Hill ou Alberto Ascari? O carisma, talvez. Fato, mas carisma infelizmente não influencia o desempenho técnico – portanto, não serve como argumento para desmerecer o finlandês. Para infortúnio dos que precisaram enfrentar Schumacher depois de 2000, ele finalmente tinha nas mãos um carro bom o suficiente para terminar corridas. Foi tudo o que precisou para aniquilar a concorrência. Se ela não existiu a partir daí, mérito de Schumi, que a pulverizou brutalmente. "Tem gente que teve o azar de estar na mesma época que ele. Mas acontece", ironiza o jornalista Lito Cavalcanti.

Fernando Alonso talvez discorde. Este espanhol das Astúrias estreou na Fórmula 1 no ano em que Schumacher chegou ao tetra. Não completara ainda 20 anos e já chamava a atenção de Flavio Briatore, da Renault, o mesmo homem que ajudara a construir o bicampeonato do alemão. Tornou-se piloto principal da equipe francesa em 2003, conquistou duas pole positions e uma vitória, tornando-se o mais jovem piloto a alcançar tais marcas. Como Schumi, Fernando foi bicampeão (o mais jovem da história) com Briatore e anunciou sua saída para uma equipe rival, a McLaren. É fato que Alonso venceu as duas últimas temporadas da carreira de Michael Schumacher. Mas ainda não há quem ouse a comparação. Os anos dirão se um dia o espanhol ou um prodígio espantoso como o inglês Lewis Hamilton, ou qualquer outro piloto poderá escapar das armadilhas da Fórmula 1, montar um império de domínio técnico e político, e tomar de Schumacher seu lugar de Rei da Fórmula 1.

"O único duelo real da F1 recente foi entre Senna e Prost, que, na minha opinião, se equivaliam. Nenhum deles foi bom o suficiente para se destacar em relação aos outros", acredita Flavio Gomes. "Quando o Schumacher se firmou como o melhor de todos, não deu chances para niguém, enquanto Senna, Prost, Piquet e Mansell foram só um pouquinho melhores do que seus adversários. O Schumacher foi capaz de se impor sobre seus adversários como os outros não foram", conclui o jornalista.

O próximo argumento: "Fácil. Essa Ferrari que o Schumacher dirige é fácil de pilotar. Com ela, até o Nakajima era campeão. Queria ver ganhar com carro em que precisava trocar marcha etc. etc. etc." Em primeiro lugar, Michael não recebeu de presente o bólido que o levou aos títulos pela escuderia italiana. Ao contrário de Alain Prost, em 1993, por exemplo, que fechou contrato para sentar no cockpit da Williams que todos sabiam ser imbatível no Mundial, o tedesco aceitou o desafio de reconstruir uma equipe em frangalhos, que vencera duas provas nos cinco anos anteriores. Foram quatro temporadas de muito trabalho e sacrifício até que a Casa de Maranello e Schumi pudessem chegar onde chegaram e atingir tamanha superioridade sobre a concorrência. Em 2004, Patrick Head, diretor esportivo da Williams, falando sobre a longevidade do grupo ferrarista, elogiou: "Eu não acho que Ross Brawn e Rory Byrne teriam ficado por tanto tempo se não fosse por Michael. Eles sabem que qualquer trabalho que façam terá toda sua aplicação e comprometimento. Nossos pilotos atuais – [à época] Ralf Schumacher e Juan Pablo Montoya – são muito bons, mas sabemos que não são tão envolvidos em desenvolver o time como Michael é."

Norbert Haug, diretor desportivo da Mercedes, acredita saber a razão do sucesso de Schumacher. "Só conquistou tanta coisa porque sempre trabalhou muito. Quando chegou à Ferrari, com certeza não encontrou a melhor equipe da Fórmula 1, mas se dedicou e investiu tanto para reconstruí-la que os resultados estão aí. Deixará um exemplo histórico para nosso esporte." Haug fala também de seu sentimento pelo alemão: "Conhecê-lo como homem gerou em mim a mesma profunda admiração que tenho por ele como piloto."

Pierre Dupasquier, diretor da Michelin, rival no fornecimento de pneus, concorda com a importância do piloto de Kerpen, tanto para a *Scuderia* quanto para o esporte em si. "Com toda a certeza a Ferrari não seria o que é sem ele. Seu poder de estimular a todos é único. Devemos todos agradecer por tê-lo na Fórmula 1, por ter criado uma nova referência na competição."

E para quem pensava que os carros dos anos 2000 são fáceis de dirigir: "A Fórmula 1 é mais difícil agora. A Ferrari aumentou o nível do jogo. Eles são formidáveis", afirmou o astuto Frank Williams, em 2004. Schumacher, por sua vez, tem opinião formada sobre o assunto. "A Fórmula 1, muitos dizem, já foi melhor. Eu digo: ela era diferente. Por isso, não me interessa o passado. O conhecimento adquirido ao longo de todos esses anos torna impossível retornar nosso esporte para um ponto em que já esteve um dia. Veja como nós hoje fazemos uma curva rápida e depois aceleramos. Ao contrário das minhas antigas corridas que para mim parecem em câmera lenta", observa Schumi.

Luciano Burti ratifica o parecer do colega: "É verdade que era muito mais difícil pilotar sem o controle de tração, em caso de chuva ou em baixa aderência. Mas, com esse e outros recursos que auxiliam na pilotagem, o carro e o limite que você busca ficam também muito mais rápidos. Uma coisa compensa a outra." E não é só.

O ex-piloto de testes ferrarista garante, com conhecimento de causa: "Michael continua mostrando que, independentemente do que pode fazer no carro, ele continua sendo o melhor. E, no caso dele, quanto mais difícil fosse guiar o carro, mais vantagem ele levaria. Por causa do talento. Ele é de um profissionalismo extremo com a equipe. Faz com que a equipe seja muito dedicada por ele ser muito dedicado. Não precisa nem cobrar."

Flavio Gomes é ainda mais radical. "Fala-se que difícil era na época em que se trocava as marchas, mas naquela época só se trocava marcha. Hoje, o cara vê um monte de botão no volante e cada um deles tem uma função. Tem cara que usa dois! Um para chamar o rádio, o outro para beber água. O Schumacher consegue utilizar todos os recursos alternando o *set-up* [configuração] do carro em uma volta. Uma vez, em 2001, o Rubinho me falou que descobriu que o Schumacher alterou o *set-up* oito vezes em uma só volta."

Cléber Machado relata a experiência de um Fittipaldi no bólido de Michael. "O Emerson andou na Ferrari do Schumacher em 2002, e disse que é um carro fantástico. O piloto faz uma série de alterações em cada volta, e é aí que ele faz a diferença. É um computador. Ele tem tudo aquilo na cabeça. O carro tem tanto recurso que você é mais do que um piloto." Como escreveu José Henrique Mariante na *Folha de S.Paulo* de 12 de janeiro de 2002, os próprios pilotos passaram a usar a tecnologia como justificativa para seu fracasso: "O que estraga a F1 é a atitude pífia dos pilotos. Enquanto existir um Schumacher na pista, computador será só uma desculpa. E o resto, mediocridade."

As baratas da era moderna são muito mais do que simples automóveis. Pisa na embreagem, troca a marcha, solta a embreagem, pisa no acelerador. Atualmente, são tantos os recursos que, sem usá-los, o piloto será apenas mais um de desempenho mediano; porém, sabendo se aproveitar da tecnologia disponível, ele encontrará a oportunidade de sobressair-se do resto. É senso comum nos bastidores que ninguém tem maior capacidade de tirar proveito da tecnologia e do acerto do carro quanto Schumi. Cada piloto conta com sua própria equipe de mecânicos e decide com ela o que melhorar no bólido. Quanto mais o piloto entender de mecânica, de tecnologia, de engenharia até, mais ele poderá influenciar positivamente as alterações feitas.

Outro fato capaz de rebater o argumento de que nos dias de hoje os pilotos têm vida mais fácil: na Fórmula 1 do terceiro milênio, a telemetria acabou com a possibilidade de se inventar desculpas, justificativas infundadas ou de se tentar eximir de qualquer erro. Os diretores esportivo e técnico, os mecânicos, engenheiros, todos os mandarins da equipe e até os telespectadores de poltrona têm total conhecimento do que se passa no carro, nos mínimos detalhes. Sabem quem freia mais cedo em que curva, quem não arrisca, quem erra sozinho, quem não sabe usar os dispositivos disponíveis, enfim, sabem de tudo. Enquanto nos tempos anteriores a esta tecnologia os pilotos podiam contar uma linda história para explicar por que haviam escapado na chicane, a telemetria faz os atuais precisarem conviver com a idéia de ter seus chefes 100% do tempo no cangote. Fácil vencer sete títulos mundiais sob este tipo de pressão?

"Michael é um colaborador do mais alto nível, que compreendeu que não deveria tentar afinar o carro exclusivamente de acordo com a sua sensibilidade. Consegue nos transmitir muito boas informações, confiáveis e completas, sobre o comportamento do monoposto", conta Ross Brawn. "Sabe ler e interpretar a telemetria corretamente, o que não é comum nos pilotos. Chega a examinar os dados a sós no seu computador portátil, elevando o profissonalismo a um nível até aqui desconhecido em um piloto. Quando volta ao volante, sabe precisamente por que o carro se comporta daquela maneira em cada curva", conclui.

Isso fica claro na comparação entre bólidos da mesma equipe. Na Ferrari, o germânico abandonou muito menos provas por falha técnica do que Rubens Barrichello – reflexo do acerto escolhido. Dizer que um era privilegiado com melhor equipamento é das maiores bobagens que se poderia sugerir. Tamanhas são as somas de dinheiro envolvidas em uma escuderia deste porte, que ninguém ousaria dar a um dos pilotos tecnologia inferior somente para prejudicá-lo. Ou alguém ainda acredita que a Ferrari não gostaria que Rubinho tivesse sido campeão mundial? Que a equipe torcia contra ele? Que trabalhava para que ele quebrasse, de propósito? Lógico que não. O próprio Barrichello, lá no fundo, não pensava assim. "Ter o Schumacher como companheiro era uma motivação extra. A única coisa que na Ferrari ficava para o segundo piloto é que ele era a segunda opção", declarou em entrevista, esclarecendo a situação. "Você sempre esperava ver o que ele iria fazer para ver o que você iria fazer. Porque se você fizesse alguma coisa, era uma boa idéia para que ele acabasse fazendo antes que você." E Schumacher nunca escondeu de ninguém que usava os acertos do segundo piloto, se os considerasse melhores que os seus.

Felipe Massa, companheiro de Schumi em sua última temporada, contrariou de vez a tal tese de que ninguém teria espaço na Ferrari enquanto o tedesco por lá estivesse. O brasileiro venceu duas corridas (uma delas em Interlagos!) em seu primeiro ano a bordo de uma *rossa*, caiu nas graças da equipe, da torcida italiana e do próprio Michael. Procurou não reclamar do time em público, aprendendo as lições do experiente colega, e logo garantiu seu cockpit para a temporada seguinte, com um futuro promissor pela frente, disputando a atenção com o finlandês Kimi Räikkönen – que roubou a cena vencendo surpreendentemente o Mundial de 2007. Barrichello não gostava de ser segundo piloto, e isso talvez tenha atrapalhado um pouco sua passagem pela Ferrari. Mas, passado algum tempo de sua saída da *Scuderia*, ele já reconhece a importância da convivência com o alemão heptacampeão.

"Eu tive um grande prazer em lidar como companheiro de equipe do Schumacher. Hoje, eu chego ao limite do carro muito antes devido a tudo aquilo que aprendi com ele", contou em 2007 no programa *Arena SporTV*. E acrescentou, num arroubo de admiração pelo colega: "A diferença na F1 é o fenômeno, o muito bom e o bom. Eu acho que consigo ser melhor do que bom. Eu consigo ser fenômeno em ocasiões esporádicas. O Schumacher, na minha opinião, conseguia ser fenômeno em todas as ocasiões."

Mais esdrúxula que a idéia de sabotagem ao segundo piloto talvez seja apenas a de que Schumacher estragou a Fórmula 1. "O esporte perdeu a graça, não é mais como antes, é previsível, não tem mais ultrapassagem etc." Diz-se que ficou chata, que ninguém mais assiste — embora os índices de audiência mundial de televisão tenham aumentado 6% em 2004, ano em que Schumi venceu 13 das 18 corridas da temporada. Vejamos então o que pensa Bernie Ecclestone, promotor do campeonato de F1, o homem que deixaria de ganhar muito dinheiro caso isso fosse verdade. "Ele é um superstar. E todo esporte precisa de um superstar. Todos os esportes têm um ídolo maior e ele é o nosso. O golfe tem Tiger Woods, o ciclismo tem Lance Armstrong e a F1 tem Michael Schumacher. Não faz mal algum à categoria. Ao contrário, serve de estímulo para que todos tentem vencê-lo."

Curioso é que ninguém acusou o tênis de entendiante depois que o americano Pete Sampras venceu 14 Grand Slams e passou seis anos consecutivos no topo do ranking da ATP (Associação de Tenistas Profissionais), marcas ainda não igualadas — o suíço Roger Federer parece estar a caminho de alcançá-las. Ou a natação, depois que o também americano Mark Spitz ganhou sete medalhas de ouro e bateu sete recordes mundiais nas sete provas que disputou nas Olimpíadas de Munique, em 1972. Ou o atletismo, depois que o ucraniano Sergei Bubka passou a quebrar sucessivamente seus próprios recordes, a cada campeonato aumentando em um centímetro a altura de seu salto com vara. Quando surgem figuras como estas, absolutas em suas modalidades, são tratadas como seres superdesenvolvidos, incríveis, geniais. Não faz sentido que com a Fórmula 1 seja diferente.

O histórico tricampeão Niki Lauda vai além: "Michael é uma bênção para a Fórmula 1. A cada prova os fãs desejam ver algo novo nele, ainda mais difícil, e ele não os decepciona." Afinal, quem gosta do esporte, gosta de ver alguém que quebre barreiras, que atinja pontos nunca dantes conquistados. Talvez não seja o caso daqueles que, mais do que um esporte específico, admiram uma figura em especial (independentemente da modalidade envolvida) e a acompanham somente enquanto continua vencendo ou competindo. Enfim, quem deixou de assistir às corridas depois do início da hegemonia Schumacher/Ferrari, desculpem, não gosta de Fórmula 1. Assim como quem deixar de assisti-las agora que o maior campeão se foi.

Enquanto o atleta ainda está em atividade, é sempre mais difícil compreender o que ele representa para o esporte – ou representará assim que se retirar de cena. Exemplos não faltam. Mesmo dominando suas modalidades, algumas das lendas esportivas de nosso tempo sofreram, durante a carreira, com as críticas e o ceticismo por parte do público e da imprensa. Só foram receber o reconhecimento total e irrestrito após alguns anos passados de suas aposentadorias, quando se viu que a lacuna por eles deixada jamais seria preenchida, ou então com um fato que abreviou subitamente sua atividade, como uma lesão irrecuperável ou mesmo a morte.

Muhammad Ali e Michael Jordan são dois nomes que, hoje, figuram em qualquer lista de melhores do esporte. Criticar seus feitos e conquistas, ou então sua personalidade, soa como uma genuína heresia. Pode parecer implausível na atualidade, mas ambos, mesmo ganhando tudo o que estava a seu alcance, padeceram com a descrença e até a desconfiança de muitos enquanto atuavam. Muhammad, ou Cassius Clay (seu nome de batismo), é um caso clássico e emblemático. Nos tempos em que boxeava, sua fama de arrogante, exibido, imodesto e falastrão fez grande parte dos Estados Unidos odiá-lo – sentimento que apenas piorou quando o pugilista se converteu ao islamismo e, posteriormente, recusou-se a atender a convocação para a Guerra do Vietnã. Ali chegava ao ponto de bradar aos quatro ventos e a plenos pulmões: "Eu sou o melhor do mundo. Eu sou o melhor de todos os tempos. E o mais bonito também!"

Apesar do que dizia por aí, para os componentes do círculo mais próximo do pugilista, incluindo repórteres, Muhammad – campeão mundial dos pesados em três oportunidades – era de bondade e solidariedade incomensuráveis. Tal visão, porém, só passou ao senso comum depois que Ali pendurou definitivamente as luvas, em 1981, e começou sua cruzada contra a doença de Parkinson. Com isso, também sua carreira vitoriosa de lutador foi resgatada e celebrada. Até a década de 1980 – mesmo com Muhammad tendo batido nomes como Sonny Liston, Joe Frazier e George Foreman –, Joe Louis era freqüentemente citado como o melhor boxeador da história. Ao final desse período, Ali, suavizado pelos anos, já virara unanimidade.

O saudoso jornalista e escritor americano Norman Mailer abordou o fato no documentário *Quando Éramos Reis*, de Leon Gast, comentando como uma figura tão odiada em sua época de profissional se tornou tão admirada e querida com o passar do tempo. O clássico da literatura esportiva *A luta*, também de Mailer, retrata à perfeição a personalidade do controverso Muhammad.

O caso de Michael Jordan é mais recente – o jogador de basquete aposentou-se em 2003 –, e por isso talvez mais impactante. Questionar hoje sua superioridade no esporte da bola laranja é quase indecente. Seis campeonatos da NBA com o Chicago Bulls, dez títulos de cestinha e uma medalha de ouro nas Olimpíadas de 1996, entre outros lauréis, erigiram-no ao posto de Pelé do basquete, em definitivo. Difícil pensar o contrário, certo? Pois David Halberstam – um dos papas do jornalismo nos Estados Unidos –, relata em *Playing for Keeps*, biografia de Jordan, que, mesmo depois de conquistar seu quinto anel da NBA, ainda pairavam dúvidas sobre o *status* do atleta em relação aos pares.

> *A vitória sobre o Utah Jazz, e sobre a gripe, tinha ajudado a solidificar o quinto título da NBA para o Bulls, e com isso uma profunda convicção de que essa era uma das melhores equipes de todos os tempos, senão a melhor. Mas nem sempre era fácil definir o lugar de Jordan no panteão da fama. Sim, o Bulls havia vencido cinco campeonatos, e durante a temporada 1995-96, batido o recorde de 72 vitórias. Aos olhos de algumas pessoas do meio, porém, a questão do lugar exato de Jordan na história do basquete ainda permanecia em aberto.*

E se o Pelé do basquete não foi sempre uma unanimidade, assim também aconteceu com o original, o Pelé do futebol. Difícil acreditar que nem mesmo ele, o Atleta do Século, tenha sido sempre uma obviedade. Em seu *Fever Pitch*, o escritor britânico Nick Hornby fala da impressão de seus conterrâneos sobre o brasileiro, às vésperas da Copa do México. "Uns bons três quartos da população da Inglaterra tinha tanta idéia da imagem de Pelé quanto tínhamos da de Napoleão, de 150 anos atrás. Até 1970, pessoas da minha idade e muitos dos mais velhos sabiam mais sobre Ian Ure do que sobre o maior jogador do mundo."

Menos de uma década depois, Michael Jordan já está indubitavelmente consolidado como um mito do esporte, da mesma forma que Muhammad Ali e o próprio Pelé. A maturação do tempo lhes foi gentil. Como escreveu o teórico Roland Barthes, em seu *Ideologias*: "É a história que transforma o real em discurso, é ela e só ela que comanda a vida e a morte da linguagem mítica."

No automobilismo, Ayrton Senna é o exemplo mais óbvio. O brasileiro já figurava entre os maiores nomes da Fórmula 1 desde

1991, ano em que passou a integrar o seleto clube dos tricampeões. As disputas históricas protagonizadas com Alain Prost, Nigel Mansell e Nelson Piquet certamente ajudaram a colocá-lo entre os favoritos de muitos aficionados pelo esporte.

Mas não é possível negar que foi sua trágica morte, em 1994, que o alçou, definitivamente, ao *status* de herói. Um homem cujas façanhas, caráter, atitudes não se pode questionar; a quem não se pode comparar com nenhum outro. A verdade é que comparar Senna com Schumacher não faz o menor sentido. Um morreu aos 34 anos com três títulos mundiais, o outro se aposentou aos 37 com sete campeonatos no currículo. Mais que o dobro. O alemão venceu uma em cada três corridas; Senna, uma em cada quatro. Numericamente, Schumi é superior a Ayrton em todos os quesitos – vitórias, pódios, chegadas na zona de pontuação, voltas mais rápidas, *hat tricks*, títulos etc. Porcentualmente, só não o supera em pole positions, especialidade indiscutível do brasileiro. Além disso, nada garante que Ayrton pudesse vencer um outro Mundial, caso tivesse sobrevivido à Tamburello. A Eddie Irvine, pelo menos, não restam dúvidas do que aconteceria: "Para mim, Michael é o melhor. Senna sempre correu com o melhor carro. Se ele não tivesse morrido em 1994, seria forçado a se aposentar por não conseguir superá-lo."

Por que então alguns consideram uma heresia colocar o alemão no mesmo patamar do brasileiro? Os opinadores são vários, mas a idéia é sempre a mesma. "A maneira como o Senna morreu distorce completamente o que as pessoas pensam sobre ele. Tende-se a ter dó do cara, um mártir. Especialmente no Brasil, dizer que um piloto foi melhor que o Senna tornou-se quase um crime. Sempre vai haver um argumento contra: 'Ah, ele morreu, ah, eles não são da mesma época, ah, a Ferrari trabalha só para o Schumacher'. Como se a McLaren não trabalhasse só para o Senna, como se a McLaren desse mais atenção para o Berger", acredita Flavio Gomes. Para

Cléber Machado, a morte absolveu Ayrton: "Esse heroísmo o mantém hoje como algo acima do bem e do mal. Ninguém lembra dos defeitos do Senna, só das qualidades, porque ele é um ídolo. E o Schumacher é o cara que bateu os números do Senna." Perguntado sobre por que Juan Manuel Fangio e Ayrton Senna usualmente ponteiam pesquisas de opinião sobre quem é o melhor da história – apesar de terem respectivamente dois e quatro títulos a menos que o heptacampeão –, Fábio Seixas é enfático: "Porque estão mortos, simples assim..."

Do alto de sua inacreditável modéstia, o ultracampeão Schumacher, por sua vez, recusa o papel de mito do esporte. "A lenda é a Ferrari, não eu."

A verdade é que, apesar da resistência de alguns, a Michael Schumacher não faltam elogios. Exemplos contundentes de reconhecimento.

As declarações de Ove Andersson, um dos responsáveis pela construção da equipe de F1 da Toyota, e de Luca di Montezemolo levantam um dos mais importantes e mencionados aspectos do piloto alemão. "Dedica-se como um louco e está sempre motivado. Tem um incrível talento para fazer o grupo voltar-se para um só objetivo: trabalhar com ele e para ele", afirma Andersson. Em 2004, o presidente da Ferrari ainda espantava-se com a vitalidade de Schumi, aos 35 anos: "É impressionante, está vivendo uma segunda juventude. Nunca o vimos tão estimulado."

Trata-se de uma quase unanimidade nas entrevistas realizadas com figuras do circo da Fórmula 1: a motivação de Michael, heptacampeão e milionário, era inédita, chocante. A razão da incansável vontade de vencer? "Quase não sei o que é falta de motivação. Para mim, correr talvez seja um vício, mas não penso que isso tenha algo a ver com velocidade ou sucesso. Acho que é a sensação de levar um carro até o limite e dominá-lo. A velocidade por si mesma é menos interessante", explicava o alemão. "Eu quero diversão, o máximo que der. E diversão mesmo eu só tenho quando posso fazer alguma coisa junto com o meu talento, o melhor possível. No futebol, por exemplo, eu não sou o melhor em campo, mas o que tenho em mim eu deixo em campo como vitória pessoal minha. Se eu fosse fazer de qualquer jeito, seria muito frustrado."

Pat Symonds, que foi seu engenheiro na Benetton, acredita na importância da vida privada de Schumacher. "Sua obsessão por detalhes, sua concentração e competência em tudo o que faz é impressionante. Tenho certeza de que a vida pessoal e familiar equilibrada que possui tem enorme influência no que ele é. Em todos os esportes não vejo alguém com a extensão de sua capacidade. Sob meu ponto de vista, ele é completo como piloto e também como pessoa. Ele sempre prestou atenção aos detalhes, está sempre mentalmente preparado e é extremamente competitivo."

Para o britânico Symonds, ainda há mais por trás de Schumi, algo além da maneira correta com que sempre se relacionou com a equipe. "O trabalho ético é uma coisa natural para ele, porém o que me impressionou foi como ele entendeu que a Fórmula 1 é um esporte sobre seres humanos tanto quanto sobre máquinas." E atesta: "No nosso esporte, você poderia perfeitamente chamá-lo de o Homem do Século."

Entre os jornalistas brasileiros, Michael ainda não é unanimidade, mas está quase lá. Fábio Seixas se justifica pelos números: "As estatísticas são a única forma de comparar pilotos de eras diferentes. Schumacher é dono da maioria dos recordes. E, portanto, é o melhor da história." Lemyr Martins, por períodos: "Na era moderna, o Schumacher é o maior de todos os pilotos. Eu diria que essa era é de 1970 para cá, depois da era romântica, de pouca tecnologia." Flavio Gomes é direto e contundente: "Senna e Schumacher não são de épocas distintas. Eles disputaram duas temporadas juntos, em 1992 e 1993, com uma vitória no final do ano para cada lado. Na terceira temporada, em 1994, antes de o Senna morrer, estava 20 a 0 para o Schumacher."

Eddie Jordan, dono da equipe na qual o jovem de Kerpen estreou em 1991, lamenta por aqueles que tentam se equiparar a Michael. "Ele faz as pessoas se sentirem estúpidas, dá a impressão de que tudo o que faz é muito fácil de ser executado. Quando elas vão tentar realizar, percebem que é tudo bem mais complexo. Nunca vi um piloto como ele, tão completo, e nunca verei."

Antes mesmo de Schumi ultrapassar a marca do pentacampeão Juan Manuel Fangio, mas já tendo superado a dos 51 triunfos de Alain Prost, Niki Lauda já o colocava no topo. "Ele é o melhor de todos os tempos porque seus cinco títulos e 62 vitórias significam que ninguém está nem sequer próximo dele. Seus resultados falam por si. Tem a extraordinária capacidade de manter-se motivado e realizar o que parece impossível. Para isso, trabalha muito sobre si próprio, tentando descobrir o que o faria melhor em cada detalhe, embora já seja o melhor em todos eles." Em 2006, depois da aposentadoria de Schumacher, o tricampeão Lauda não parecia ter mudado de opinião: "Ele é o maior. Enquanto vivermos, ninguém jamais se igualará a ele."

Para Ross Brawn, seu eterno diretor técnico, Michael ocupa outro patamar também como ser humano. "Ele pode agir como um piloto normal, mas tem essa capacidade extra de pensar sua estratégia de corrida, de analisar o que se passa a seu redor. Às vezes, pelo rádio, temos uma conversa normal, como um papo entre eu e você. Você poderia pensar que ele está ali do seu lado, olhando os monitores. Trabalhei com diversos pilotos, e eles fazem o que está a seu alcance, sua corrida. Mas não têm esse algo a mais. Essa é a diferença entre Schumacher e os outros mortais."

O homem que mais venceu na história da Fórmula 1, degrau mais alto do automobilismo. E o fez pela mais política, emotiva e tradicional equipe da categoria. Um milionário que passa seus dias de folga recluso em uma fazenda, divertindo os filhos com cachorros, tartarugas e coelhos. Embaixador da Unesco, engajado em movimentos políticos pela segurança no trânsito e pela disseminação de educação e esporte para crianças pobres em todo o mundo. Somente para projetos no Senegal, Sarajevo e Peru, contribuiu com 2,5 milhões de dólares. Segundo maior doador para as vítimas do tsunami que matou quase 300 mil pessoas no sudeste asiático ao fim de 2004, Schumacher desembolsou, silenciosamente, dez milhões de dólares para ajudar as vítimas da tragédia. Generoso, humilde, reservado, modesto. Por que não é Michael então um ídolo supranacional, absoluto, incontestável? Paul Stoddart, então dono da equipe Minardi e milionário investidor do automobilismo, já tinha a explicação muito antes de Schumacher sair do cockpit para entrar na História.

Ainda não estamos conscientes da extensão do espetáculo que Michael nos oferece a cada corrida. Quando ele se aposentar e virmos que ninguém será capaz sequer de se aproximar do que ele faz, compreenderemos que sua obra é ainda mais relevante do que pensávamos. Chegaremos à conclusão de que poder vê-lo de perto na pista, como fazemos, é ser muito feliz e desconhecer o fato. Todos falarão ainda mais dele no futuro, como um fenômeno, e nós o acompanhamos. Somos privilegiados.

SCHUMACHER EM NÚMEROS

Títulos	7
Grandes Prêmios	249
Vitórias	91 (36,55%)
Pódios	154 (61,85%)
Chegadas na zona de pontuação	190 (76,31%)
Pole positions	68 (27,31%)
Voltas mais rápidas	76 (30,52%)
Pole position + vitória	40 (16,06%)
Hat tricks (pole position + vitória + volta mais rápida)	22 (8,84%)
Pontos	1.369 (média de 5,52 por GP)

Schumacher liderou 241 vezes por 4.741 voltas, em 131 provas, num total de 22.154,728 quilômetros.

As 249 corridas de Michael Schumacher...
e aquela que não contou

1991
JORDAN-FORD 191/
BENETTON-FORD B191

GP da Bélgica – Spa-Francorchamps
Grid: 7º
RESULTADO: ABANDONOU

GP da Itália – Monza
Grid: 7º
RESULTADO: 5º

GP de Portugal – Estoril
Grid: 10º
RESULTADO: 6º

GP da Espanha – Barcelona
Grid: 5º
RESULTADO: 6º

GP do Japão – Suzuka
Grid: 9º
RESULTADO: ABANDONOU

GP da Austrália – Adelaide
Grid: 6º
RESULTADO: ABANDONOU

0 VITÓRIA – 4 PONTOS – 12º LUGAR NO MUNDIAL DE PILOTOS

1992
BENETTON-FORD B191B/
BENETTON-FORD B192

GP da África do Sul – Kyalami
Grid: 6º
RESULTADO: 4º

GP do México – Cidade do México
Grid: 3º
RESULTADO: 3º

GP do Brasil – Interlagos
Grid: 5º
RESULTADO: 3º

GP da Espanha – Barcelona
Grid: 2º
RESULTADO: 2º

GP de San Marino – Ímola
Grid: 5º
RESULTADO: ABANDONOU

GP de Mônaco – Monte Carlo
Grid: 6º
RESULTADO: 4º

GP do Canadá – Montreal
Grid: 5º
RESULTADO: 2º

GP da França – Magny-Cours
Grid: 5º
RESULTADO: ABANDONOU

GP da Grã-Bretanha – Silverstone
Grid: 4º
RESULTADO: 4º

GP da Alemanha – Hockenheim
Grid: 7º
RESULTADO: 3º

GP da Hungria – Hungaroring
Grid: 4º
RESULTADO: ABANDONOU

GP da Bélgica – Spa-Francorchamps
Grid: 3º
RESULTADO: 1º
(PRIMEIRA VITÓRIA DA CARREIRA)

GP da Itália – Monza
Grid: 6º
RESULTADO: 3º

GP de Portugal – Estoril
Grid: 26º
RESULTADO: 7º

GP do Japão – Suzuka
Grid: 5º
RESULTADO: ABANDONOU

GP da Austrália – Adelaide
Grid: 5º
RESULTADO: 2º

1 VITÓRIA – 53 PONTOS – 3º LUGAR NO MUNDIAL DE PILOTOS

1993
BENETTON-FORD B192B/ BENETTON-FORD B193

GP da África do Sul – Kyalami
Grid: 3º
RESULTADO: ABANDONOU

GP do Brasil – Interlagos
Grid: 4º
RESULTADO: 3º

GP da Europa – Donington Park
Grid: 3º
RESULTADO: ABANDONOU

GP de San Marino – Ímola
Grid: 3º
RESULTADO: 2º

GP da Espanha – Barcelona
Grid: 4º
RESULTADO: 3º

GP de Mônaco – Monte Carlo
Grid: 2º
RESULTADO: ABANDONOU

GP do Canadá – Montreal
Grid: 3º
RESULTADO: 2º

GP da França – Magny-Cours
Grid: 7º
RESULTADO: 3º

GP da Grã-Bretanha – Silverstone
Grid: 3º
RESULTADO: 2º

GP da Alemanha – Hockenheim
Grid: 3º
RESULTADO: 2º

GP da Hungria – Hungaroring
Grid: 3º
RESULTADO: ABANDONOU

GP da Bélgica – Spa-Francorchamps
Grid: 3º
RESULTADO: 2º

GP da Itália – Monza
Grid: 5º
RESULTADO: ABANDONOU

GP de Portugal – Estoril
Grid: 6º
RESULTADO: 1º

GP do Japão – Suzuka
Grid: 4º
RESULTADO: ABANDONOU

GP da Austrália – Adelaide
Grid: 4º
RESULTADO: ABANDONOU

1 VITÓRIA – 52 PONTOS – 4º LUGAR NO MUNDIAL DE PILOTOS

1994
Benetton-Ford B194

GP do Brasil – Interlagos
Grid: 2º
RESULTADO: 1º

GP do Pacífico – Circuito TI
Grid: 2º
RESULTADO: 1º

GP de San Marino – Ímola
Grid: 1º
RESULTADO: 1º

GP de Mônaco – Monte Carlo
Grid: 1º
RESULTADO: 1º

GP da Espanha – Barcelona
Grid: 1º
RESULTADO: 2º

GP do Canadá – Montreal
Grid: 1º
RESULTADO: 1º

GP da França – Magny-Cours
Grid: 3º
RESULTADO: 1º

GP da Grã-Bretanha – Silverstone
Grid: 2º
RESULTADO: DESQUALIFICADO

GP da Alemanha – Hockenheim
Grid: 4º
RESULTADO: ABANDONOU

GP da Hungria – Hungaroring
Grid: 1º
RESULTADO: 1º

GP da Bélgica – Spa-Francorchamps
Grid: 2º
RESULTADO: DESQUALIFICADO

GP da Europa – Jerez
Grid: 1º
RESULTADO: 1º

GP do Japão – Suzuka
Grid: 1º
RESULTADO: 2º

GP da Austrália – Adelaide
Grid: 2º
RESULTADO: ABANDONOU

7 VITÓRIAS – 92 PONTOS – CAMPEÃO DO MUNDIAL DE PILOTOS

1995
BENETTON-RENAULT B195

GP do Brasil – Interlagos
Grid: 2º
RESULTADO: 1º

GP da Argentina – Buenos Aires
Grid: 3º
RESULTADO: 3º

GP de San Marino – Ímola
Grid: 1º
RESULTADO: ABANDONOU

GP da Espanha – Barcelona
Grid: 1º
RESULTADO: 1º

GP de Mônaco – Monte Carlo
Grid: 2º
RESULTADO: 1º

GP do Canadá – Montreal
Grid: 1º
RESULTADO: 5º

GP da França – Magny-Cours
Grid: 2º
RESULTADO: 1º

GP da Grã-Bretanha – Silverstone
Grid: 1º
RESULTADO: ABANDONOU

GP da Alemanha – Hockenheim
Grid: 2º
RESULTADO: 1º

GP da Hungria – Hungaroring
Grid: 3º
RESULTADO: ABANDONOU

GP da Bélgica – Spa-Francorchamps
Grid: 16º
RESULTADO: 1º

GP da Itália – Monza
Grid: 2º
RESULTADO: ABANDONOU

GP de Portugal – Estoril
Grid: 3º
RESULTADO: 2º

GP da Europa – Nürburgring
Grid: 3º
RESULTADO: 1º

GP do Pacífico – Circuito TI
Grid: 3º
RESULTADO: 1º

GP do Japão – Suzuka
Grid: 1º
RESULTADO: 1º

GP da Austrália – Adelaide
Grid: 3º
RESULTADO: ABANDONOU

9 VITÓRIAS – 102 PONTOS – CAMPEÃO DO MUNDIAL DE PILOTOS

1996
Ferrari F310

GP da Austrália – Melbourne
Grid: 4º
RESULTADO: ABANDONOU

GP do Brasil – Interlagos
Grid: 4º
RESULTADO: 3º

GP da Argentina – Buenos Aires
Grid: 2º
RESULTADO: ABANDONOU

GP da Europa – Nürburgring
Grid: 3º
RESULTADO: 2º

GP de San Marino – Ímola
Grid: 1º
RESULTADO: 2º

GP de Mônaco – Monte Carlo
Grid: 1º
RESULTADO: ABANDONOU

GP da Espanha – Barcelona
Grid: 3º
RESULTADO: 1º (PRIMEIRA VITÓRIA NA FERRARI)

GP do Canadá – Montreal
Grid: 3º
RESULTADO: NÃO CONSEGUIU LARGAR

GP da França – Magny-Cours
Grid: 1º
RESULTADO: O MOTOR EXPLODIU DURANTE A VOLTA DE APRESENTAÇÃO (SCHUMACHER NÃO CHEGOU A SE ALINHAR NO GRID DE LARGADA, POR ISSO ESTA PROVA NÃO CONSTA COMO GP DISPUTADO)

GP da Grã-Bretanha –
Silverstone
Grid: 3º

RESULTADO: ABANDONOU

GP da Alemanha – Hockenheim
Grid: 3º

RESULTADO: 4º

GP da Hungria – Hungaroring
Grid: 1º

RESULTADO: 9º

GP da Bélgica – Spa-
Francorchamps
Grid: 3º

RESULTADO: 1º

GP da Itália – Monza
Grid: 3º

RESULTADO: 1º

GP de Portugal – Estoril
Grid: 4º

RESULTADO: 3º

GP do Japão – Suzuka
Grid: 3º

RESULTADO: 2º

3 VITÓRIAS – 59 PONTOS – 3º LUGAR
NO MUNDIAL DE PILOTOS

1997
FERRARI F310B

GP da Austrália – Melbourne
Grid: 3º

RESULTADO: 2º

GP do Brasil – Interlagos
Grid: 2º

RESULTADO: 5º

GP da Argentina – Buenos Aires
Grid: 4º

RESULTADO: ABANDONOU

GP de San Marino – Ímola
Grid: 3º

RESULTADO: 2º

GP de Mônaco – Monte Carlo
Grid: 2º

RESULTADO: 1º

GP da Espanha – Barcelona
Grid: 7º

RESULTADO: 4º

GP do Canadá – Montreal
Grid: 1º

RESULTADO: 1º

GP da França – Magny-Cours
Grid: 1º

RESULTADO: 1º

GP da Grã-Bretanha –
Silverstone
Grid: 4º

RESULTADO: ABANDONOU

GP da Alemanha – Hockenheim
Grid: 4º

RESULTADO: 2º

GP da Hungria – Hungaroring
Grid: 1º

RESULTADO: 4º

GP da Bélgica – Spa-Francorchamps
Grid: 3º

RESULTADO: 1º

GP da Itália – Monza
Grid: 9º

RESULTADO: 6º

GP da Áustria – A1-Ring
Grid: 9º

RESULTADO: 6º

GP de Luxemburgo –
Nürburgring
Grid: 5º

RESULTADO: ABANDONOU

GP do Japão – Suzuka
Grid: 2º

RESULTADO: 1º

GP da Europa – Jerez
Grid: 2º

RESULTADO: ABANDONOU

5 VITÓRIAS – 78 PONTOS –
DESQUALIFICADO DO MUNDIAL
DE PILOTOS

1998
Ferrari F300

GP da Austrália – Melbourne
Grid: 3º

RESULTADO: ABANDONOU

GP do Brasil – Interlagos
Grid: 4º

RESULTADO: 3º

GP da Argentina – Buenos Aires
Grid: 2º

RESULTADO: 1º

GP de San Marino – Ímola
Grid: 3º

RESULTADO: 2º

GP da Espanha – Barcelona
Grid: 3º

RESULTADO: 3º

GP de Mônaco – Monte Carlo
Grid: 4º

RESULTADO: 10º

GP do Canadá – Montreal
Grid: 3º

RESULTADO: 1º

GP da França – Magny-Cours
Grid: 2º
RESULTADO: 1º

GP da Grã-Bretanha – Silverstone
Grid: 2º
RESULTADO: 1º

GP da Áustria – A1-Ring
Grid: 4º
RESULTADO: 3º

GP da Alemanha – Hockenheim
Grid: 9º
RESULTADO: 5º

GP da Hungria – Hungaroring
Grid: 3º
RESULTADO: 1º

GP da Bélgica – Spa-Francorchamps
Grid: 4º
RESULTADO: ABANDONOU

GP da Itália – Monza
Grid: 1º
RESULTADO: 1º

GP de Luxemburgo – Nürburgring
Grid: 1º
RESULTADO: 2º

GP do Japão – Suzuka
Grid: 1º
RESULTADO: ABANDONOU

6 VITÓRIAS – 86 PONTOS – 2º LUGAR NO MUNDIAL DE PILOTOS

1999
Ferrari F399

GP da Austrália – Melbourne
Grid: 3º
RESULTADO: 8º

GP do Brasil – Interlagos
Grid: 4º
RESULTADO: 2º

GP de San Marino – Ímola
Grid: 3º
RESULTADO: 1º

GP de Mônaco – Monte Carlo
Grid: 2º
RESULTADO: 1º

GP da Espanha – Barcelona
Grid: 4º
RESULTADO: 3º

GP do Canadá – Montreal
Grid: 1º
RESULTADO: ABANDONOU

GP da França – Magny-Cours
Grid: 6º
RESULTADO: 5º

GP da Grã-Bretanha –
Silverstone
Grid: 2º

RESULTADO: ABANDONOU

GP da Malásia – Sepang
Grid: 1º

RESULTADO: 2º

GP do Japão – Suzuka
Grid: 1º

RESULTADO: 2º

2 VITÓRIAS – 44 PONTOS – 5º LUGAR
NO MUNDIAL DE PILOTOS

2000
Ferrari F1-2000

GP da Austrália – Melbourne
Grid: 3º

RESULTADO: 1º

GP do Brasil – Interlagos
Grid: 3º

RESULTADO: 1º

GP de San Marino – Ímola
Grid: 2º

RESULTADO: 1º

GP da Grã-Bretanha –
Silverstone
Grid: 5º

RESULTADO: 3º

GP da Espanha – Barcelona
Grid: 1º

RESULTADO: 5º

GP da Europa – Nürburgring
Grid: 2º

RESULTADO: 1º

GP de Mônaco – Monte Carlo
Grid: 1º

RESULTADO: ABANDONOU

GP do Canadá – Montreal
Grid: 1º

RESULTADO: 1º

GP da França – Magny-Cours
Grid: 1º

RESULTADO: ABANDONOU

GP da Áustria – A1-Ring
Grid: 4º

RESULTADO: ABANDONOU

GP da Alemanha – Hockenheim
Grid: 2º

RESULTADO: ABANDONOU

GP da Hungria – Hungaroring
Grid: 1º

RESULTADO: 2º

GP da Bélgica – Spa-
Francorchamps
Grid: 4º

RESULTADO: 2º

GP da Itália – Monza
Grid: 1º
RESULTADO: 1º

GP dos Estados Unidos – Indianápolis
Grid: 1º
RESULTADO: 1º

GP do Japão – Suzuka
Grid: 1º
RESULTADO: 1º

GP da Malásia – Sepang
Grid: 1º
RESULTADO: 1º

9 VITÓRIAS – 108 PONTOS – CAMPEÃO DO MUNDIAL DE PILOTOS

2001
FERRARI F2001

GP da Austrália – Melbourne
Grid: 1º
RESULTADO: 1º

GP da Malásia – Sepang
Grid: 1º
RESULTADO: 1º

GP do Brasil – Interlagos
Grid: 1º
RESULTADO: 2º

GP de San Marino – Ímola
Grid: 4º
RESULTADO: ABANDONOU

GP da Espanha – Barcelona
Grid: 1º
RESULTADO: 1º

GP da Áustria – A1-Ring
Grid: 1º
RESULTADO: 2º

GP de Mônaco – Monte Carlo
Grid: 2º
RESULTADO: 1º

GP do Canadá – Montreal
Grid: 1º
RESULTADO: 2º

GP da Europa – Nürburgring
Grid: 1º
RESULTADO: 1º

GP da França – Magny-Cours
Grid: 2º
RESULTADO: 1º

GP da Grã-Bretanha – Silverstone
Grid: 1º
RESULTADO: 2º

GP da Alemanha – Hockenheim
Grid: 4º
RESULTADO: ABANDONOU

GP da Hungria – Hungaroring
Grid: 1º
RESULTADO: 1º

GP da Bélgica – Spa-Francorchamps
Grid: 3º
RESULTADO: 1º

GP da Itália – Monza
Grid: 3º
RESULTADO: 4º

GP dos Estados Unidos – Indianápolis
Grid: 1º
RESULTADO: 2º

GP do Japão – Suzuka
Grid: 1º
RESULTADO: 1º

9 VITÓRIAS – 123 PONTOS – CAMPEÃO DO MUNDIAL DE PILOTOS

2002
FERRARI F2002

GP da Austrália – Melbourne
Grid: 2º
RESULTADO: 1º

GP da Malásia – Sepang
Grid: 1º
RESULTADO: 3º

GP do Brasil – Interlagos
Grid: 2º
RESULTADO: 1º

GP de San Marino – Ímola
Grid: 1º
RESULTADO: 1º

GP da Espanha – Barcelona
Grid: 1º
RESULTADO: 1º

GP da Áustria – A1-Ring
Grid: 3º
RESULTADO: 1º

GP de Mônaco – Monte Carlo
Grid: 3º
RESULTADO: 2º

GP do Canadá – Montreal
Grid: 2º
RESULTADO: 1º

GP da Europa – Nürburgring
Grid: 3º
RESULTADO: 2º

GP da Grã-Bretanha – Silverstone
Grid: 3º
RESULTADO: 1º

GP da França – Magny-Cours
Grid: 2º
RESULTADO: 1º

GP da Alemanha – Hockenheim
Grid: 1º
RESULTADO: 1º

GP da Hungria – Hungaroring
Grid: 2º
RESULTADO: 2º

GP da Bélgica – Spa-Francorchamps
Grid: 1º
RESULTADO: 1º

GP da Itália – Monza
Grid: 2º
RESULTADO: 2º

GP dos Estados Unidos – Indianápolis
Grid: 1º
RESULTADO: 2º

GP do Japão – Suzuka
Grid: 1º
RESULTADO: 1º

11 VITÓRIAS – 144 PONTOS – CAMPEÃO DO MUNDIAL DE PILOTOS

2003
Ferrari F2003-GA

GP da Austrália – Melbourne
Grid: 1º
RESULTADO: 4º

GP da Malásia – Sepang
Grid: 3º
RESULTADO: 6º

GP do Brasil – Interlagos
Grid: 7º
RESULTADO: ABANDONOU

GP de San Marino – Ímola
Grid: 1º
RESULTADO: 1º

GP da Espanha – Barcelona
Grid: 1º
RESULTADO: 1º

GP da Áustria – A1-Ring
Grid: 1º
RESULTADO: 1º

GP de Mônaco – Monte Carlo
Grid: 5º
RESULTADO: 3º

GP do Canadá – Montreal
Grid: 3º
RESULTADO: 1º

GP da Europa – Nürburgring
Grid: 2º
RESULTADO: 5º

GP da França – Magny-Cours
Grid: 3º
RESULTADO: 3º

GP da Grã-Bretanha – Silverstone
Grid: 5º
RESULTADO: 4º

GP da Alemanha – Hockenheim
Grid: 6º
RESULTADO: 7º

GP da Hungria – Hungaroring
Grid: 8º
RESULTADO: 8º

GP da Itália – Monza
Grid: 1º
RESULTADO: 1º

GP dos Estados Unidos –
Indianápolis
Grid: 7º
RESULTADO: 1º

GP do Japão – Suzuka
Grid: 14º
RESULTADO: 8º

6 VITÓRIAS – 93 PONTOS –
CAMPEÃO DO MUNDIAL DE
PILOTOS

2004
Ferrari F2004

GP da Austrália – Melbourne
Grid: 1º
RESULTADO: 1º

GP da Malásia – Sepang
Grid: 1º
RESULTADO: 1º

GP do Bahrein – Sakhir
Grid: 1º
RESULTADO: 1º

GP de San Marino – Ímola
Grid: 2º
RESULTADO: 1º

GP da Espanha – Barcelona
Grid: 1º
RESULTADO: 1º

GP de Mônaco – Monte Carlo
Grid: 4º
RESULTADO: ABANDONOU

GP da Europa – Nürburgring
Grid: 1º
RESULTADO: 1º

GP do Canadá – Montreal
Grid: 6º
RESULTADO: 1º

GP dos Estados Unidos –
Indianápolis
Grid: 2º
RESULTADO: 1º

GP da França – Magny-Cours
Grid: 2º
RESULTADO: 1º

GP da Grã-Bretanha –
Silverstone
Grid: 4º
RESULTADO: 1º

GP da Alemanha – Hockenheim
Grid: 1º
RESULTADO: 1º

GP da Hungria – Hungaroring
Grid: 1º
RESULTADO: 1º

GP da Bélgica – Spa-Francorchamps
Grid: 2º
RESULTADO: 2º

GP da Itália – Monza
Grid: 3º
RESULTADO: 2º

GP da China – Xangai
Grid: 20º
RESULTADO: 12º

GP do Japão – Suzuka
Grid: 1º
RESULTADO: 1º

GP do Brasil – Interlagos
Grid: 18º
RESULTADO: 7º

13 VITÓRIAS – 148 PONTOS – CAMPEÃO DO MUNDIAL DE PILOTOS

2005
Ferrari F2005

GP da Austrália – Melbourne
Grid: 19º
RESULTADO: ABANDONOU

GP da Malásia – Sepang
Grid: 13º
RESULTADO: 7º

GP do Bahrein – Sakhir
Grid: 2º
RESULTADO: ABANDONOU

GP de San Marino – Ímola
Grid: 13º
RESULTADO: 2º

GP da Espanha – Barcelona
Grid: 8º
RESULTADO: ABANDONOU

GP de Mônaco – Monte Carlo
Grid: 8º
RESULTADO: 7º

GP da Europa – Nürburgring
Grid: 10º
RESULTADO: 5º

GP do Canadá – Montreal
Grid: 2º
RESULTADO: 2º

GP dos Estados Unidos – Indianápolis
Grid: 5º
RESULTADO: 1º

GP da França – Magny-Cours
Grid: 3º
RESULTADO: 3º

GP da Grã-Bretanha –
Silverstone
Grid: 9º

RESULTADO: 6º

GP da Alemanha – Hockenheim
Grid: 5º

RESULTADO: 5º

GP da Hungria – Hungaroring
Grid: 1º

RESULTADO: 2º

GP da Turquia – Istambul
Grid: 19º

RESULTADO: ABANDONOU

GP da Itália – Monza
Grid: 6º

RESULTADO: 10º

GP da Bélgica – Spa-Francorchamps
Grid: 6º

RESULTADO: ABANDONOU

GP do Brasil – Interlagos
Grid: 7º

RESULTADO: 4º

GP do Japão – Suzuka
Grid: 14º

RESULTADO: 7º

GP da China – Xangai
Grid: 6º

RESULTADO: ABANDONOU

1 VITÓRIA – 62 PONTOS – 3º LUGAR
NO MUNDIAL DE PILOTOS

2006
Ferrari 248

GP do Bahrein – Sakhir
Grid: 1º

RESULTADO: 2º

GP da Malásia – Sepang
Grid: 14º

RESULTADO: 6º

GP da Austrália – Melbourne
Grid: 10º

RESULTADO: ABANDONOU

GP de San Marino – Ímola
Grid: 1º

RESULTADO: 1º

GP da Europa – Nürburgring
Grid: 2º

RESULTADO: 1º

GP da Espanha – Barcelona
Grid: 3º

RESULTADO: 2º

GP de Mônaco – Monte Carlo
Grid: 22º

RESULTADO: 5º

GP da Grã-Bretanha –
Silverstone
Grid: 3º

RESULTADO: 2º

GP do Canadá – Montreal
Grid: 5º
RESULTADO: 2º

GP dos Estados Unidos – Indianápolis
Grid: 1º
RESULTADO: 1º

GP da França – Magny-Cours
Grid: 1º
RESULTADO: 1º

GP da Alemanha – Hockenheim
Grid: 2º
RESULTADO: 1º

GP da Hungria – Hungaroring
Grid: 11º
RESULTADO: 8º

GP da Turquia – Istambul
Grid: 2º
RESULTADO: 3º

GP da Itália – Monza
Grid: 2º
RESULTADO: 1º

GP da China – Xangai
Grid: 6º
RESULTADO: 1º (ÚLTIMA VITÓRIA)

GP do Japão – Suzuka
Grid: 2º
RESULTADO: ABANDONOU

GP do Brasil – Interlagos
Grid: 10º
RESULTADO: 4º

7 VITÓRIAS – 121 PONTOS –

2º LUGAR NO MUNDIAL DE PILOTOS

BIBLIOGRAFIA

ALLSTEDT, Thomas; GORYS, Lukas T.; LEHMANN, Andreas. *Danke Schumi – Die Michael Schumacher-story*. Düsseldorf: Zeitgeist Media, 2006.

ASH, Russel; MORRISON, Ian. *The Top 10 of Sports*. Londres: Dorling Kindersley, 2002.

BRUNEL, Pierre. *Dicionário de mitos literários*. Rio de Janeiro: José Olympio, 2000.

CASHMORE, Ellis. *Sports Culture – An A to Z Guide*. Londres: Routledge, 2000.

FYFE, Louise. *Careers in Sport*. Londres: Kogan Page, 1996.

GRIFFITHS, Trevor R. *Grand Prix*. Londres: Bloomsbury, 1997.

HALBERSTAM, David. *Michael Jordan – Playing for Keeps*. São Paulo: Editora 34, 2001.

HILTON, Cristopher. *Ayrton Senna – A face de um gênio*. Rio de Janeiro: Rio Fundo, 1991.

HORNBY, Nick. *Fever Pitch*. Nova York: Riverhead Books, 1998.

IRVINE, Eddie; NOTTAGE, Jane. *Life in the Fast Lane: The Inside Story of the Ferrari Years*. Nova York: Random House, 2001.

LEME, Reginaldo. *Esporte automotor – Yearbook 2001/2002*. São Paulo: R. Leme, 2001.

MAILER, Norman. *A luta*. São Paulo: Companhia das Letras, 1998.

MARTINS, Lemyr. *Os arquivos da Fórmula 1*. São Paulo: Panda, 1999.

MATCHETT, Steve. *Life in the Fast Lane: The Inside Story of Benetton's First World Championship*. Londres: Weidenfeld & Nicholson, 1995.
MILLER, John; KENEDI, Aaron. *Muhammad Ali – Ringside*. Boston: Bulfinch Press, 1999.
RENDALL, Ivan. *The Power Game*. Londres: Cassel & Co., 2000.
SMALL, Steve. *Grand Prix Who's Who*. Berkshire: Travel, 2000.
SMITH, Bruce. *Formula 1 Record Book*. Londres: Virgin Books, 2000.
TREMAYNE, David. *Ferrari – Formula 1 Racing Team*. Somerset: Haynes Publishing, 2001.

Periódicos
Auto Motor und Sport
Der Spiegel
F1 Racing
F1 Racing Brasil
Focus
IstoÉ
Lance A+

Sites
Arquivos da *Folha de S.Paulo* – http://www1.folha.uol.com.br/folha/arquivos
Arquivos de *O Estado de S. Paulo* – http://www.estado.com.br/pesquisa/arquivo/anteriores.php
Arquivos do *A Notícia* – http://www.an.com.br
Autosport-Atlas – http://www.autosport-atlas.com
Autoweek – http://www.autoweek.com
BBC Sport – http://news.bbc.co.uk/sport
Bild.de – http://www.bild.t-online.de
B.Z. – http://www.bz-berlin.de/
Die Welt.de – http://www.welt.de/
Ferrari Media Center – http://www.media.ferrari.com

Financial Times – http://www.ft.com
Frankfurter Allgemeine Zeitung – http://www.faz.net/
Grand Prix – http://www.grandprix.com
Grande Prêmio – http://www.grandepremio.com.br
Herald Tribune – http://www.iht.com/pages/index.php
HHF Online, Heinz-Harald Frentzen – http://www.frentzen.de
La Gazzetta dello Sport – http://www.gazzetta.it
M. Schumacher.com – http://www.mschumacher.com
Planet F-1 – http://www.planet-f1.com
Rediff.com – http://www.rediff.com
Ross Brawn, "Por que razão Schumacher é o melhor piloto do mundo"
    – http://www.geocities.com/tozef1/Schumacher/RossBrawn.htm
Sander's Michael Schumacher Website: http://www.mschumacher.net
Spiegel Online – http://www.spiegel.de
Sport.de Michael Schumacher – http://sport.rtl.de./formel-1/michael schumacher_home.php
Spurgeon's Journalism Examples – http://perso.wanadoo.fr/brad.spurgeon/samples.HTM
Süddeutsche Zeitung – http://www.sueddeutsche.de/
Team Dan Archive – http://www.teamdan.com/
The Age – http://www.theage.com.au
The Ferrari Renaissance, Denison Consulting – http://www.denisonconsulting.com/newsletter/1.0/images/FerrariRenaissance.pdf
The Formula One Database – http://www.f1db.com
The Independent – http://www.independent.co.uk
The Observer – http://observer.guardian.co.uk
The Official Formula One Website – http://www.formula1.com
Unesco – http://portal.unesco.org
World Sportscar Championship – http://wspr-racing.com/wspr/results/wscc/nf_ms_home.html
YouTube – http://www.youtube.com

Créditos das imagens do encarte por ordem de aparição:

1. DWF15-453317| DC| © Jean-Francois Galeron/World Racing Images/Corbis /LatinStock
2. DWF15-453333| DC| © Jean-Francois Galeron/World Racing Images/Corbis /LatinStock
3. DWF15-453334| DC| © Jean-Francois Galeron/World Racing Images/Corbis /LatinStock
4. 1631173 – Pascal Rondeau /Getty Images
5. 42-18230003| DC| © Schlegelmilch/Corbis/LatinStock
6. 1243724 – Mike Hewitt/ Getty Images
7. 42-18230101| DC| © Schlegelmilch/Corbis /LatinStock
8. 42-18219236| DC| © Schlegelmilch/Corbis /LatinStock
9. 42-16707819| DC| © DANIEL DAL ZENNARO /epa/Corbis / LatinStock
10. Crédito da Imagem: 42-16022661| DC| © Schlegelmilch/Corbis /LatinStock
11. 42-16316189| DC| © Oliver Multhaup/epa/Corbis /LatinStock
12. RTRV55K | DC| © Jacky Naegelen JNA/VP/Reuters/LatinStock
13. RTRX4DQ | DC| © Thierry Roge THR/DBP/Reuters/LatinStock
14. 42-17470738| DC| © Victor R. Caivano/Pool/epa/Corbis / LatinStock
15. 1136647 – Clive Mason/Getty Images
16. 52937691 – Andreas Rentz/Getty Images

Este livro foi composto na tipologia Minion,
em corpo 10,5/15,25, impresso em papel off-set 90g/m²,
no Sistema Cameron da Divisão Gráfica da Distribuidora Record.